KB272758

나의 인생

나의 인생

러시아 고전산책 03

나의 인생

초판 1쇄 발행일 2003년 07월 15일
개정판 1쇄 발행일 2011년 09월 01일 | **개정판 2쇄 발행일** 2013년 12월 05일

지은이 안톤 체호프 | **옮긴이** 남혜현 | **펴낸이** 박진숙 | **펴낸곳** 작가정신
편집 김종숙 황민지 | **디자인** 정인호
마케팅·홍보 안치환 지혜 | **디지털 콘텐츠** 김영란 | **재무** 윤서현
인쇄·제본 한영문화사

주소 413-782 경기도 파주시 문발동 파주출판도시 509-2 2층
전화 02 335 2854 | **팩스** 031 944 2858 | **이메일** editor@jakka.co.kr
홈페이지 www.jakka.co.kr | **출판등록** 1987년 11월 14일 제1-537호

ISBN 978-89-7288-402-6 03890

나의 인생

안톤 체호프 지음 | 남혜현 옮김

Моя жизнь

Антон Павлович Чехов

작가
정신

차례

나의 인생.

나의 인생

1

국장이 말했다. "내가 자네를 데리고 있는 것은 순전히 자네 아버지에 대한 존경심 때문이야. 안 그랬으면 자넨 벌써 날아갔다고." 나는 그에게 대답해주었다. "저에게 날아다니라니요. 너무 과대평가하시네요." 곧이어 국장의 대답이 들려왔다. "이 작자를 데리고 가. 보고 있으니 골이 다 지끈거리는군."

이틀 후 나는 해고당했다. 이렇게 해서 나는 어른 대접을 받은 이후로, 건축가인 아버지를 실망시키면서 아홉 번째 직장에서 짐을 싸야 했다. 여러 관청을 전전했지만, 내가 했던 일들은 한결같이 똑같았다. 꼼짝없이 앉아서 뭔가를 쓰고, 온갖 엉터리 같은 말과 무례한 호통을 참아내면서 해고될 날만을 기다렸다.

아버지는 눈을 감고 안락의자에 깊숙이 기대앉아 있었다. 비쩍 마른 아버지의 얼굴에는 면도 자국이 파랬고(그는 영락없이 성당의 늙은 오르간 연주가 같았다), 표정은 부드러우면서도 체념한 듯했다. 안부를 묻는 나의 말에 아버지는 대답도 하지 않고, 눈을 감은 채 입을 열었다.

"만약 나의 아내이자 네 어미가 아직 살아 있었다면, 넌 어미에게 끊임없이 고통만을 주었을 거다. 네 엄마가 그렇게 빨리 죽은 것도 이제 보니 하느님의 뜻이었나 보구나. 이 불쌍한 녀석아." 아버지는 눈을 뜨고 말을 이어갔다. "도대체 널 어떻게 해야 좋을지 가르쳐다오."

내가 어렸을 적에는 사람들은 날 어떻게 해야 할지 너무 잘 알고 있었다. 어떤 이들은 나에게 군대에 지원해보라고 했고, 어떤 이들은 약국에 취업해보라고 했으며, 또 누구는 전보국에서 일해보라고도 했다. 하지만 스물다섯 살이 넘고, 정수리에 희끗희끗한 새치도 나고, 군대와 약국과 전보국에서도 쫓겨난 지금, 나는 이 세상의 온갖 것을 다 경험해본 것 같았다. 아무도 내게 충고하려 하지 않고, 한숨을 내쉬며 고개만 가로저을 따름이었다.

"넌 네 자신에 대해서 어떻게 생각하느냐?" 아버지가 말했다. "네 나이의 다른 젊은이들은 벌써 든든한 사회적 지위를 갖고 있는데, 네 자신을 한번 봐라! 프롤레타리아, 비렁뱅이. 아직도 아비에게 얹혀살다니!"

아버지는 곧, 요즘 젊은이들은 신앙심도 없고 물질주의와 쓸데없는 자만으로 자멸하고 있으며, 아마추어 연극 같은 것은 젊은이들을 책임감과 신성한 종교에서 멀어지게 만들기 때문에 당장 중지시켜야 한다는 둥, 늘 하던 이야기를 늘어놓기 시작했다.

"내일 나와 같이 가서 국장님께 잘못을 빌고 성실히 근무하겠다고 약속드려라. 단 하루도 사회적 지위 없이 빈둥거려서는 안 된다."

"아버지, 제 말 좀 들어주세요." 말해봤자 별로 좋을 게 없다는 것을 알면서도 암담한 기분으로 이야기하기 시작했다. "아버지가 말씀하시는 사회적 지위라는 건 결국 돈과 교육의 혜택 같은 것 아닙니까. 가난하고 배우지 못한 사람들은 육체노동으로 빵을 벌고 있습니다. 저는 제가 왜 예외가 되어야 하는지 모르겠습니다."

"너는 늘 육체노동 운운하는데, 네 말은 엉터리고 속물스럽다!" 아버지는 짜증을 내며 말했다. "이 멍청한 놈아, 꼭 육체적 힘이 아니더라도, 네 안에는 너를 당나귀나 다른 잡스러운 것들과 구별시키고, 신과 가깝게 만드는 신성神性과 성화聖火가 깃들어 있다. 이 성스런 불꽃은 수천 년 동안 가장 뛰어난 사람들만이 획득해온 것이란 말이다. 너의 증조부이신 폴로즈네프 장군님은 보로딘에서 전투하셨고, 네 할아버지는 시인이자 연사이고 궁중 관리였다. 네 숙부는 교육자였고, 그리고 네 아비인 나는 건축가다! 모든 폴로즈네프 가문 사람들이 이 성스러운 불꽃을 보존해 왔는데, 네가 그것을 꺼트리겠단 말이냐!"

"공정하게 생각해보세요. 수백만의 사람이 육체노동을 하고 있습니다."

"하라고 하지! 그것 말고 다른 일은 할 수도 없는 사람들이잖느냐. 육체노동이란 멍텅구리나 범죄자도 할 수 있는 게다. 노예와 야만인의 특성이란 말이다. 그러나 성스러운 불꽃은 오직 소수의 사람들에게만 운명적으로 주어지는 것이다!"

대화를 계속하는 것은 의미가 없었다. 아버지는 자신을 숭배하고 있었고, 오직 자기만 옳은 것이다. 게다가 노동에 대한 아버지의 경멸은 성스러운 불꽃 따위 때문이 아니라, 결국 그의 아들인 내가 노동자로 전락해 온 도시의 화젯거리가 되는 게 은근히 두려워서이다. 내 동갑내기들은 모두 대학을 졸업하고 출세가도를 달리고 있으며, 국장의 아들은 벌써 8등 문관이 되었는데, 아버지의 외아들인 나는 아직 아무것도 아닌 것이다! 그런 대화를 계속한다는 것은 아무 의미도 없고 불쾌하기도 했지만, 어쩌면 나를 이해해줄지도 모른다는 한 가닥 희망을 안고 미미하게나마 아버지에게 반항하고 있었다. 결국 모든 문제의 초점은 내가 어떻게 내 빵을 버느냐는 것인데, 모두들 보로딘이니 성화니 한때 저속한 시를 썼던 잊혀진 시인과 교육자였던 숙부를 들먹여가며 듣기 좋게 빙 둘러 말하거나, 아예 대놓고 밥통이라고 욕했다. 아, 나는 얼마나 이해받기를 원했던가! 그럼에도 나는 아버지와 누이를 사랑했다. 어렸을 때부터 매사를 그들과 의논했고 나의 그런 습관은 결코 고칠 수 없을 것 같았다. 잘못할 때도 있고 옳을 때도 있었지만, 식구들을 실망시킬까 봐 늘 두려웠다. 흥분으로 인해 아버지의 가는 목이 붉어지면, 충격을 받지나 않을지 겁이 덜컥 났다.

"후텁지근한 방에 앉아서 타이프라이터하고 씨름하는 것은, 제 나이 또래에게는 모욕적인 일입니다. 이것이 성스러운 불꽃과 무슨 상관인가요?"

"그래도 그건 지적인 노동이다. 좋다. 이 이야기는 그만두자꾸나. 경고하는데, 만약 네가 직장에 가지 않고 그 경멸스러운 사상을 고집한다면, 나와 네 누이는 너에 대한 사랑을 거두어버릴 것이다. 니에게 유산을 남기지도 않겠다. 신께 맹세컨대!"

나는 온 인생을 바쳐 지향하는 나의 열정이 얼마나 순수한지를 보여주고 싶은 마음에서, 불쑥 이렇게 말했다. "유산은 제게 결코 중요한 문제가 아닙니다. 모든 유산을 포기하겠습니다."

뜻밖에도 아버지는 크게 화를 냈다. 그의 얼굴이 붉어졌다.

"감히 나에게 그런 말을 하다니! 멍청한 놈 같으니라고." 아버지의 가느다란 금속성 목소리가 크게 울렸다. "쓸모없는 놈 같으니라고!" 그리고 익숙한 동작으로 순식간에 내 목을 두 번 연이어 때렸다. "이놈 제정신이 아니구나!"

어린 시절 아버지가 때릴 때마다 나는 차려 자세로 똑바로 서서 아버지를 바라보아야 했다. 지금도 아버지가 손을 들라치면, 나는 정신이 아득해져서 마치 아직까지 유년 시절이 계속되는 것처럼, 빳빳하게 굳은 채 아버지를 바라보았다. 아버지는 늙었고 대단히 여위었지만, 그의 가는 근육은 가죽끈처럼 단단해서 맞을 때마다 몹시 아팠다.

나는 현관으로 뒷걸음질쳤지만, 아버지는 우산을 집어들고 몇 번씩이나 머리와 어깨를 후려쳤다. 이때 누이가 웬 소동인가 싶어 거실문을 열고 들여다보았다. 그녀의 얼굴은 금세 놀라움과 연민으로 일그러졌지만, 내 역성을 들어주는 말 한마디 못 한 채 돌아섰다.

노동자로서 새로운 삶을 시작하겠다는 나의 결심은 흔들리지 않았다. 어떤 일을 할 것인지 정하는 것만 남았다. 그러나 이것도 그리 복잡할 것 같지는 않았다. 튼튼한 체력과 지구력으로 어떤 어려운 일도 해낼 수 있을 것 같았다. 내 앞에는 배고프고 냄새나고 거칠며 항상 돈과 빵 걱정을 해야 하는 단순 노동자의 삶이 기다리고 있었다. 나중에 볼샤야 드보랸스카야 거리를 걸어 일터에서 돌아올 때, 소위 지적인 노동으로 살아가는 돌쥐코프 기사를 부러워하게 될지도 모른다. 그러나 지금 이 순간은 미래의 번민을 예상하는 것만으로도 즐거웠다. 나도 한때 선생이나 의사, 작가를 꿈꾸며 정신적인 노동을 해볼 생각도 있었지만, 꿈은 그저 꿈으로 남았다. 지적인 쾌락에 대한 나의 선호는 열정적이기까지 했지만, 과연 지적인 노동에 재능이 있는지는 의문이다. 학교에 다닐 때 나는 지독하게도 그리스어가 싫었다. 그래서 결국 4학년에서 유급되고 말았지만. 가정교사들을 불러가며 5학년으로 진급하기 위해 오랫동안 준비하기도 했다. 그 후 나는 여러 관청에서 근무했지만, 대부분 허송세월만 했다. 사람들은 그런 일들을 지적인 노동이라고 말했지만, 내가 했던 공부와 직장은 정신적인 긴장이나 재능, 개인적인 능력, 창조적인 영감하고는 거리가 멀었다. 그것은 그저 기계적인 일일 뿐이었다. 나는 소위 그러한 지적인 노동은 육체노동보다 못하다고 생각하며 경멸한다. 그런 일은 사기나 무위도식과 다를 바 없으므로, 그런 일로 잠시라도 시간을 무익하게 쓰는 것은 결코 용납할 수 없었다. 아마 난 진정한 의미의 지적인 노동은 아직 한 번도 경험해보지 못한 것일지도 모른다.

저녁이 되었다. 우리는 시에서 가장 큰 거리인 볼샤야 드보랸스카야에서 살고 있었다. 제대로 된 시립공원이 없었기 때문에, 저녁마다 보몽드[1]가 산책하는 장소였다. 이 아름다운 거리의 양편으로는 비 온 뒤 특히 향기가 좋은 미루나무가 자라고 있으며, 담장과 울타리 뒤로는 아카시아, 라일락, 벚꽃, 사과나무가 있었다. 그래서 거리라기보다는 공원 같은 곳이었다. 5월의 노을, 연하고 어린 풀 그늘, 라일락 향기, 딱정벌레가 날아다니는 소리, 고요함, 따스한 온기. 아, 봄은 매년 오는데도 이 모든 것들이 해마다 얼마나 새롭고 신선한지! 나는 정자 옆에 서서 산책하는 사람들을 바라보았다. 나는 그들과 함께 뛰놀며 자랐지만, 초라하고 유행에 뒤진 지금의 행색으로 가까이 다가가면 그들은 당황할 것이다. 내 좁은 바지와 크고 보기 흉한 장화를 보고 그들은 숙덕이곤 했다. 게다가 아무런 사회적 지위도 없이 싸구려 주막에서 당구를 치며, 무고하게 두 번이나 헌병에게 끌려간 일을 두고 시내에서는 나에 대해 좋지 않은 소문이 돌고 있었다.

맞은편 돌쥐코프 기사의 큰 집에서 피아노 소리가 들려왔고 어둑어둑해진 하늘에 별들이 깜박이기 시작했다. 아버지가 사람들의 인사에 응답하며 천천히 걸어오고 있었다. 그는 위로 말린 넓은 챙이 달린 오래된 실크해트를 쓰고, 누이의 손을 잡고 걷고 있었다.

[1] 상류층.

“좀 보려무나!” 아버지는 일전에 나를 때렸던 그 우산을 하늘로 치켜들었다. “하늘을 봐라! 아주 작은 별들까지도 모두 하나의 세상이다. 이 우주 속의 인간은 얼마나 왜소한 존재란 말이냐.”

그는 마치 자신이 왜소한 존재라는 사실이 매우 즐겁고 유쾌하다는 투로 말했다. 아버지는 얼마나 무능한 사람인가! 유감스럽게도 그는 이곳에서 유일한 건축가였으며, 최근 십오 년에서 이십 년 사이 내 기억에 이곳에는 단 한 채의 그럴싸한 집도 지어진 적이 없었다. 설계 의뢰를 받으면, 아버지는 항상 홀과 거실부터 설계했다. 마치 예전에 여학교 학생들이 늘 난로 주변에서부터 댄스를 시작했던 것처럼, 아버지의 예술적 구상이란 늘 홀과 거실에서부터 시작되었다. 홀과 거실에 덧붙여 식당, 아이들 방, 서재를 만들었고, 방에 문을 붙이고, 그러고 나면 이 모든 공간들이 꼭 하나로 연결되어 한 방에 필요없는 문이 두세 개씩이나 되곤 했다. 아버지의 예술적 구상이란 불분명하고 극도로 혼란스러우며 불완전한 것이었다. 매번 아버지는 무언가 모자란다고 느끼고는 여러 가지 별채들을 하나씩 더해갔다. 나는 지금도 좁은 현관과 비좁은 복도 그리고 층계참으로 향하는 비뚤어진 층계를 선명히 기억한다. 층계참은 허리를 구부리지 않고는 서 있을 수 없을 정도로 천장이 낮았으며, 욕실의 선반 같은 커다란 판자조각 세

장이 깔려 있을 뿐이었다. 부엌에는 반드시 아치가 있었으며, 마루는 벽돌로 깔려 있었다. 집은 고집스럽고 딱딱한 느낌이 들고, 선은 메마르고 어색했으며, 지붕은 너무 낮아서 납작하게 눌러놓은 것 같았다. 뭉툭하고 두꺼운 굴뚝에 있는 철사로 만든 덮개에는 반드시 검고 삐걱대는 풍향기가 달려 있었다. 아버지가 설계한 집들은 모두 비슷해서, 아버지의 실크해트와 윤기 없고 고집스러운 뒤통수를 연상시켰다. 시간이 지날수록 사람들은 아버지의 서툰 솜씨에 익숙해졌고, 마침내 그것은 우리 도시의 스타일이 되고 말았다.

바로 그 스타일이라는 것을 아버지는 내 누이의 삶에도 강요했다. 누이를 클레오파트라라고 부르는 것부터 그런 식이다. (나를 미사일이라고 부르는 것처럼). 누이의 소녀 시절, 아버지는 온갖 별과 고대의 현자, 우리 조상에 대한 이야기로 누이를 겁주었고, 인생과 의무가 무엇인지 지루하게 설명하곤 했다. 아직도 아버지는 26세나 된 누이가 오직 당신의 팔만 붙잡고 다니게 했으며, 조만간 당신에 대한 존경심으로 딸에게 청혼할 근사한 젊은이가 나타날 거라고 상상했다. 누이는 아버지를 사랑하고 두려워했으며 그의 비상한 재능을 믿었다.

완전히 날이 저물었다. 거리에는 사람들 수가 조금씩 줄어들기 시작했다. 맞은편 집에서 들리던 음악이 멈추었다. 대문이 활짝 열리고, 방울을 울리며 트로이카가 달려 나왔다. 그 안에는 돌쥐코프 씨와 그의 딸이 타고 있었다. 자, 이제 잘 때가 되었다!

집에는 내 방이 따로 있었지만, 나는 벽돌 창고를 겸한 뜰의 오두막에 혼자 살고 있다. 옛날에 마구馬具를 보관하기 위해 만들어진 곳이다. 벽에는 갖가지 선반이 달려 있지만 지금은 쓸모없어졌다. 또한 아버지는 무슨 이유에서인지 반년치씩 신문을 묶어서 아무도 건드리지 못하도록 벌써 삼십 년간이나 보관하고 있었다. 그곳에 살면서는 아버지나 아버지의 친구들 눈에 덜 띌 수 있었다. 내 방이 아닌 다른 곳에 지내면서 집 안으로 밥 먹으러 가는 걸 가끔 거른다면, 아버지 신세를 지고 산다는 말이 그렇게 못견디게 들리지는 않을 거라고 생각했다.

누이가 기다리고 있었다. 아버지 모르게 내게 빵 한 조각과 차가운 송아지 고기 한 점을 저녁식사로 가져다주었다. 우리 집에서는 "돈은 계산을 좋아한다", "코페이카는 루블을 절약한다"는 식의 말을 자주 했다.[2] 누이는 이런 저속한 말에 짓눌려서 조금이라도 지출을 줄여보고자 애썼으며, 그 때문에 우리의 식단은 늘 궁색했다. 누이는 식탁에 접시를 내려놓고 내 침대에 앉아서 울었다.

"미사일, 너는 도대체 무슨 일을 하는 거니?" 누이가 손으로

---

2 100코페이카는 1루블.

얼굴을 닦아내지 않았기 때문에, 눈물은 가슴과 손으로 흘러내렸고 표정은 구슬펐다. 그녀는 베개에 얼굴을 묻고 어깨를 들썩이며 흐느꼈다.

"너 또 직장을 그만두었구나⋯⋯. 정말 너무했어!"

"누나, 나를 이해해줘요." 누나의 흐느낌으로 나는 심한 절망에 빠졌다.

마침 그때 램프의 석유가 다 닳았다. 램프는 곧 꺼지려는 듯이 그을음을 냈다. 벽에 붙은 선반들은 무시무시하게 보였고, 그림자는 흔들렸다.

"우리를 가엾게 여겨주렴!" 누이는 일어서며 말했다. "아버지는 무척 슬퍼하고 계셔. 나는 미칠 것 같아. 네게 장차 무슨 일이 일어날까?" 그녀는 울면서 내게 팔을 내밀었다. "부탁할게. 돌아가신 어머님의 이름을 걸고 애원할게. 제발 다시 직장으로 돌아가렴!"

"그럴 수 없어요. 클레오파트라!" 말은 이렇게 했지만, 누이가 계속 매달리면 항복하고 말 것 같았다. "그럴 수 없다니까요!"

"왜 안 된다는 거니? 왜? 만약 윗사람하고 사이가 좋지 못하면, 다른 일을 찾아보렴. 철도청에서 일해도 좋지 않을까? 얼마 전에 아뉴타 블라고보 양하고 이야기를 했는데, 그 아가씨는 철도청에서 너를 받아줄 거라고 확신하더라. 너를 도와주겠다는 약속까지 했는걸. 제발, 미사일, 생각 좀 해봐. 부탁이야!"

조금 더 이야기한 후 마침내 나는 항복했다. 철도건설 현장에서 일할 생각은 여태껏 한 번도 해본 적이 없지만, 한번 시도해볼 생각은 있노라고 말해버렸다.

누이는 아직도 눈물이 그렁그렁한 채 환한 미소를 지으며 내 손을 잡았다. 그러나 곧 다시 울기 시작했다. 울음을 멈출 수가 없었던 것이다. 나는 석유를 가지러 부엌으로 갔다.

2

볼샤야 드보랸스카야 거리에 살고 있는 아조긴 씨 가족은 사냥에서부터 아마추어 연극, 음악회, 자선 회화전까지 모두 통틀어, 우리 시에서 가장 영향력 있는 집안이었다. 그들은 매번 장소와 돈을 제공하고 여러 가지 귀찮은 일들을 도맡아 처리했다. 이 부유한 지주 집안은 시골에 화려한 대저택과 3,000데샤티나[3]의 땅을 가지고 있었지만, 시골을 좋아하지 않았기 때문에 겨울과 여름에는 도시에서 지냈다. 가족으로는 어머니와 세 딸이 있었다. 어머니는 키가 크고 마른 우아한 여성으로 늘 짧은 머리에 짧은 웃옷을 입고 영국식 플레어 스커트를 입었다. 세 딸은 이름으로

---

3 1데샤티나는 약 1.092헥타르에 해당한다.

부르지 않고 그냥 큰딸, 작은딸, 막내딸 하는 식으로 불렀다. 세 딸 모두 예쁘지 않은 뾰족한 턱을 가지고 있었으며, 근시안이며, 등이 굽고 어머니처럼 옷을 입고, '스', '즈'를 '쉬', '쥐'로 발음했다. 그러나 그녀들은 항상 온갖 종류의 공연에 참가했고, 끊임없이 자선이라는 명목으로 뭔가를 연주하거나 낭송하거나 노래를 불렀다. 그녀들은 대단히 진지했고 절대로 웃는 법이라곤 없었으며, 보드빌[4]에서조차도 전혀 즐거운 기색이라고는 없이 회계를 보는 것 같은 딱딱한 표정으로 연기했다.

나는 우리 마을의 연극을 매우 좋아했으며, 특히 종종 있던, 조금은 엉성하고 소란스러웠던 연극 연습을 즐겼는데, 연습 후에는 모두에게 저녁식사가 제공되었다. 작품을 결정하고 배역을 나누는 과정에 나는 한 번도 참여한 적이 없었다. 내게는 늘 막 뒤의 역할이 맡겨졌다. 나는 무대장치를 준비하고 대사를 쓰고, 막 뒤에서 대사를 불러주고, 분장하는 일을 했다. 그 밖에도 천둥소리나 꾀꼬리 울음소리 같은 특수효과를 내는 일도 했다. 그럴듯한 사회적 지위와 근사한 옷이 없었기 때문에, 연습 때마다 늘 혼자였고 무대 뒤 그늘에 서서 수줍게 침묵을 지켰다.

나는 아조긴 씨네 창고나 뜰에서 무대장치를 제작하는 일도 했다. 나를 돕는 도장공은 안드레이 이바노프라는 남자로, 자신을

<hr>

4 간간이 노래가 섞인 통속적인 소극笑劇.

'도장 청부업자'라고 했다. 그는 쉰 살 정도의 나이에 키가 크고 말랐으며, 창백한 얼굴에 푹 꺼진 가슴, 쑥 들어간 눈을 하고 있었다. 눈 밑의 푸른 그늘이 무서운 인상을 주는 사내였다. 그는 무슨 만성 고질병을 앓고 있었는데 매년 봄과 가을이 되면 사람들은 그가 죽을 때가 되었다고 말했다. 그러나 그는 얼마간 누워 지내다가 다시 일어나서 놀란 듯 말하곤 했다. "이번에도 숨이 붙어 있었네!"

사람들은 그를 레지카라고 불렀는데, 이것이 그의 진짜 성이라고 했다. 그도 나처럼 연극을 좋아했으며, 마을에서 연극을 준비한다는 소문을 들으면 만사 제치고 아조긴 씨 댁으로 가서 무대 장치를 만들곤 했다.

누이와 이야기를 나눈 그다음 날 아침부터 저녁까지, 나는 아조긴 씨 댁에서 일했다. 연습은 저녁 7시로 예정되었으나 한 시간 전에 이미 모든 연극 애호가들이 홀에 모였으며, 큰딸과 작은딸 그리고 막내딸은 무대 주위를 돌아다니며 대사를 읽었다. 붉은색의 긴 코트를 입은 레지카는 목도리를 칭칭 감고, 머리를 벽에 대고 서서 경건한 표정으로 무대를 바라보았다. 아조긴 씨 댁의 마님은 이 손님 저 손님에게 다가가서 뭔가 듣기 좋은 말을 하고 있었다. 그녀는 항상 사람의 얼굴을 뚫어지게 바라보고 비밀 이야기라도 하듯 조용히 속삭였다.

"무대장치를 만드는 것은 힘든 일이에요." 내게 다가오며 그녀가 말했다. "지금 막 무프케 부인과 미신에 대해 이야기했어요. 그리고 당신이 들어오는 모습을 봤지요. 오, 하느님, 나는 일생 동안 미신을 없애려고 싸웠어요. 하녀들한테도 미신이 얼마나 쓸데없는 것인지 알려주려고 집 안에서는 늘 세 개의 촛불을 켜고, 온갖 중요한 일은 13일에 시작해요."

그때 돌쥐코프 씨의 딸이 들어왔다. 그녀는 풍만한 금발미녀였으며, 우리 마을식으로 표현하자면, 머리에서 발끝까지 파리풍으로 휘감고 있었다. 연극에는 참여하지 않았지만, 사람들은 연습 때마다 항상 그녀를 위해 무대 위에 의자를 마련해주었다. 모든 연극은 화려한 옷으로 치장한 그녀가 제일 앞줄에 앉은 후에야 시작되었다. 그녀는 말 그대로 서울내기인고로, 연습에 이러쿵저러쿵 참견할 수 있었다. 연극에 대한 자신의 의견을 말할 때, 그녀는 우리 마을의 연극을 마치 아이들의 학예회 정도로 취급하듯 인자하고 관대한 미소를 지었다. 사람들은 그녀가 페테르부르크의 음악원에서 싱익을 공부하고 겨울 내내 어떤 사설 오페라단에서 노래를 불렀다고 말했다. 나는 그녀가 무척 마음에 들었기 때문에, 연극 연습이나 공연 때 그녀로부터 눈을 뗄 수 없었다.

내가 배우들에게 대사를 일러주기 위해 대본을 집어들었을 때, 갑작스럽게 누이가 나타났다. 누이는 망토와 모자를 벗지도 않고 말했다.

"얘야, 제발 가자꾸나."

나는 밖으로 나갔다. 무대 뒤, 출입문 옆에는 역시 모자를 쓰고 검은 베일을 드리운 아뉴타 블라고보가 서 있었다. 그녀는 지방 재판소가 만들어지던 무렵부터 이곳에서 일해온 재판위원회 위원장의 딸이었다. 키가 크고 체격이 좋아서 모두들 그녀를 꼭 연극에 참여시키고 싶어했다. 그러나 요정이나 슬라바 역할을 맡기려고 할 때마다 그녀는 얼굴을 붉게 물들이며 무척 창피해했다. 그래서 연극에는 참여하지 않았고, 잠시 일로 들를 뿐 홀에는 들어오지도 않았다. 지금도 역시 그녀는 잠시 들른 것처럼 보였다.

"아버지가 당신에 대해 말씀하셨어요." 그녀는 나를 쳐다보지도 않고 얼굴이 붉어진 채 무뚝뚝하게 말했다. "돌쥐코프 씨는 당신에게 철도청의 일자리를 약속해주었지요. 내일 그분에게 가보세요. 집에 계실 거예요."

나는 고개 숙여 그녀에게 감사를 표했다.

"이건 두고 가셔도 좋아요." 그녀가 대본을 가리키며 말했다.

그녀와 누이는 아조기나 부인에게 다가가서 이 분 정도 나를 힐끔힐끔 쳐다보며 속삭였다. 두 사람은 무언가에 대해 의논하고 있었다.

"만약 정말," 아조기나 부인이 내게 다가와 뚫어지게 쳐다보며 조용히 말했다. "정말 이 일 때문에 당신이 다른 중요한 일을 할 수 없다면……." 그녀는 내 손에서 대본을 집어들었다. "다른 사람에게 넘겨도 좋아요. 걱정하지 말고 잘 가요."

나는 그녀와 인사하고 허둥지둥 집을 나왔다. 층계를 내려가면서 누이와 아뉴타 블라고보가 가는 것을 보았다. 그녀들은 분명 내가 철도역에서 일하게 되는 것에 대해 말하면서 들뜬 표정으로 발걸음을 서두르고 있었다. 누이는 전에 한 번도 연극 연습에 온 적이 없었는데, 양심의 가책을 느끼는 것 같았다. 허락 없이 아조긴 씨 댁에 온 것을 아버지가 알까 봐 두려워한 것이다.

그다음 날 정오가 지날 무렵, 나는 돌쥐코프 기사의 집으로 갔다. 집사가 매우 아름다운 방으로 나를 인도했다. 거실 겸 돌쥐코프 씨의 서재로 쓰는 방이었다. 모든 것이 우아하고 섬세했는데, 나처럼 익숙지 않은 사람에게는 어색해 보였다. 값비싼 융단, 엄청나게 큰 안락의자, 청동조각상, 그림, 금과 빌로드로 만든 액자들이 방을 꽉 채우고 있었고, 영리하고 아름다운 얼굴을 한 여자가 편안한 포즈를 취하고 있는 사진들이 벽 이곳저곳에 걸려 있었다. 거실 문은 정원과 발코니로 곧장 연결되어 있었는데, 라일락과 아침식사가 준비된 작은 식탁이 보였다. 식탁 위에는 갖가지 유리병과 장미꽃 다발이 놓여 있었다. 봄내음과 값비싼 담배 냄새 그리고 행복의 향기를 뿜고 있었다. 인간이 태어나서 열심히 일하고, 마침내 지상에서 얻을 수 있는 모든 행복을 성취했다는 걸 웅변이라도 하는 것 같았다. 책상에는 돌쥐코프 씨의 딸이 앉아서 신문을 읽고 있었다.

"아버지를 찾아오신 거죠?" 그녀가 물었다. "지금 샤워 중이세요. 곧 나오실 거예요. 잠시 앉아 계세요."

나는 자리에 앉았다.

"당신은 우리 집 건너편에 살고 계시죠?" 잠시 침묵한 뒤 그녀가 물었다.

"그렇습니다."

"전 너무 지루해서 매일 창문을 통해 당신 집을 바라본답니다. 어머, 용서해주세요." 그녀는 신문을 바라보며 말을 이었다. "그리고 당신과 당신 누님을 보곤 해요. 당신 누님은 정말 착하고 얌전한 얼굴이더군요."

돌쥐코프 씨가 들어왔다. 그는 수건으로 목을 닦았다.

"아빠, 무슈 폴레즈네프예요." 그녀가 말했다.

"아, 아, 블라고보 씨가 당신에 대해 이야기한 적 있소." 그는 내게 활기차게 말을 건네왔으나, 손은 내밀지 않았다. "그렇지만, 들어봐요. 내가 당신에게 뭘 해줄 수 있단 말이오? 나한테 무슨 일자리가 있다고 하는 거요? 당신네들은 정말 이상한 사람들이란 말야!" 그는 큰 목소리로 마치 내게 형이라도 선고하는 듯한 어조로 말했다. "당신 같은 사람들이 하루에도 스무 명씩 찾아온단 말이야. 내가 무슨 국장이라도 되는 줄 아는 모양이지! 이봐요, 난 철도를 건설하는 사람이오. 내가 하는 일은 노역勞役이란 말이오. 내게 필요한 사람들은 기계공, 철공, 땅을 파는 일꾼, 소목장이, 우물 파는 사람들이야. 그렇지만 당신네들은 앉아서 뭘 쓸 줄만 알지 다른 일을 아무것도 못 하잖소. 다 책상물림인 주제에……."

그의 집에 있는 양탄자나 의자에서처럼, 그에게서도 행복의 향기가 뿜어 나오고 있었다. 붉은 볼에 넓은 가슴을 가진, 사라사 셔츠에 승마용 바지를 입은 이 말끔하고 건장한 남자는 꼭 도자기로 만든 마부 인형 같았다. 그의 둥글고 곱슬곱슬한 턱수염에는 흰 가닥 하나 없었고, 매부리코에 검고 반짝이는 눈은 순진해 보이기까지 했다.

"당신이 할 줄 아는 것이 뭐란 말이오?" 그가 말했다. "당신은 아무 일도 할 수 없잖소! 나는 기사란 말이오, 지금은 생활이 안정되었지만, 이걸 손에 넣기 위해 오랫동안 고생했소. 기관수도 해봤고, 벨기에에서는 이 년 동안 기름공으로 일했다오. 한번 생각해보시오. 내가 어떤 일을 당신에게 줄 수 있단 말이오?"

"물론, 그건……." 그의 반짝이는, 순진해 보이는 눈을 견디지 못해, 나는 당황해서 더듬거렸다.

"최소한 기계를 다룰 줄은 알겠지?" 그가 잠시 생각하더니 물었다.

"네, 이전에 전화국에서 근무한 적이 있습니다."

"흠, 좋아. 그럼 두고 보자고. 당분간은 두베취냐에 가 있게. 그곳에 이미 한 사람이 있긴 하지만……, 정말 지독한 건달이라네."

"그곳에서 제가 할 일은 뭐죠?"

"그때 가서 보자고. 당분간은 가 있게. 내가 알아서 처리하지. 단, 절대로 내 수하에서 술주정이란 있을 수 없고, 청탁으로 날 귀찮게 하는 일도 없어야 하네. 자, 나가보게."

그는 내게 잘 가라는 고갯짓도 하지 않고 자리를 떴다. 나는 그와 신문을 읽는 딸에게 인사하고 그 집을 나왔다. 마음이 너무 무거워서, 누이가 돌쥐코프 씨 댁에서 나를 어떻게 대접했는지 물었을 때 아무 대답도 할 수 없었다.

두베취냐로 가기 위해 나는 동틀 무렵 일어났다. 볼샤야 드보랸스카야 거리에는 아직 인적이 없었으며, 모두들 잠들어 있었다. 발소리는 외롭고 침울하게 울려 퍼졌다. 이슬에 덮인 미루나무는 부드러운 향기를 내뿜었다. 우울해진 나는 이 도시를 떠나고 싶지 않았다. 나는 내 고향을 깊이 사랑하고 있었던 것이다. 이곳은 내게 너무나 아름답고 따뜻한 곳이었다! 이 나무들과 조용하고 화창한 아침, 종소리를 사랑했지만 나와 함께 이곳에 사는 사람들은 나와 달랐으며, 지루하고 때로는 혐오스러웠다. 나는 그들을 좋아하지 않았고, 이해할 수도 없었다.

나는 이곳에 사는 6만 5천 명의 사람들이 무엇 때문에, 또 무슨 일을 하면서 살고 있는지 몰랐다. 킴리에서는 신발을 만들어서 빵을 벌고, 툴라에서는 사모바르와 총을 만들고, 오데사가 항구도시라는 것은 나도 아는 사실이다. 그러나 우리 도시는 뭐 하는 곳인지, 또 이곳 사람들이 무슨 일을 하는지, 나는 도통 알 수 없었다. 볼샤야 드보랸스카야 거리와 그 밖의 두 거리에는 원래부터 재산가였던 사람들이나 국가로부터 월급을 받는 관리들이 살고 있었다. 그러나 3베르스타[5]가량 길게 늘어섰다가 언덕 저편으로 사라지는 나머지 여덟 개의 거리에 사는 사람들이 무슨 일을 하며 먹고사는지, 내게는 영원히 풀리지 않는 수수께끼였다. 그리고 그들이 사는 모양새란, 입 밖에 내기에도 부끄러운 것이다! 정원도 없고, 극장도 없고, 변변한 오케스트라 하나 없었다. 시립도서관과 클럽 내의 도서관을 찾는 이들은 오직 유태계 소년들뿐이라서 새 잡지와 신간 서적은 몇 달씩이나 개봉되지 않은 채 남아 있었다. 부유하고 배운 자들조차 덥고 좁은 침실의 빈대가 들끓는 나무침대 위에서 잤고, 아이들은 소위 아이들 방이라

<hr>

5 미터법 시행 이전 러시아의 거리 단위. 1베르스타는 약 1.067킬로미터.

고 부르는 더러운 공간에서 자랐다. 하인들은, 늙고 오래된 하인들조차 부엌 난로 위에서 넝마를 덮어쓰고 잤다. 평일에는 보르쉬를 끓여먹고, 금식일에는 해바라기씨 기름으로 구운 상어요리를 먹었다. 그들은 맛없는 음식을 먹고, 깨끗하지 않은 물을 마시고 살았다. 우리 시에는 싸고 깨끗한 물이 없었기 때문에, 의회와 시장과 주교는 늘 국고에서 20만 루블을 지원받아 수도관을 설치해야 한다고 말했다. 한 서른 명 남짓한 부호들은 전 재산을 도박으로 잃으면서도, 여전히 질이 나쁜 물을 마시며 국고에서 돈을 지원받아야 한다고 평생 떠들어댔다. 나는 도무지 이해할 수 없었다. 국고에서 20만 루블을 받는 것보다 그들 주머니에서 그 돈을 꺼내는 것이 훨씬 쉬울 것 같았기 때문이다.

우리 도시에는 정직한 사람이 단 한 사람도 없었다. 나의 아버지도 뇌물을 받으면서, 자기 인격에 대한 존경심으로 사람들이 갖다 바치는 거라고 생각했다. 학생들도 진급하기 위해 선생들에게 촌지를 갖다 바쳤으며, 이 선생이란 자들도 학생들에게 많은 돈을 챙겼다. 장군의 부인은 징집 때 신병들에게 뇌물을 챙겨서 얼마나 먹고 마셨는지, 한번은 하도 술에 취해 교회에서 일어날 수 없는 지경이 되기도 했다. 징집 때에는 의사들도 돈을 챙겼다. 군의관과 수의사들은 술집과 고깃집에 세금을 부과했다. 지방 학교에서는 3등급 특혜 증서를 돈을 받고 팔았다.[6] 성직자들은 하급 성직자와 교회 집사들에게 뇌물을 챙겼다. 시청이나 군청이나 병원에서는 청원자들의 뒤꽁무니에 대고 소리 질렀다. "감사한 걸 표시할 줄 알아야지!" 그러면 그들은 다시 되돌아와서 30코페이카나 40코페이카를 건네주었다. 재판소에 있는 관리처럼 뇌물을 받지 않는 자들은 거만하기 그지없었고, 오만한 태도로 손가락 두 개를 내밀어서 악수했다. 그들은 냉정하고 옹졸한 편견을 가지고 있었으며, 카드놀이를 즐겨 했고, 술을 많이 마셨으며, 부잣집 처녀들과 결혼했고, 반드시 주변에 해로운 영향을 미쳤다. 오직 아가씨들에게서만 도덕적 순결함을 느낄 수 있었다. 그녀들은 대부분 정직하고 순결한 정신과 높은 열정을 가지고 있었다. 그러나 그네들은 인생을 알지 못했고, 뇌물을 바치는 것은 상대방의 인격에 대한 존경심의 표현이라고 믿었으며, 시집가서는 곧 늙고 타락하여, 속물적이고 소시민적인 인생의 구렁텅이에 영영 파묻혀버렸다.

6 1874년 이후부터 모든 러시아의 20세 이상 남자들은 병역의 의무를 지게 되었다. 이 가운데 1, 2, 3등급의 특혜를 받은 자는 병역이 면제될 수도 있었다. 1등급의 특혜는 외아들에게, 2등급의 특혜는 18세 이하 동생이 있는 사람에게, 3등급의 특혜는 이미 병역을 수행하고 있는 형제가 있는 자에게 주어졌다.

3

내가 살던 도시에는 철도가 건설되고 있었다. 축제 전날에 시의 이곳저곳에 부랑자들이 무리를 지어 돌아다녔다. 사람들은 그들을 '쇠뭉치'라고 부르며 두려워했다. 모자도 쓰지 않고 얼굴이 피투성이가 된 부랑자들이 경찰서로 끌려가는 것이 종종 목격되었다. 그 뒤로는 물증으로 보이는 사모바르나 세탁한 지 얼마 되지 않은 축축한 담요를 든 경찰들이 따랐다. '쇠뭉치'들은 보통 주막이나 시장에서 소란을 피웠다. '쇠뭉치'들은 퍼마시고 먹고 욕질하고 행실이 단정치 못한 여자가 지나갈 때는 날카로운 휘파람 소리를 냈다. 가게 주인들은 배고픈 건달들을 놀리기 위해 고양이나 개에게 보드카를 먹여서 그 꼬리에 양철 석유통을 묶은 후, 휘파람을 불었다. 개는 양철통을 달각거리며 미친 듯이 거리를 달렸다. 놈은 괴물이 바로 뒤에서 쫓아온다고 생각하여 겁을 집어먹고 도시 저 너머 평원까지 내달리고는, 힘이 빠져서 혀를 쑥 내미는 것이다. 내가 살던 도시에는 늘 꼬리를 만 채 몸을 부르르 떠는 개가 몇 마리 있었는데, 사람들은 이 개들이 그들의 지독한 장난을 견디지 못하고 돌아버린 거라고 했다.

철도역은 시에서 5베르스타 정도 떨어진 곳에 짓고 있었다. 사람들 말에 따르면, 기사들은 철도를 도시 가까이 지나가게 하는 대가로 5만 루블을 요구했으나, 시청에서 4만 루블밖에 줄 수 없다고 해서 1만 루블의 의견 차이를 좁히지 못했다. 그러고는 이제 와서 후회하고 있었다. 역까지 따로 도로를 놓아야 하고, 그러자면 더 많은 돈이 들기 때문이다. 철도선에는 벌써 침목과 레일이 깔려 있었고, 수송용 기차가 물자와 노동자들을 실어 날랐다. 돌쥐코프 씨가 건설하던 다리는 작업이 다소 지연되고 있었고, 몇몇 장소에서는 아직 역이 완공되지 않은 상태였다.

두베취냐—우리가 만든 첫 번째 역의 이름이다—는 시에서 약 17베르스타 정도 떨어져 있었다. 나는 그곳까지 걸어갔다. 가을 파종 작물과 봄갈이 작물이 아침 햇살 아래 파랗게 영글고 있었다. 상쾌한 평원 저 멀리로는 역과 언덕과 저택의 모양이 또렷이 보였다. 이곳에서 자유롭게 지낼 수 있다니 얼마나 즐거울까!

단 하루라도 자유에 몰입하여, 시내에서 일어나는 일과 나의 궁핍한 생활과 늘 나를 괴롭히던 배고픔도 잊을 수 있다면 얼마나 좋을까! 그 어떤 것도 배고픔만큼 나를 방해하지 못했다. 온갖 나의 고상한 생각들은 어느새인가 밀죽과 커틀릿, 튀긴 생선에 대한 생각들과 엉켜버리곤 했던 것이다. 이 평원에 홀로 서 있으면서도, 나는 창공의 한 지점에 머물러 히스테리가 발작한 것처럼 미친 듯이 지저귀는 참새를 바라보고 '버터 바른 빵을 먹고 싶다!'고 생각했다. 또는 철도가에 앉아 쉬면서 이 아름다운 5월의 소리를 들으려고 눈을 감으면, 오히려 뜨거운 감자 냄새가 피어오르는 것이었다. 큰 키와 건장한 체격에도 불구하고 적은 양만을 먹어야 했으므로, 나는 늘 배가 고팠다. 그렇기 때문에 왜 그토록 많은 사람들이 빵 한 조각을 얻기 위해 노동하고, 먹을거리에 대해서만 이야기하는지도 이해할 수 있었다.

두베취냐에서는 역 내부 공사가 진행 중이었고, 양수장 근처에 나무로 2층 건물을 만들었다. 날씨는 더웠고, 석회 냄새가 진동했다. 인부들은 힘없이 나무 부스러기와 쓰레기더미 곁을 지나다녔다. 건널목지기 초소 옆에는 포인트맨[7]이 자고 있었다. 태양빛이 그의 얼굴에 바로 쏟아졌다. 한 그루의 나무도 없었다. 전화선이 나직이 윙윙거렸고, 그 위에는 매가 앉아 있었다. 나 역시 쓰

---

7 전철기수.

레기더미들 사이를 헤매며 무슨 일을 할지 몰랐다. 할 일이 무엇인지 물었을 때 돌쥐코프 씨가 한 말이 떠올랐다. "거기 가서 보자고." 그러나 이 초원에서 도대체 뭘 보자는 말인가? 미장공들은 페돗 바실리예프라는 십장에 대해 이야기했지만, 나는 전혀 알아들을 수 없었고 점차 나른해지기 시작했다. 이 나른함은 건장한 사지육신을 가지고 도대체 무슨 일을 해야 할지 모르는, 한마디로 몸둘 바를 알 수 없는 그런 육체적 나른함이었다.

두 시간 정도 헤맨 끝에 나는 역에서 왼쪽으로 2베르스타가량 전신주가 죽 늘어서 있으며, 그 긴 대열이 흰 돌담 옆에서 끝난다는 것을 알았다. 인부들은 그곳에 사무실이 있다고 말했다. 나는 그곳이 바로 내가 가야 할 곳이라는 것을 깨달았다.

그것은 매우 오래된 버려진 저택이었다. 구멍투성이 하얀 돌로 된 담장은 이미 바람에 퇴색되었으며, 군데군데 무너져 있었다. 문이 없는 쪽의 벽이 평원을 향하고 있는 이 별채의 지붕은 이미 녹슬었고, 지붕 위에는 양철 냄비가 반짝이고 있었다. 문 너머로 삽소가 무성한 널찍한 뜰이 보였고, 높다란 녹슨 지붕에 창문에 차일이 달린 낡은 귀족 저택이 서 있었다. 집의 양옆에는 똑같이 생긴 별채가 한 채씩 서 있었다. 한쪽 집의 창문은 판자로 닫혀 있었다. 다른 집의 창문은 활짝 열려 있었으며, 근처 나뭇가지에는 내의가 걸려 있고 송아지들이 어슬렁거렸다. 뜰에는 마지막

전신주가 서 있고, 전화선이 거대한 벽을 평원으로 향한 별채의 창문에 연결돼 있었다. 나는 열린 문 안으로 들어갔다. 전화가 놓인 책상에는 검은 곱슬머리에 범포帆布로 된 상의를 입은 한 남자가 앉아 있었다. 그는 험상궂게 나를 쳐다보더니, 이내 웃으면서 말을 건넸다.

"이런, 잔돈푼이로군!"

그는 나의 고등학교 동창인 이반 체프라코프로, 2학년 때 담배를 피운 죄로 퇴학당했다. 우리는 어느 해 가을 꾀꼬리와 화계, 콩새를 잡아서 부모님이 잠든 이른 아침에 그것들을 장에 내다 팔았다. 우리는 찌르레기 떼를 기다렸다가 딱총으로 쏘았고, 상처 입은 것들을 골라냈다. 몇몇은 심한 고통을 견디지 못하고 죽었다(아직도 나는 밤마다 그것들이 새장에서 내던 신음을 기억한다). 상처를 회복한 찌르레기들을 모두 수컷이라고 속여 시장에 내다 팔았다. 한번은 찌르레기 한 마리가 팔다 남았다. 나는 어떻게든 팔아보려고 한참을 애쓰다가 결국 1코페이카에 낙찰을 보았다. '그래도 잔돈푼이나마 벌었지 뭐.' 나는 1코페이카에 판 사실을 숨기며 위로 삼아 속으로 말했다. 그때부터 거리의 소년들과 학교 친구들은 나를 '잔돈푼이'라고 불렀다. 지금에 와서는 왜 그런 별명이 생겼는지 아무도 기억하지 못하지만, 그래도 가끔 꼬마들과 장사치들은 내 별명을 부르며 놀리곤 했다.

체프라코프는 왜소한 남자였다. 가슴이 좁고 등이 굽었으며 다리가 길었다. 노끈으로 넥타이를 하고 조끼도 입지 않았으며 비뚤어진 굽이 달린 신발은 내 것보다도 못했다. 그는 거의 눈을 깜박이지 않고, 항상 무언가를 해치우려는 듯 정신없이 허둥댔다.

"잠깐만." 그가 허겁지겁 말했다. "내 말 좀 들어봐! 내가 뭐에 대해 이야기했었지?"

우리는 열띤 대화를 나누었다. 나는 이 땅이 얼마 전까지만 해도 체프라코프 집안의 것이었으나, 작년 가을 돌쥐코프 씨에게 넘어갔다는 것을 알았다. 그는 현금보다는 땅을 가지고 있는 것이 더 유익하다는 생각에서, 빚을 탕감해주는 조건으로 우리 지방에서만도 벌써 세 군데의 영지를 확보했다. 친구의 어머니는 땅을 넘길 때 뜰에 있는 별채에서 이 년간 살겠다는 조건을 붙였고, 아들을 사무실에 취직시켜달라고 부탁했다.

"그 작자는 좋아라 하고 어머니의 조건을 받아들였지!" 체프라코프가 돌쥐코프 씨에 대해 말했다. "청부업자들에게도 얼마나 챙기는지! 여하튼 누구한테든지 돈을 뜯어내거든!"

그는 내가 자기와 별채에 같이 살 것이며, 그의 어머니에게 하숙할 것이라고 마음대로 결정하고는 나를 식사에 초대했다.

"우리 어머니는 구두쇠라고. 하지만 자네한테 비싸게 받지는 않으실 거야."

그의 어머니가 쓰는 작은 방들은 너무 좁았다. 영지를 판 후 큰 집에서 옮겨온 가구들로 방들과 현관이 꽉 들어찼다. 가구들은 대단히 낡았고 붉은 나무로 만들어진 것이었다. 체프라코바 부인은 사팔뜨기에 가느다란 눈을 한 무척 뚱뚱한 노부인이었다. 그녀는 창문 옆 큰 안락의자에 앉아서 양말을 뜨고 있었다. 노부인은 점잔을 빼며 나를 맞이했다.

"어머니, 폴로즈네프예요." 체프라코프가 나를 소개했다. "이 친구도 여기에서 함께 근무할 거예요."

"자네는 귀족인가?" 그녀가 묘하게 거슬리는 목소리로 물었다. 마치 목에서 기름덩어리가 부글부글 끓는 것 같았다.

"예." 내가 대답했다.

"앉게."

점심식사는 엉망이었다. 쓴맛 나는 트보록[8]이 든 만두와 우유 수프가 고작이었다. 노부인의 이름은 엘레나 니키포로브나였으며, 기이하게 눈을 한쪽씩 번갈아 꿈벅였다. 말도 하고 음식도 먹었지만, 그녀의 몸 전체에는 죽음의 그림자가 드리워져 있어서 마치 시체 냄새가 나는 것 같았다. 생명의 촛불이 그녀 안에서 거의 사그라들고 있었다. 한때 농노를 거느린 귀족이자 지주였으며, 장군 부인으로서 하인들에게 영부인이라는 호칭을 듣던 기억

8 응고시킨 우유.

역시 의식 속에서 희미해졌다. 그러나 이 기억의 잔재가 한순간이라도 또렷이 떠오를 때면, 그녀는 아들에게 핀잔을 주곤 했다.

"존, 나이프를 그렇게 들어서는 안 되지!"

노부인은 간신히 숨을 내쉬며 손님 대접을 하는 여주인 행세를 하면서 말했다.

"우리는 영지를 팔았다오. 물론 아깝지. 여기서 사는 것이 익숙해져버렸거든. 그렇지만 돌쥐코프 씨는 존을 두베취냐의 역장으로 만들어주겠다고 약속했다네. 그렇게 되면 우리는 이곳을 떠나지 않고 계속 머물러 있게 되는 거지. 영지를 가지고 있는 거나 마찬가지 아니겠어. 돌쥐코프 씨는 참 선량한 사람이지! 그 사람 아주 잘생겼다고 생각하지 않수?"

얼마 전까지만 해도 체프라코프 가족은 부유한 삶을 살았다. 그러나 장군의 죽음 이후 모든 것이 달라졌다. 엘레나 니키포로브나는 이웃과 싸우고 재판 소송을 하고, 소작인과 일꾼들에게 임금을 지불하지 않기 시작했다. 그녀는 재산을 도둑맞지나 않을지 늘 안절부절못했디. 그렇게 십 년이 지나자 두베취냐는 전혀 알아볼 수 없게 변해버렸다.

대저택 뒤에는 잡초로 뒤덮인 황폐해진 정원이 있었다. 나는 테라스를 거닐었다. 그곳은 여전히 아름답고 튼튼했다. 유리문 저편에는 거실로 보이는 나무 타일을 깔아놓은 방이 있었다. 거실에 있는 것이라고는 오래된 피아노와 벽에 걸린 붉은 나무 액자 속의 판화가 전부였다. 화원이 있던 자리에는 덤불 속에서 희고 붉은 머리를 쳐든 작약과 양귀비꽃만이 남아 있었다. 길 양편에는 소에게 잎을 다 뜯긴 어린 단풍나무와 느릅나무들이 서로 밀치기라도 하듯 키를 키우고 있었다. 정원은 잡초가 무성하여 다닐 수 없을 것 같았다. 그러나 오솔길이 있던 자리에서 플라타너스와 소나무와 오래된 버드나무가 남은 곳은 집 주변뿐이고, 다른 곳의 나무들은 깨끗이 베어져 있었다. 그곳은 풀 냄새도 나지 않았고, 입이나 눈으로 기어 들어오는 거미도 없었다. 산들바람이 불고 있었다. 깊이 들어갈수록 시야는 더 넓어지고, 평원에는 벚꽃나무, 자두나무, 가지가 비죽비죽 솟은 사과나무가 있었다. 아주 큰 배나무도 있었는데, 너무 커서 배나무라는 것이 믿기지 않을 정도였다. 이 구역은 시내의 장사치들이 임대를 하고 있었다. 다소 지능이 떨어지는 남자가 나뭇가지로 만든 막사에 살면서, 도둑과 찌르레기로부터 이 구역을 지키고 있었다.

정원은 깊이 들어갈수록 초원처럼 텅 비어 있었고, 마침내 갈대와 버들가지가 무성하게 자란 강가에서 끝났다. 방앗간 둑 옆, 강 어귀에는 수심이 깊고 물고기가 많았고, 초가지붕을 얹은 작은 방앗간은 요란스레 덜컹거렸으며, 개구리는 요란하게 개굴대고 있었다. 거울 같은 수면에는 이따금 둥그런 동심원이 번졌고,

즐거운 물고기가 물백합을 흔들며 놀고 있었다. 두베취냐 마을은 강 저편에 있었다. 고요한 푸른색 방앗간은 서늘함과 평안을 약속하며 손짓하고 있었다. 그렇다. 이제 이 모든 것—둑, 방앗간, 아름다운 강변은 모두 돌쥐코프 씨의 것이 되어버렸다!

나의 새로운 직장생활은 그렇게 시작되었다. 나는 전보를 받고 보내고, 여러 가지 통지서를 쓰고, 무식한 십장이나 기술공들이 사무실로 보내온 청구서와 보고서를 깨끗이 정서했다. 그러나 하루의 대부분을 나는 아무 일도 하지 않았으며, 방마다 돌아다니며 전보를 기다리거나, 나 대신 자리에 앉혀놓았던 소년이 전신기가 울린다고 알리러 뛰어올 때까지 정원에서 산책을 하곤 했다. 식사는 체프라코바 부인 댁에서 했다. 고기는 거의 나오지 않았으며, 모든 음식이 우유로 만든 것이었다. 수요일과 금요일에는 금식일 음식이 나왔고, 그날은 금식일 접시라고 부르는 분홍 접시가 식탁에 올라왔다. 체프라코바 부인은 늘 눈을 깜박였는데, 이것은 그녀의 버릇이었으며, 그녀와 함께 있을 때면 나는 늘 기분이 좋지 않았다.

별채의 사무실 일은 한 사람이 하기에도 모자란 것이어서 체프라코프 역시 늘 무위도식했으며, 하는 일이라곤 잠을 자거나 거위를 사냥하러 총을 들고 강 어귀로 나가는 것뿐이었다. 저녁마다 그는 마을이나 역에서 곤드레만드레가 되도록 술을 마셨으며,

잠들기 전에 거울을 뚫어져라 보다가 꽥 소리를 질렀다.

"안녕하쇼. 이반 체프라코프 씨!"

술에 취한 그는 대단히 창백했으며 늘 손을 비비며 말 울음소리 같은 웃음을 터트렸다. "히히히!" 그는 옷을 홀딱 벗고 마루를 뛰어다니며 장난을 치기도 했으며, 모기를 꿀꺽 삼키고는 신맛이라고 투덜대곤 했다.

4

하루는 점심식사가 끝난 후 체프라코프가 별채로 뛰어와서 숨을 헐떡이며 말했다.

"어서 가봐, 네 누님이 오셨어."

나는 누이에게 갔다. 본채의 현관 계단 옆에는 사륜마차가 서 있었다. 나의 누이와 아뉴타 블라고보가 도착한 것이었다. 그들 곁에는 군복 치림의 한 남자가 서 있었다. 가까이 다가서서야 나는 그가 아뉴타의 오빠라는 것을 알았다. 그는 의사였다.

"우리는 당신에게 놀러 왔습니다." 그가 말했다. "괜찮겠지요?"

누나와 아뉴타는 내심 이곳에서 내가 어떻게 지내는지 캐묻고 싶은 듯했지만, 그저 말없이 나를 바라보기만 했다. 나도 아무 말도 하지 않았다. 그들은 내가 이곳 생활을 마음에 들어하지 않는다는 것을 눈치채고, 누이는 눈물을 글썽였으며, 아뉴타는 얼굴이 붉어졌다. 우리는 정원으로 나갔다. 의사는 제일 앞장서서 걸어가며 흥에 겨워 떠들었다.

"이 공기 좀 봐! 오, 성모님, 정말 공기가 깨끗하군!" 겉으로 볼 때 그는 아직도 학생 같았다. 말하는 것도 걷는 것도 학생을 연상시켰다. 그의 회색 눈빛은 모범생의 그것처럼 활기차고 단순했으며 의심이 없었다. 아름답고 훤칠한 누이가 옆에 있어서인지 그는 한결 작고 왜소해 보였다. 그의 턱수염은 숱이 적었으며 목소리도 여린 테너였으나, 듣기에는 좋았다. 그는 군부대에서 근무한다고 했으며, 지금은 휴가를 받아 집에 와 있다고 했다. 그러나 가을에는 의사 자격시험을 치르기 위해 페테르부르크로 가야 한다고 했다. 그는 대학교 2학년 때 일찌감치 결혼해서 벌써 아내와 세 아이가 있었다. 소문에 따르면 그의 결혼생활은 불행했으며, 현재 아내와 별거 중이었다.

"지금 몇 시죠?" 누나가 조바심을 냈다. "빨리 돌아가는 것이 좋을 것 같아요. 아버지가 동생을 만나고 6시까지 집에 돌아오라고 하셨거든요."

"또 그 아버지 소리!" 의사가 한숨을 내쉬었다.

나는 사모바르를 끓였다. 본채의 테라스를 눈앞에 두고 우리는 양탄자에 앉아서 차를 마셨다. 의사는 무릎을 꿇고 차를 마시며 천상의 행복을 맛보고 있다고 말했다. 얼마 후 체프라코프가 열쇠를 가지고 와서 유리문을 열었고, 우리는 집 안으로 들어갔다. 집 안은 어두웠으며 왠지 비밀스러운 기운이 느껴지고 버섯 냄새가 났다. 우리의 발소리는 발밑에 지하실이라도 있는 것처럼 집 안을 쿵쿵 울렸다. 의사는 선 채로 피아노 건반을 눌렀다. 피아노는 약하고 떨리며 쉰 듯한 그러나 여전히 조율이 잘된 듯한 소리를 냈다. 그는 몇 번 헛기침을 하더니 로망스를 부르기 시작했다. 그는 건반이 소리 나지 않을 때마다 얼굴을 찡그리고 짜증을 내면서 발을 굴렀다. 누나는 더 이상 집에 갈 생각을 하지 않고 들떠서 방 안을 거닐며 말했다.

"아, 정말 재미있다. 정말, 너무 재밌어!"

그녀의 목소리에는 놀라움이 담겨 있었다. 마치 그녀 자신이 그렇게 즐거울 수 있다는 것이 믿어지지 않는 듯했다. 나는 누나가 그렇게 즐거워하는 것을 처음 보았다. 그녀는 더 예뻐 보이기까지 했다. 사실 그녀의 옆얼굴은 그리 아름답지 못했다. 코와 입이 톡 튀어나와 마치 뽀로통해 있는 것 같았다. 그러나 누나의 검은 눈과 창백하고 부드러운 얼굴색, 사람의 마음을 흔드는 착하고 슬픈 표정은 정말 예뻤다. 이야기할 때 그녀는 상냥하고, 때론 정말 아름다워 보이기도 했다. 우리 남매는 어머니를 닮아서 어깨가 넓고 튼튼했으며, 참을성이 있었다. 그러나 누나의 얼굴은 병적으로 창백했으며 기침을 자주 했다. 나는 때로 누나의 얼굴에서 자신의 병약함을 숨기려는 사람들의 표정을 읽곤 했다. 지금 누나는 아이처럼 순진하게 즐거워하고 있었다. 엄격한 가정교육으로 인해 어린 시절에는 미쳐 느껴보지 못했던 즐거움이 이제야 그녀 안에서 마음껏 꽃피우는 것 같았다.

그러나 저녁이 되어 말을 끌어오자, 누나는 다시 잠잠해졌다. 그녀는 헬쑥해져서 마치 피고인석에 앉는 듯한 얼굴로 마차에 올랐다.

그들이 떠나자 집 안은 조용해졌다. 나는 아뉴타 블라고보 양이 오늘 하루 종일 나와 한마디도 하지 않았다는 사실을 떠올렸다.

"정말 대단한 아가씨야!" 나는 생각했다. "정말 대단해!"

성 베드로 금식일이 되자 우리는 매일 금식일 음식만 먹었다. 심심하기도 했고, 어정쩡한 처지 때문에 나는 점차 육체적인 노동이 그리워지기 시작했다. 불만에 찬 나는 나른한 상태로 허기에 시달리면서 정원을 어슬렁거렸고, 이곳을 떠날 용기를 찾고 있었다.

어느 날 저녁이 다 되어갈 무렵, 레지카가 앉아 있는 별채에 갑작스레 돌쥐코프 기사가 방문했다. 그는 얼굴이 심하게 탔고 먼

48

지를 뒤집어쓰고 있었다. 사흘간 건설현장에 있다가 증기기차를 타고 두베취냐에 당도했으며, 역에서부터 이곳까지는 걸어왔다고 했다. 도시에서 오기로 한 마차를 기다리는 동안, 그는 집사와 함께 저택을 돌아보며 큰 소리로 여러 가지 지시를 내렸다. 그 후 그는 한 시간 내내 별채에 앉아서 편지를 썼다. 자기 이름 앞으로 온 전보에 직접 타자를 치며 답장을 썼다. 우리 셋은 아무 말도 없이 부동 자세로 서 있었다.

"정말 엉망진창이군!" 그가 날카로운 눈초리로 통지서를 훑어보며 말했다. "2주일 후에 사무실을 역으로 옮길 텐데 도대체 자네들을 어떻게 해야 할지 모르겠군."

"저는 애쓰고 있답니다." 체프라코프가 말했다.

"그래, 자네가 얼마나 애쓰고 있는지 눈에 훤히 보이는구먼. 월급이나 챙길 줄 알지." 돌쥐코프 씨는 나를 쳐다보며 계속 말했다.

"그저, 연줄에 기대서 좀 더 빨리, 좀 더 쉽게 출세하기에만 급급하시! 난 그런 것은 전혀 몰랐다고. 아무도 나를 밀어주지 않았단 말일세. 이렇게 성공하기 전엔 나도 말단 기능공을 전전하고, 벨기에에서는 하급 기름쟁이였단 말일세. 그런데 판텔레이, 자네는 여기서 도대체 뭘 하는 거지?" 그는 레지카를 향해 돌아서며 물었다. "저자들과 함께 술주정이라도 하고 있던 건가?"

그는 가난하고 비천한 사람을 가리켜 '판텔레이'라고 불렀고, 나와 체프라코프 같은 사람들을 경멸했으며, 뒤에서는 우리들을 술주정뱅이, 개돼지, 망나니라고 불렀다. 그는 말단 직원들에게 엄했으며 마구 벌금을 매기거나, 아무 설명 없이 냉정하게 그들을 해고시키곤 했다.

마침내 그가 기다리던 마차가 도착했다. 그는 떠나면서 2주 후에 우리 모두를 해고시키겠다고 으름장을 놓았고, 집사를 멍청이라고 욕했다. 그가 마차를 타고 도시로 떠나자 나는 레지카에게 말했다.

"안드레이 이바노비치 씨, 저를 당신 밑에서 일하게 해주세요."

"어렵지 않지!"

그리하여 우리는 함께 도시로 떠났다. 역과 저택에서 멀어지자 나는 그에게 물었다.

"안드레이 이바노비치 씨, 당신은 무엇 때문에 두베취냐에 온 거죠?"

"우선은, 내 일꾼들이 그곳에서 일하기 때문이고, 둘째는 장군 부인에게 이자를 물기 위해서였지. 작년에 부인께 50루블을 꾸었다네, 달마다 1루블씩 이자를 지불하기로 하고 말이야."

늙은 도장공은 갑자기 멈추어 서서 내 단추를 붙잡고 말했다.

"미사일 알렉세이치, 이보게나, 난 말이야, 조금이라도 이자를 받는 자는 평민이나 귀족이나 할 것 없이 모두 악당이라고 생각해. 그런 자들에게는 진심이란 있을 수 없단 말일세."

비쩍 마르고 창백하며 인상이 흉측한 이 노인은 눈을 감고 머리를 저으며 철학자 같은 목소리로 말했다.

"진딧물은 풀을 뜯어먹고, 녹은 철을 갉아먹고, 거짓은 마음을 병들게 하지. 오, 신이여, 죄 많은 우리를 구원하소서!"

5

레지카는 그리 실리적이지 못했으며, 머리를 굴리는 사람도 아니었다. 그는 늘 할 수 있는 분량보다 더 많은 일을 맡아서 결산할 때가 오면 언제나 초조해했고, 거의 늘 손해를 보았다. 그는 도장하고 유리를 끼우고 벽지를 바르고 심지어는 지붕공사까지도 맡았다. 대단치 않은 일에 지붕 올리는 기술자를 찾아 그가 사흘씩 뛰어다닌 일도 있었다. 그는 훌륭한 기술자였기 때문에, 때로 하루에 10루블씩 버는 횡재를 할 때도 있었다. 어떻게 해서든지 십장을 하려는 욕심만 없었다면, 그는 많은 돈을 벌 수도 있었을 것이다.

그는 공사 건당으로 돈을 받으면서도, 나와 다른 노동자들에게는 하루에 70코페이카에서 1루블씩 일당으로 노임을 지불했다. 덥고 건조한 날씨가 계속되는 동안에는 여러 가지 외장공사, 특히 주로 지붕 도장공사를 많이 했다. 아직 익숙하지 않은 내 발은 지붕 위에 서면 뜨겁게 달군 철판 위를 걷는 것 같았다. 장화를 신으면 너무 갑갑했다. 그러나 처음 얼마 동안만 그랬을 뿐 곧 익숙해졌으며, 모든 일은 일사천리로 흘러갔다. 이제 나는 먹고살기 위해 어쩔 수 없이 노동하는 사람들, 노새처럼 일하면서도 노동의 가치를 인식하지 못하며 노동이라는 단어조차 쓸 줄 모르는 사람들과 함께 살게 된 것이다. 그들과 지내면서 나 역시 스스로를 노새처럼 여기게 되었고, 내 일의 필연성과 불가피성에 빠져들면서 그동안 나를 괴롭히던 온갖 회의와 의심에서 벗어났으며, 삶은 훨씬 편해졌다.

처음에는 모든 것이 흥미롭고 새로워서 다시 태어난 것만 같았다. 이제 나는 노숙을 할 수도 맨발로 걸어다닐 수도 있었으며―그런 것들은 너무나 유쾌한 일이었다―, 조금도 쑥스러워하지 않고 비천한 사람들 무리에 서 있을 수도 있었다. 마차에 말을 맬 때에도 옷을 더럽힐까 두려워하지 않고 거리낌없이 거들어주었다. 가장 중요한 것은, 내 힘으로 번 돈으로 생활하며 아무에게도 폐를 끼치지 않았다는 것이다.

지붕 도장, 특히 니스와 페인트를 사용하는 공사는 이득이 많이 남는 일이었다. 그래서 레지카 같은 훌륭한 기술자들도 그 일을 꺼리지 않았다. 그는 짧은 바지를 입고, 마치 학처럼 가느다란 연보라색 다리로 지붕 위를 걸어다녔다. 나는 그가 붓으로 페인트칠을 하면서, 깊은 한숨을 내쉬며 말하는 것을 들었다.

"아, 죄 많은 우리 인생의 고통이여."

그는 마치 마루 위를 걷듯 휘적휘적 멋대로 지붕 위를 돌아다녔다. 건강하지 못하고 죽은 사람처럼 창백한 얼굴을 하고 있었지만 민첩한 그의 몸놀림은 경이로울 정도였다. 그는 젊은이처럼 받침대 없이 계단과 줄에 몸을 의지한 채, 성당의 둥근 지붕을 칠해나갔다. 나는 그가 아주 높은 곳에 서서 몸을 쭉 펴고 누구에게 하는 소리인지 모를 말을 내뱉는 것을 보면 무섭기까지 했다.

"진딧물은 풀을 뜯어먹고, 녹은 철을 갉아먹고, 거짓은 마음을 병들게 하지."

때로 그는 골똘히 생각하다가, 그 생각에 대답이라도 하듯 혼잣말로 중얼거렸다.

"그래, 그럴 수도 있지, 다 있을 수 있는 일이야!"

일을 마치고 집에 돌아오면 문가에 앉아 있던 집사들과 소년들, 아줌마들이 내 등 뒤에서 욕설과 야유를 퍼부었다. 처음에는 그런 반응이 너무 이상해서 무척 혼란스러웠다.

"잔돈푼아!" 여기저기서 그런 말이 들려왔다. "페인트공!"

얼마 전까지만 해도 비천한 신분에 온갖 잡일을 하면서 한 조
각의 빵을 벌던 이 사람들만큼 나를 가혹하게 대했던 사람들은
없었다. 시장을 지나갈 때는 마치 실수인 것처럼 내게 물을 퍼부
었고, 때로는 지팡이를 휘두르기까지 했다. 한 늙은 생선장수는
내 앞을 가로막고 흘겨보며 말했다.

"이 바보 같은 놈아, 네가 아니라 네 아비가 불쌍하다!"

친구들은 나를 만나면 어쩐 일인지 안절부절못했다. 어떤 이들
은 마치 기인을 보는 듯한 눈으로 나를 보았고, 또 어떤 친구들은
나를 동정했다. 나를 어떻게 대해야 할지 갈피를 잡지 못하는 친
구들도 있었다. 하루는 볼샤야 드보랸스카야의 어느 골목에서 아
뉴타 블라고보와 마주쳤다. 마침 나는 큰 붓 두 개와 물감통을 들
고 공사장으로 가고 있었는데, 그녀는 나를 보고 크게 놀라며 말
했다.

"길에서는 알은척하지 말아주세요." 그녀는 내게 손을 건네지
도 않고, 주저하면서 무뚝뚝하고 떨리는 목소리로 말했다. 그러
나 갑자기 그녀의 두 눈에 눈물이 비쳤다. "만약 당신 생각에 이
런 것들이 정말 꼭 필요하다면, 할 수 없지요……. 그러나 제발
절 알은척하지는 말아주세요."

당시 나는 볼샤야 드보랸스카야가 아니라, 교외의 메카리하에
있는 착한 나의 옛 유모 카르포브나 부인 집에서 살고 있었다. 그

녀는 음울한 성격의 노파가 되어 있었고, 늘 뭔가 불길한 조짐을 느끼며 살았다. 꿈을 꾸면 항상 두려워했으며, 방 안으로 날아든 벌을 보고도 불길한 징조라고 말했다. 내가 노동자가 된 것에 대해서도 유모는 좋은 조짐이 전혀 아니라며 슬퍼했다.

"제정신인가요, 도련님?" 그녀는 고개를 흔들며 슬픈 목소리로 말했다. "제정신이 아니군요."

그녀는 양자 프로코피와 함께 살고 있었는데, 그는 덩치가 크고 고집스러운 푸줏간 주인으로, 나이는 서른이고 붉은 머리에 뻣뻣한 턱수염이 나 있었다. 현관에서 만나면 그는 늘 공손하게 내게 길을 양보해주었고, 술에 취하면 손바닥을 쭉 펴서 거수경례를 올려붙이기도 했다. 저녁마다 그는 집에서 식사를 했는데, 흔들거리는 칸막이를 통해 그가 숨을 헐떡이고 쿨럭거리면서 연달아 술 마시는 소리가 들렸다.

"엄마!" 그가 조그만 소리로 불렀다.

"왜?" 양자를 깊이 사랑하는 카르포브나 부인이 대답했다. "왜 그러니, 아들아?"

"엄마, 내가 호강시켜줄게. 이번 겨울부터 내가 엄마를 죽을 때까지 먹여 살리고, 엄마가 죽으면 내 돈으로 장사도 치러줄게." 그는 진심 어린 목소리로 말했다.

나는 매일 해 뜨기 전에 일어나서 일찍 잠자리에 들었다. 우리 도장공들은 매우 많이 먹고 잠도 푹 잤지만, 무슨 이유에서인지 밤마다 심장이 심하게 뛰었다. 나는 동료들과 다투지 않았다. "눈알이나 확 빠져버려라, 콜레라에 걸려 뒈져버리든가." 거친 말과 욕설이 하루 종일 끊임없이 들렸지만, 그래도 우리는 사이좋게 지냈던 것이다. 동료들은 친아버지한테까지 버림받다니, 이교도가 아니냐고 나를 우스갯소리로 놀려댔다. 그들은 교회에도 거의 나가지 않고, 교회에 나가지 않은 지 벌써 십 년씩이나 되는 사람들이었지만, 어차피 도장공은 백로 속의 까마귀와 같은 존재라는 말로 자신들의 방탕한 생활을 변명했다.

동료들은 나를 존경했고 정중하게 대해주었다. 그들은 내가 술도 담배도 하지 않고 조용히 살아가는 게 좋아 보였던 모양이다. 단, 그들은 내가 니스를 훔치거나 업주에게 술을 사달라고 조르지 않는 것에 무척 놀란 눈치였다. 그들은 주인의 니스나 물감을 훔치는 일을 절도가 아니라 극히 당연한 일로 여겼다. 레지카처럼 정직한 사람도 일터를 나설 때면 늘 약간의 백색안료나 니스를 몰래 챙겼다. 술값을 달리고 조르는 일 따위는 전혀 부끄러운 게 아니었다. 심지어 마카리하에 자기 집을 가지고 있는 존경받는 노인네들조차도 마찬가지였다. 나는 동료들이 무리 지어 몰려가서 보잘것없는 사람에게까지 아부하고, 푼돈에도 굽실거리는 모습에 부끄럽고 화가 났다.

업주들에게 간신처럼 행동하는 그들을 볼 때마다, 나는 셰익스
피어의 폴로니어스가 떠올랐다.

업주가 하늘을 보며 "내일은 비가 내릴 것 같은데"라고 말하면
그들은 맞장구를 쳤다. "영락없이 비가 올 날씨네요." 그러나 업
주가 또다시 "그래도 먹구름은 아닌 걸, 비가 오지 않을 것도 같
은데"라고 말하면 재빨리 말을 바꿔 받아쳤다. "그렇고 말고요,
나리. 비가 오지 않고 말고요."

그러나 업주의 등 뒤에서는 비꼬고 헐뜯었다. 업주가 발코니에
앉아 신문이라도 읽으면 그들은 이렇게 비꼬았다.

"신문을 읽다니, 먹을 게 하나도 없는 모양이지."

나는 집에는 가지 않았다. 가끔 일터를 나서다가 주머니 속에
서 누나가 남긴 쪽지를 발견했는데, 아버지가 식탁에 앉아도 생
각에 잠긴 채 아무것도 먹지 않고, 방문을 잠그고 들어가서는 한
참 동안 나오지 않는다는 것이었다. 그런 소식을 들을 때면 너무
걱정되어 잠을 이루지 못했고, 한밤중에 볼샤야 드보랸스카야에
있는 옛집으로 가서 깜깜한 창문을 바라보며 집 안이 평안한지
살펴보곤 했다.

누나는 유모를 찾아오는 척하며 일요일마다 아버지 몰래 나를
만나러 왔다. 올 때마다 누나의 얼굴은 창백했고 두 눈은 눈물 때
문인지 퉁퉁 부어 있었다. 그리고 그녀는 나를 보자마자 또다시

울음을 터뜨리곤 했다.

"네 모습을 보면 아버지는 못 견디실 거야!" 그녀가 말했다. "만약 아버지께 무슨 일이라도 생긴다면, 넌 평생 양심의 가책을 느끼게 될 거야. 맙소사, 미사일! 돌아가신 어머니의 이름으로 부탁한다. 제발 돌아와다오!"

"사랑하는 누나." 나는 말했다. "나는 지금 내 양심대로 행동하고 있다고 믿는데, 어떻게 돌아갈 수 있겠어요? 제발 나를 이해해줘요."

"그래, 양심대로 행동한다는 건 알아. 그렇지만 다른 사람에게 고통을 주지 않는 다른 방법도 있지 않겠니?"

"오, 하느님." 문 뒤에서 노파가 한숨을 내쉬었다. "도련님 머리가 돌아버렸나 봐요! 도련님과 아씨, 나쁜 일이 벌어질 거예요. 꼭 나쁜 일이 벌어질 것 같아요."

6

어느 일요일, 블라고보 의사가 갑작스럽게 나를 찾아왔다. 그
는 실크 셔츠 위에 여름 제복을 입고 반들반들하게 칠한 긴 장화
를 신고 있었다.

"당신을 만나러 왔습니다." 그는 학생처럼 내 손을 꼭 잡으며
말했다. "당신에 대한 이야기를 늘 듣고 있습니다. 당신하고 속
을 툭 터놓고 이야기하고 싶었어요. 도시는 정말 지루하죠. 같이
이야기할 만한 사람이 한 명도 없답니다. 여긴 정말 덥군요!" 그
는 제복을 벗고 셔츠만 입은 채로 말했다. "이봐요, 당신과 이야
기를 나누고 싶소."

나도 심심했고, 오래전부터 도장공이 아닌 다른 사람과의 대화

가 그리웠기 때문에 그의 방문이 진심으로 기뻤다.

그는 내 침대에 걸터앉으며 말했다. "먼저, 당신을 깊이 동정하며 당신의 삶을 존경한다는 말부터 하고 싶군요. 이곳 사람들은 아무도 당신을 이해하지 못하죠. 그래요, 이해할 만한 사람도 없고요. 당신도 알다시피, 이곳 사람들은 거의 대부분 고골식의 돼지 같은 작자들뿐이죠. 그러나 나는 당신을 처음 봤을 때, 그때 이미 당신을 알아봤습니다, 당신은 고귀하고 정직하며 고양된 정신의 소유자요! 당신을 존경하고 이렇게 당신과 악수할 수 있는 것을 큰 영광으로 여긴다오!" 그는 열광적으로 말했다. "그처럼 큰 결단을 내렸을 때는 정말 복잡한 갈등을 겪었겠죠? 그리고 현재의 삶을 고수하고 자신의 확신을 지키기 위해 아마도 당신은 매일매일 이성과 감정을 긴장시켜야 할 것이오. 궁금한 게 하나 있소. 만약 당신이 자신의 의지력과 능력을 학문이나 예술 같은 다른 분야에 쏟았다면, 그 인생이 여러 면으로 좀 더 넓어지고 깊어지고 생산적이 되었을 거라고 생각하지 않소?"

우리는 정신없이 이야기를 나누었으며, 육체노동에 대한 말이 나오자, 나는 강한 자가 약한 자를 억압하지 않기 위해서는, 소수가 다수의 단물을 뽑아먹는 기생충 같은 존재가 되지 못하도록 해야 한다, 즉 약자와 강자, 부자와 가난한 자 할 것 없이 모두 동등하게 자신을 위해 생존경쟁에 참여해야 하며, 이런 점에서 모든 이들의 공동 의무로서 육체노동보다 더 평등한 수단은 없다고 내 생각을 밝혔다.

"그럼 당신은 모두가 예외 없이 육체노동을 해야 한다는 건가요?" 블라고보가 물었다.

"그렇지요."

"만약 위대한 사상가나 학자가 먹고살기 위해 벽돌을 깨거나 지붕을 칠하면서 시간을 보낸다면, 인류의 진보에 심각한 위험이 될 거라고 생각하지 않나요?"

"무슨 위험이요?" 내가 물었다. "진보라는 것은 결국 사랑이며 도덕을 지키는 것이오. 만약 당신이 아무도 억압하지 않고, 아무도 고통스럽지 않다면, 그 이상 무슨 진보가 더 필요하겠습니까?"

"그렇지만 말입니다!" 블라고보는 갑자기 화를 내며 자리에서 벌떡 일어섰다. "만약 달팽이가 자기 껍질 속에서 인격을 수양하며, 도덕에 대해 왈가왈부한다면, 그것도 진보란 말입니까?"

"왈가왈부라니요?" 나도 화가 났다. "만약 당신이 주변 사람에게 당신을 먹이고, 입히고, 보호하도록 강요하지 않는다면, 그것이 바로 진보요. 우리 인생이 노예제도 하에서 성립되어왔기 때문에 나는 그것이야말로 인간에게 있어서 참되고 유일하며, 가능한 동시에 필요한 진보라고 생각합니다."

"인류의 평화적인 진보에는 한계가 없죠. 우리의 필요나 한시적인 시간에서 바라본 '가능한' 진보라는 것은, 죄송하지만, 말이 안 되는 거지요."

"만약 당신이 말하는 것처럼 진보가 무한한 것이라면, 진보의 목적조차도 불명확한 겁니다." 내가 말했다. "왜 사는지도 모르면서 살다니!"

"그런가요! 그렇지만 당신의 '안다'는 것도 그 '모른다'는 것보다 더 신통하지는 않군요. 나는 진보, 문명, 문화의 계단을 따라갑니다. 어디로 가는지는 모르지만 끊임없이 가겠지요. 이 문명의 계단 하나만으로도 살 가치가 있는 것이죠. 그렇지만 당신은 무엇 때문에 살지요? 당신은 타인을 괴롭히지 않고, 예술가나 그를 위해 물감을 풀어주는 사람이나 모두 똑같이 먹고사는 것, 그것 하나만을 위해 산다는 거죠? 이건 속물적이고 저속한 인생의 단면일 뿐입니다. 이것만을 위해 산다는 것이 진정 혐오스럽지 않나요? 만약 어떤 벌레들이 다른 벌레들을 못살게 군다면, 제기랄, 그냥 서로 믹어치우게 내버러둬요! 우리가 고민할 게 뭐 있소! 노예 상태에서 해방되든 말든, 그놈들은 결국 죽어 사라질 테니까. 우리가 생각해야 할 것은 인류가 기대하고 있는 먼 미래, 위대한 미지의 세계란 말이오."

블라고보와 나는 심하게 다투었지만, 그는 그 와중에도 다른 생각을 하고 있는 것 같았다.

"아마, 당신 누이는 오지 않는 모양이죠?" 그는 시계를 보며 말했다. "어제 당신 누이가 우리 집에 있을 때 내일 당신에게 찾아갈 거라고 했는데……. 당신은 그저 노예 상태에 대해서만 말하지만, 그 문제는 부분적인 것이오. 그것은 점진적으로 인류가 해결해나갈 문제란 말이오."

그는 점진성에서 대해 말하기 시작했다. 나는 선악의 문제는 모두 각자가 결정하는 것이며 전 인류가 점진적인 발전을 통해 문제의 해결에 도달할 때까지 기다려서는 안 된다고 말했다. 점진성이라는 것은 결국 이도 저도 아닌 것이다. 인문학적 사상이 점진적으로 발전하는 동안에 또 다른 류의 사상도 발전할 것이다. 농노제는 존재하지 않더라도 자본주의라는 것이 생겨날 것이다. 그리고 해방주의 사상의 최고점에서는 옛날 몽고의 바투에서 그랬던 것처럼, 대다수의 사람들이 소수의 사람들을 먹이고 입히고 보호하게 될 것이다. 정작 그들 자신은 굶주리고 헐벗고 외부의 공격에 무기력하면서 말이다. 그러한 사회질서는 어떤 사조 속에서도 훌륭히 살아남아왔고, 그렇기 때문에 속박의 기술도 점진적으로 발전해왔던 것이다. 사람들은 더 이상 하인들을 마구간에 재우지 않지만, 그 대신 농노제에 아주 교묘한 껍질을 씌워서 매번 어떤 식으로든 합리화시킬 수 있게 되었다. 아직 우리 사회에서 이념은 이념일 뿐이고, 19세기 말인 이 시기에도 가장 불쾌하고 고통스러운 일을, 할 수만 있다면, 노동자들에게 뒤집어씌우려 들 것이다. 그러고 나서는 위대한 사상가나 학자들이 자신의 황금 같은 시간을 이런 일에 쓴다면 인류의 발전에 심각한 장애를 가져올 것이라며 변명할 것이다.

이때 내 누이가 도착했다. 그녀는 블라고보를 보고 공연히 당황해서는 곧 집에 돌아가야 한다고 말했다.

"클레오파트라 알렉세예브나." 블라고보가 두 손을 가슴에 대고 간절하게 말했다. "당신이 나와 동생과 함께 삼십 분 정도 같이 있다고 해서 아버님께 무슨 일이 일어나겠습니까?"

그는 솔직한 사람이었고 자신의 명랑한 기운을 다른 사람에게 퍼뜨릴 줄 알았다. 누이는 잠시 생각하더니 곧 깔깔 웃고는, 예전에 두베취냐로 놀러 왔을 때처럼 별안간 명랑해졌다. 우리는 들판으로 나갔고 풀 위에 앉아 멀리 도시의 풍경을 바라보며 이야기를 계속했다. 서쪽으로 난 도시의 모든 창문들이 지는 해의 빛을 받아 금빛으로 반짝이고 있었다.

그 후, 누이가 올 때마다 매번 블라고보도 왔다. 둘은 우연히 만난 것처럼 인사를 나누었다. 나와 블라고보의 논쟁을 듣는 누나의 표정은 기쁨에 들떴으며 흥분되어 있었다. 나는 누나가 점차 새로운 세상을 향해 눈떠간다는 것을 느꼈다. 그것은 꿈에서도 보지 못했던 세상이며, 지금 누나는 그것을 맛보려고 전력을 다하고 있었다. 누나는 블라고보 의사가 오지 않는 날이면 말이 없었고 우울해했다. 가끔 내 침대에 앉아서 울기도 했지만, 이유는 말하지 않았다.

8월이 되자 레지카가 철도 공사장으로 나오라고 말했다. 우리가 도시 밖으로 '쫓겨 가기' 이틀 전 아버지가 찾아왔다. 아버지는 나를 쳐다보지도 않고 찬찬히 자신의 붉은 얼굴을 쓰다듬고는, 주머니에서 시회보詩會報를 꺼내 국립은행 사무국장의 아들이자 나의 동기생이 국고의 한 부서 책임자가 되었다는 기사를 읽어주었다.

"자, 이젠 네 모습을 한번 보거라." 그는 신문을 접으며 말했다. "거지에다 넝마를 걸친 이 쓸모없는 놈아! 평민이나 농민들도 인간다운 대우를 받으려고 공부를 하는데 폴로즈네프, 너는 고귀하고 유명한 선조의 피를 물려받고도 이런 미천한 일을 택했다! 내가 온 건 너와 이야기하기 위해서가 아니야. 나는 네게 벌써 두 손 두 발 다 들었어." 아버지는 일어서면서 짓눌린 듯한 낮은 목소리로 말했다. "네 누이가 어디에 있는지 알아보려고 왔다. 점심식사를 하고 나가서는 7시가 넘도록 아직 들어오지 않았다. 요즘 말도 없이 외출하는 일이 잦아졌단 말이야. 공손함을 잃어버리기 시작했어. 난 이것이 너의 사악한 영향 때문이라고 생각한다. 네 누이는 어디 있느냐?"

아버지의 손에는 나를 때리던 그 우산이 어김없이 들려 있었고, 그것을 본 나는 딱딱하게 굳은 채 매가 떨어지기를 기다리고 있었다. 그러나 아버지는 우산을 쳐다보는 내 시선을 알아차리고는 그 때문인지 평소답지 않게 감정을 억누르며 말했다.

"네가 원하는 대로 살거라! 너에게 아버지로서의 축복을 거두겠다."

"하느님 맙소사!" 문밖에서 유모가 중얼거렸다. "가엾은 도련님, 정신이 돌아버리다니! 아, 불길해, 불길하다고."

나는 철도 공사장에서 일했다. 8월 내내 비가 주룩주룩 내렸다. 날씨는 습기 차고 추웠다. 들판에서 곡물을 실어 나르지 않았기 때문에, 기계로 풀을 베는 큰 농가에서는 밀을 낟가리로 쌓지 않고 수북하게 모아두기만 했다. 초라한 밀더미들은 시커멓게 변해갔고 그 속에서 싹을 틔웠다. 공사는 지지부진했다. 비가 오는 바람에 그나마 해놓았던 작업도 모두 망쳐버렸다. 역사에서 지낼 수 없어서 우리는 지난 여름 '쇳덩어리들'이 지냈던 더럽고 축축한 토굴에서 지냈다. 나는 밤마다 밀려오는 추위와 온몸을 물어뜯는 모기 때문에 잠들 수 없었다. 다리 근처에서 일할 때는 저녁마다 '쇳덩어리들'이 몰려왔다. 그들은 우리를 때리고 붓을 훔쳐가고 비웃었으며, 일부러 싸움을 걸려고 초록색 페인트로 초소를 칠하는 등 우리가 해놓은 일을 망쳐놓았다. 그들에게 있어서 이 것은 일종의 운동이었다.

뭐니 뭐니 해도 가장 서러운 것은 쥐꼬리만 한 임금이었다. 청부 업자가 처음 일을 받고 그 일을 다른 사람에게 하청을 주면 그 다 른 사람이 다시 레지카에게 일을 주는 식이었다. 그들 각자 20퍼 센트의 마진을 가져갔다. 공사 자체가 이미 돈이 되는 것이 아니 었고, 비까지 내려 우리를 더욱 힘들게 만들었다. 일도 하지 못한 채 시간은 속절없이 흘러갔다. 하지만 레지카는 우리들에게 일당 을 지급해야만 했다. 굶주린 도장공들은 그에게 덤벼들었고 사기 꾼이니 흡혈귀니 예수를 팔아먹은 유다 놈이니 하면서 욕했다. 불쌍한 레지카는 한숨을 내쉬며 실의에 빠져 하늘을 향해 두 손 을 쳐들고 애원하거나, 가끔씩 돈을 꾸러 체프라코바 부인에게 다녀오곤 했다.

7

비가 많이 내리는 우중충한 가을이 되었다. 일거리가 뜸한 시기가 된 것이다. 나는 사흘씩이나 집에서 논 적도 있었다. 검은 마루를 깔기 위해 흙을 실어 나르는 일을 시작했는데 하루 일하고 40코페이카씩 받았다. 블라고보는 페테르부르크로 떠났다. 누나는 더 이상 나를 찾아오지 않았다. 레지카는 병들어 누워 매일 죽을 날만 기다리는 신세가 되었다.

기분도 날씨처럼 우울했다. 노동자가 되고 나서 나는 노시의 돌아가는 상황을 꿰뚫어보게 되었다. 매일같이 새로운 경험을 했고, 그 모든 것은 나를 더욱 절망으로 몰고 갔다. 나와 아무런 상관이 없던 사람들, 예전에는 그저 훌륭한 시민으로만 보였던 사람들은 다시 보니 저속하고 악질이며, 어떤 추악한 행위라도 저지를 수 있는 사람들이었다. 그들은 우리 미천한 사람들을 속이고 훔치고, 추운 현관이나 부엌에 세워두고는 몇 시간씩이나 기다리게 했으며 지독히 학대했다. 가을이 되자 시립 클럽에서 도서실과 방 두 개에 벽지를 새로 바르는 일을 주었다. 나는 각 구역마다 7코페이카를 받았지만, 영수증에는 12코페이카라고 써야 했다. 내가 안 된다고 거절하자, 클럽의 책임자가 분명한 듯한 금테안경을 쓴 말쑥한 나리가 이렇게 말했다.

"한 번만 더 주절거리면 네 면상을 구겨버리겠다, 이 파렴치한 놈아."

그러나 집사가 그의 귀에 대고 내가 건축가 폴로즈네프의 아들이라고 속삭이자, 그는 당황해서 얼굴이 붉어지더니 자세를 바로하고 말했다.

"이런 제기랄!"

가게에서는 우리에게 썩은 고기와 오랫동안 팔리지 않은 밀가루, 재탕한 차를 팔았다. 교회에서는 경찰들이 우리를 밀어냈고, 병원의 조산원이나 간호보조원들 역시 돈을 요구했다. 돈이라도 쥐여주지 않으면 그들은 더러운 그릇에 음식을 담아와 가난한 우리에게 복수했다. 우체국에서는 가장 말단인 관리조차도 우리를 짐승 대하듯 했고, 거칠고 뻔뻔스럽게 소리를 질러댔다. "기다리란 말이다! 어딜 기어 들어와?" 마당의 개조차도 우리를 얕보고 더욱 사납게 컹컹 짖었다. 그러나 가장 경악했던 것은, 흔히 '하느님을 잊었다'라고 표현하는, 정직함의 완벽한 부재였다. 하루도 거짓말하지 않고 보내는 날이 없었다. 우리에게 니스를 팔았던 상인, 청부업자, 아이들 그리고 업주들도 거짓말을 밥 먹듯 했다. 당연히 우리의 권리는 말조차 꺼낼 수 없었고, 정당하게 청구해야 할 돈도 모자를 벗고는 뒷문 계단에 서서 마치 구걸하듯 애원해서야 겨우 받을 수 있었다.

어느 날 나는 클럽 도서실 바로 옆방을 도배하게 되었다. 저녁이 되어 일을 마치고 나가려는데, 돌쥐코프 기사의 딸이 책을 쌓아 들고는 방으로 들어왔다.

나는 그녀에게 인사했다.

"아, 안녕하세요!" 그녀는 금세 나를 알아보고 손을 내밀며 인사를 청했다. "만나게 되어서 기뻐요."

그녀는 미소 지었고 호기심과 의구심 어린 눈으로 내 상의와 풀통, 새로 바른 벽지들을 훑어보았다. 나는 당황했고, 그녀 역시 마찬가지였다.

"이렇게 쳐다봐서 죄송해요." 그녀가 말했다. "당신에 대한 이야기를 많이 들었답니다. 특히 블라고보 의사가 여러 번 말했었지요. 그 사람은 당신에게 열광적으로 빠져 있더군요. 당신 누이하고도 아는 사이랍니다. 정말 다정하고 호감이 가는 아가씨예요. 당신이 이렇게 평범한 사람이 된 게 결코 끔찍한 일이 아니라고 그녀를 설득하고 싶었지만, 잘되지 않았어요. 당신은 우리 도시에서 가장 매력적인 사람인걸요."

그녀는 또다시 풀통과 벽지를 흘긋 보고는 말을 이었다.

"블라고보 씨에게 당신을 소개시켜달라고 부탁했었어요. 아마 잊어버렸나 봐요. 아니면 아직 시간을 내지 못했든지요. 어쨌든 우리는 서로 아는 사이니까, 부탁할 게 있으면 주저하지 말고 하세요. 꼭 도와드릴게요. 당신과 이야기를 나누고 싶어요! 나는 솔직한 사람이랍니다." 그녀는 내게 손을 내밀며 말했다. "우리 집에 오셔도 불편하지 않으실 거예요. 아버지가 페테르부르크에 가시고 안 계시거든요."

그녀는 사각사각 옷 소리를 내며 도서실로 갔다. 집에 돌아온 나는 오래도록 잠들지 못했다.

이 우울한 가을, 선량한 누군가가 나의 고통을 조금이라도 덜어주려는 듯 차와 레몬, 과자, 구운 꿩고기 등을 보내왔다. 카르포브나 부인의 말에 따르면 누군가의 부탁을 받은 군인이 가져오는 것이라고 했다. 군인은 내가 건강한지, 매일 식사는 제대로 하는지, 옷은 따뜻하게 입고 다니는지 등을 꼬치꼬치 캐묻는다고 했다. 영하의 날씨가 시작되자 예전처럼 내가 집에 없을 때 그 군인이 털실로 짠 목도리를 가져왔다. 목도리에서 나는 부드럽고 희미한 향기를 맡은 나는 그 천사가 누구인지 곧 알아차렸다. 목도리에는 아뉴타 블라고보가 좋아하는 은방울꽃 향수 냄새가 배어 있었다.

겨울이 되자 일거리가 많이 생겼고, 유쾌한 기운이 감돌았다. 레지카는 또다시 기운을 차렸고, 우리는 묘지의 교회에서 성상을 도금하기 위해 표면을 고르게 다듬는 일을 함께 했다. 깨끗하고 수월한 작업이라서 우리식으로 표현하면, 누워서 떡 먹기였다. 하루에도 많은 분량의 일을 할 수 있었고 시간이 어떻게 가는지도 몰랐다. 아무도 욕하거나 웃거나 떠들지 않았다. 공사장에 들어서면 정결하고 진지한 생각만 해야 할 것 같았다. 우리는 모두 일에 열중했고, 마치 동상처럼 꼼짝 않고 일만 했다. 묘지의 적막한 정적이 감돌았기 때문에 연장이 떨어지거나 램프의 불꽃이 튀는 소리에도 모두 놀라 돌아보았다. 긴 정적 후에는 벌이 날아다니는 듯 웅웅대는 소리가 들려왔다. 가끔 교회 근처에서 느리고 낮은 소리로 죽은 아이를 추모하는 소리가 들렸고, 교회의 둥근 지붕에 비둘기와 별을 그리는 화가가 부는 휘파람 소리만 간간이 들려올 뿐이었다. 그러나 그가 깜짝 놀란 듯 휘파람을 멈추는 일도 있었다. 레지카는 자기 생각에 답이라도 하듯 "있을 법한 일이야. 다 있을 법한 일이라고!"라고 중얼거리기도 했다. 이따금 우리 머리 위로 구슬픈 곡소리가 들리곤 했는데, 그럴 때면 이 근처 어디선가 부자의 장례식이 열리는 모양이라고 생각했다.

낮 시간은 이러한 고요함과 교회의 어둠 속에서 보냈다. 그리고 긴 밤에는 당구를 치거나 내가 번 돈으로 산 새 트리코 양복을 빼입고 극장으로 갔다. 아조긴 씨 댁에서는 연극과 음악회가 시작되었고, 무대장치는 이제 레지카 혼자서 만들고 있었다. 그는 연극 내용이나 아조긴 씨 댁에서 보았던 연극 장면 등을 내게 이야기해주었는데 나는 질투심까지 느껴가면서 그의 이야기를 들었다. 나도 그곳에 무척 가고 싶었지만, 갈지 말지 결정을 내리지 못하고 있었다.

성탄절을 일주일 앞두고 블라고보 의사가 찾아왔다. 우리는 또다시 논쟁을 벌였고, 저녁마다 당구를 치러 갔다. 당구를 칠 때마다 그는 저고리를 벗고 셔츠의 앞 단추를 풀면서 자꾸 반항아 같은 인상을 주려고 애썼다. 술은 조금밖에 마시지 않았으나 늘 시끄러웠으며, '볼가' 같이 하룻저녁에 20루블밖에 안 하는 싸구려 술집에서 술을 사는 잔꾀를 부렸다.

또다시 누이가 나를 찾아오기 시작했다. 둘은 서로 만날 때마다 놀라는 척했지만, 반가우면서도 죄짓는 듯한 누이의 표정으로 보건대 그 만남은 결코 우연이 아니었다. 어느 날 저녁 당구를 치면서 블라고보가 내게 말했다.

"돌쥐코프 씨네 따님한테 가볼까? 자네도 마리야 빅토로브나를 알잖나. 그 아가씨는 정말 똑똑하고 예쁘고 솔직하며 착하지."

나는 블라고보에게 지난봄 돌쥐코프 기사가 나를 어떻게 대했는지 말해주었다.

"신경 쓰지 말게!" 블라고보가 껄껄 웃었다. "돌쥐코프 씨는 돌쥐코프 씨고, 그 따님은 또 다르잖아! 이봐, 진심이야, 그 아가씨를 실망시키지 말자고. 어쨌든 그녀를 한번 찾아가보세. 내일 저녁에 함께 가는 게 어때? 같이 갈 거지?"

결국 나는 설득당하고야 말았다. 다음 날 저녁 나는 새 트리코 양복을 입고 떨리는 마음으로 돌쥐코프 씨 집으로 갔다. 시종은 내가 일자리를 부탁하러 찾아갔던 그날 아침만큼 무섭고 건방지게 보이지는 않았으며, 가구도 그날처럼 사치스러워 보이지 않았다. 마리야 빅토로브나가 나를 기다리고 있었는데, 오래된 지인처럼 반갑게 맞으면서 내 손을 정답게 잡았다. 그녀는 소매가 넓은 두꺼운 모직 드레스에 특이한 머리 스타일을 하고 있었는데 이 스타일은 일 년 후 우리 도시에서 유행처럼 번졌다. 사람들은 이 머리를 '강아지귀 머리'라고 불렀다. 정수리의 머리는 귀 뒤로 잘 빗어 넘겼는데, 그 때문에 마리야 빅토로브나의 얼굴이 더 커 보였다. 그날 그녀는 얼굴이 크고 붉은 그녀의 아버지와 무척 닮아 보였으며, 마부 같은 표정을 짓고 있었다. 그녀는 아름답고 섬세했으나 젊어 보이지는 않았다. 겉보기에는 30세 정도로 보였으나 사실은 25세 정도, 그 이상은 아니었다.

"다정한 블라고보 씨, 정말 그이가 고맙군요!" 그녀가 나를 앉히며 말했다. "그 사람이 아니었으면 이곳에 오지 않았겠죠? 전 지겨워 죽을 지경이에요! 아버지는 저를 혼자 남겨두고 떠나셨답니다. 혼자 이곳에서 뭘 해야 할지 모르겠어요."

그녀는 내가 어디에서 일하는지, 얼마나 돈을 받는지 또 어디에 살고 있는지 물었다.

"당신은 당신이 버는 돈만으로 생계를 꾸려나가나요?"

"예."

"정말 행복한 사람이군요!" 그녀가 한숨을 내쉬었다. "저는 인생의 모든 해악은 허무와 무위도식과 정신적 공허에서 비롯된다고 생각해요. 다른 사람에게 의지해서 사는 동안은 피할 수 없는 거지만요. 이렇게 말하는 것이 그저 척하는 것이라고 생각하지는 말아주세요. 전 진심을 이야기하고 있어요. 부자라는 건 정말 재미없고 불쾌한 거랍니다. 불의의 돈으로 친구를 사라고 말하는 사람도 있어요. 정당한 방법으로 부를 얻기가 불가능하기 때문에 그런 말을 하는 거죠."

그녀는 하나하나 세어보듯 차갑고 진지한 표정으로 방 안의 가구를 훑어보았다.

"편안함과 안락함은 마법 같은 힘을 지녔어요. 의지가 강한 사람조차도 점차 굴복하게 만들죠. 한때 아버지와 저는 평범하게 살았어요. 하지만 이젠…… 들어나 보셨나요?" 그녀는 어깨를 움츠리며 말했다. "우리는 일 년에 2만 루블을 쓴답니다! 이런 지방도시에서 말이지요!"

"편안함과 안락함은 교육과 자본의 피할 수 없는 특혜라고 봐야지요." 내가 말했다. "삶의 안락함은 어떤 것과도 결합할 수 있다고 봐요. 당신 아버지는 돈이 많은 사람이죠. 그러나 그의 말에 의하면 그도 한때는 기계공과 기름공이었어요."

그녀는 미소를 짓고 곧 의심 어린 표정으로 고개를 저었다.

"아버지는 때로 크바스에 빵과 양파를 다져 넣어 잡수신답니다. 기분전환이자 변덕이죠."

바로 그때 벨이 울렸고, 그녀가 일어섰다.

"돈 많고 교육받은 사람들도 다른 모든 이들처럼 일해야 해요." 그녀가 말했다. "만약 편한 것을 생각한다면, 모두가 마찬가지예요. 특권이란 있을 수 없어요. 철학 따위는 하느님이나 알아서 하시라지. 뭔가 더 신나는 이야기를 해주세요. 도장공들에 대해서요. 그 사람들은 어떤가요? 재미있는 사람들이에요?"

의사가 도착했다. 나는 도장공에 대해 이야기하기 시작했으나 그녀와의 대화에 익숙지 않아 부자연스러웠고, 마치 민속학자처럼 진지하고 느릿느릿 이야기했다. 의사 역시 직공들에 대한 몇 가지 우스운 이야기를 했다. 그는 몸을 흔들며 울기도 하고 무릎을 꿇기도 했고, 술 취한 사람을 흉내 낼 때에는 마루에 드러눕기까지 했다. 마치 배우의 연기 같았다. 마리야 빅토로브나는 그를 보면서 눈물이 나올 만큼 웃어댔다. 그는 피아노를 연주하면서 아름다운 테너 목소리로 노래를 불렀고, 마리야 빅토로브나는 그의 곁에 서서 노래를 고르며 실수할 때마다 바로잡아주었다.

"당신도 노래를 좀 부른다고 들었는데요." 내가 말했다.

"좀 부른다고!" 의사가 픽 웃었다. "마리야는 굉장한 가수이자 배우일세, 그런데 당신도 노래를 좀 부른다고? 말 한번 제대로 했군!"

"한때는 꽤 진지하게 성악을 공부했지만 지금은 그만두었답니다." 그녀가 내 질문에 답했다.

그녀는 키 작은 의자에 앉아서 페테르부르크에서 어떻게 지냈는지 이야기했고, 유명한 가수들의 얼굴을 자세히 설명하고 그들의 목소리, 노래 부르는 모습까지 흉내 냈다. 그녀는 화첩에 의사와 나를 그렸다. 그림은 조잡했지만, 어쨌든 우리하고 픽 닮아 있었다. 그녀는 깔깔 웃고 장난치고 귀엽게 얼굴을 찌푸렸다. 이런 그녀의 모습이 불공평한 부에 대해 이야기할 때보다 훨씬 더 잘 어울리는 것 같았다. 나는 그녀가 말한 부와 안락함에 대한 이야기가 그녀 자신의 의견이 아니라 누군가를 흉내 낸 것일 뿐이라고 생각했다.

그녀는 정말 뛰어난 배우였다. 나는 그녀가 우리 도시의 다른 아가씨들과 함께 있는 모습을 상상해보았다. 용모가 단정하고 고귀한 아뉴타 블라고보조차도 그녀와 비교할 수 없으리라. 그녀는 다른 아가씨들과 정말 너무나 달랐다. 마치 곱게 키운 온실 장미와 야생 들장미의 차이라고나 할까.

우리는 셋이서 저녁식사를 했다. 의사와 마리야 빅토로브나는 레드와인과 코냑을 넣은 커피를 마셨다. 그들은 잔을 부딪치며 "우정과 지혜와 진보와 자유를 위해서"라고 말했다. 모두 취하지는 않았지만 얼굴이 붉어졌고 별 이유도 없이 숨이 넘어가도록 웃음을 터뜨렸다. 지루한 기색을 보이지 않기 위해 나도 역시 레드와인을 마셨다.

"하늘로부터 재능을 듬뿍 받은 사람들은," 돌쥐코프 기사의 딸이 말했다. "그런 사람들은 어떻게 살아야 하는지 알기 때문에 자신의 길을 간답니다. 나같이 그저 그런 사람들은 아무것도 모르고, 스스로 할 수 있는 것도 없어요. 그런 사람들은 사회적 조류를 감지해서 거기에 순응하는 수밖에 없답니다."

"현실에 없는 것을 감지할 수도 있나?" 의사가 물었다.

"아니요, 보이지 않기 때문에 불가능하지요."

"과연 그럴까? 사회적 조류란 새로운 문학이 만들어낸 헛소리에 불과해. 그딴 것들은 처음부터 없었단 말이야."

논쟁이 시작되었다.

"사회적 조류란 우리 사회에 있지도 않았고, 지금도 없다네." 의사가 큰 소리로 말했다. "새로운 문학이 만들어내지 않은 것이 뭐가 있담! 신문학은 시골에서 일하는 새로운 인텔리들을 만들어냈지만, 막상 러시아 시골구석을 뒤져보라지, 온통 헐렁한 양복저고리나 검은 프록코트를 걸치고 입을 열 때마다 문법에 맞지 않는 실수를 하는 작자들뿐이라니까. 우리 사회에서 문명은 아직 시작도 안 했어. 오백 년 전에 있었던 야만성, 지독한 야비함, 저속함은 아직도 계속되고 있지. 사조니 풍조니 이런 것들은 모두 시시하고, 비참하고, 저속한 싸구려 인기에 편승한 거야. 그 안에 진지한 것이 있을 거라고 생각하나? 만약 당신이 어떤 진지한 사회적 기류를 찾아서, 기류에 걸맞는 과제들, 예를 들어 벌레들의 해방과 비프커틀릿의 유혹을 참는 금욕생활 등에 당신 인생을 바친다면 난 축하할 수밖에, 아씨. 우리는 늘 배우고 또 배워야 하지만, 이 깊은 사회적 조류라는 것은 좀 더 지켜볼 문제란 말이오. 우리는 아직 그것들을 알 만한 나이가 아니고, 솔직히 말해 아무것도 이해할 수 없단 말야."

"당신은 이해할 수 없어도, 난 이해할 수 있어요." 마리야 빅토로브나가 말했다. "당신은 오늘 정말 끔찍이도 재미없는 사람이네요."

"우리가 해야 할 일은 앞으로도 계속 배워서 지식을 쌓는 거야. 그러니까 진지한 사회적 기류란 지식이 있고, 미래 인류의 행복이 오직 지식에 달려 있는, 그때에나 가능할 거라고. 자, 난 학문을 위해 마시겠어!"

"한 가지만은 분명해요. 지금까지와는 다른 식으로 살아야 해요!" 잠시 말을 멈추고 생각을 한 뒤, 마리야 빅토로브나가 말했다. "지금까지의 삶은 아무 가치도 없어요. 이야기할 필요도 없지요."

우리가 그녀의 집에서 나왔을 때, 성당에서는 벌써 2시를 알리는 종을 치고 있었다.

"마음에 들었나?" 의사가 물었다. "정말 괜찮은 여자지?"

성탄절 첫날 우리는 마리야 빅토로브나의 집에서 점심식사를 하고, 그 후 축일 내내 거의 매일같이 그녀에게 갔다. 그녀의 집에는 우리 말고는 아무도 없었다. 그녀가 말한 대로, 이 도시에 우리를 빼고 아는 사람이 아무도 없었던 것이다. 거의 대부분 우리는 이야기를 하며 시간을 보냈다. 이따금 블라고보는 책이나 잡지를 가져와서 소리 내어 읽어주었다. 사실상 그는 내가 처음으로 만난 지식인이었다. 나는 그가 어느 정도의 지식을 가졌는 지 평가할 수는 없었지만, 그는 늘 자기의 지식을 드러내고 싶어 했다. 그가 의학에 관한 이야기를 할 때면, 시내에 있는 어떤 의 사와도 다른, 뭔가 특별하고 새로운 인상을 주었다. 나는 그가 원 하기만 한다면 대단한 학자가 될 수도 있을 거라고 생각했다. 아 마 당시 내게 진지한 영향을 끼쳤던 유일한 사람일 것이다. 그와 만나면서, 그가 준 책을 읽으면서, 나는 점점 내 불쾌한 노동에 새로운 영감을 불어넣어줄 지식을 갈망하게 되었다. 세계가 예순 개의 단순한 물체로 이루어져 있으며, 니스가 뭔지, 페인트가 뭔 지 알지도 못하고 그럭저럭 살아왔다는 것이 너무나 이상하게 느 껴졌다. 블라고보 의사와의 만남은 나를 도덕적으로 고양시키기 도 했다. 나와 그는 자주 다투었다. 비록 자기 의견을 고수하기는 했지만, 그 덕분에 나는 아직도 많은 부분이 불명확하다는 것을 점차 깨닫기 시작했으며, 양심에 거리낌 없는 명확한 확신을 정 리하기 시작했다. 그렇지만 우리 마을에서 가장 지식 있고, 훌륭 한 그마저 완벽한 것은 아니었다. 모든 대화를 논쟁으로 이끌고 가는 그의 행동이나 습관, 매력적인 목소리, 상냥한 태도에조차 뭔가 거칠고 천박한 것이 숨어 있었다. 그가 코트를 벗고 실크 셔 츠 하나만 입고 있을 때나 술집 종업원에게 팁을 던져줄 때, 물론 교양이 있어 보이기는 했지만 그 안에 숨어 있는 거친 타타르인의 습성은 감출 수 없는 것 같았다.

주현절[9]이 되자 블라고보는 또다시 페테르부르크로 떠났다. 그는 오전에 떠났고, 오후가 되자 누이가 왔다. 그녀는 외투와 모자를 벗지 않은 채, 아무 말 없이 앉아 있었다. 누이는 창백했으며 한곳만 응시하고 있었다. 그녀는 오한으로 떨고 있었고, 무척 지쳐 보였다.

"누나, 감기 걸렸나 봐요." 내가 말했다.

누나의 눈은 눈물로 가득 차 있었다. 그녀는 나 때문에 기분이 상한 듯 잠자코 카르포브나 부인에게 갔다. 그리고 얼마 후 나는 누나의 통곡하는 듯한 목소리를 들었다..

"유모, 난 지금까지 무엇을 위해 살았던 걸까요? 무엇을 위해? 말해줘요. 내 손으로 청춘을 묻어버린 것은 아닐까요? 가장 아름다운 시절에 가계부를 정리하고 차를 따르고 한 푼을 아끼고, 손님 대접 말고는 이 세상에 아무것도 없는 줄 알았어요! 유모, 나도 사람답게 살고 싶어요. 나도 살고 싶어요. 그런데 나를 이렇게 창고지기로 만들어놨어요. 정말 너무해요. 너무해."

그녀가 열쇠뭉치를 내던졌다. 짤그랑 소리를 내며 열쇠뭉치가 내 방에 떨어졌다. 그것은 장롱과 찬장, 창고, 차를 보관하는 뒤주 열쇠로, 한때 어머니가 지녔던 물건이었다.

<hr>

9 1월 6일, 성탄절 후 12일째.

"저런, 저런, 하느님 맙소사." 노파가 흠칫 놀랐다. "성자님들이여."

누이는 집으로 돌아가면서 열쇠를 가져가기 위해 나에게 들렀다. "날 용서해주렴. 요즘 내게 이상한 일이 일어나고 있단다."

8

어느 날, 저녁 늦게 마리야 빅토로브나의 집에서 돌아오자, 새 양복을 입은 젊은 파출소장이 내 방에서 나를 기다리고 있었다. 그는 내 책상에 앉아 책장을 뒤적이고 있었다.

"마침내!" 그가 자리에서 몸을 일으키며 말했다. "당신을 만나러 이곳에 온 것이 벌써 세 번째입니다. 내일 오전 9시 정각에 나오시라는 시장님의 분부입니다. 반드시 오셔야 합니다."

그는 내게서 상관의 명령을 정확히 수행했다는 각서를 받아내고는 집을 나섰다. 파출소장의 밤늦은 방문과 갑작스러운 시장의 호출 때문에 나는 무척 불안해졌다. 어렸을 적부터 헌병이나 경찰, 판사들을 두려워했기 때문에 정말 무슨 잘못이라도 저지른 것처럼 떨렸다. 잠들 수 없었다. 유모와 프로코피 역시 걱정 때문에 잠을 이루지 못했다. 게다가 유모는 귀가 아파서 늘 끙끙 신음했으며, 통증 때문에 몇 번씩 일어나서 울곤 했다. 내가 잠들지 못하는 것을 안 프로코피가 램프를 들고 조심스레 내 방으로 들어와서는 책상에 앉았다.

"후추술을 좀 마셔보는 게 어때요." 잠시 생각한 뒤 그가 말했다. "세상만사는 술만 조금 들어가면 아무것도 아니라니까요. 엄마 귀에도 후추술을 조금 뿌리면 금방 좋아질 텐데."

새벽 2시가 지나자 프로코피는 고기를 사러 도살장으로 간다고 했다. 나는 잠들기는 다 틀렸다고 생각하고, 아침 9시까지 남은 시간을 어떻게든 때워보려고 그를 따라나섰다. 우리는 등불을 들고 갔으며, 추위로 얼굴이 파래진 열세 살짜리 골수 건달인 프로코피의 조수 니콜카가 마차에서 쉰 목소리로 말을 몰며 우리 뒤를 따라왔다.

"시장은 틀림없이 당신을 혼내주겠지요." 가는 도중 프로코피가 말했다. "시장에게 그의 규범이 있는 것처럼 사제의 규범이 있고, 장교의 규범이 있고, 의사의 규범이 있지요. 모든 지위에는 그에 합당한 규범이라는 것이 있습니다. 당신은 당신의 규범을 지키지 않았지요. 그래서는 안 되는 일이었어요."

도살장은 묘지 건너에 있었고 멀리서 몇 번 본 적이 있었다. 도살장에는 회색 담으로 둘러싸인 세 개의 음침한 창고가 있었고, 여름에 그쪽에서 바람이라도 불 때면, 숨 막히는 악취가 풍겼다. 뜰로 들어섰지만, 너무 어두워서 창고가 보이지 않았다. 나는 고기를 실은 마차나 텅 빈 마차에 이리저리 몸이 부딪혔다. 사람들은 등불을 들고 다녔으며, 지독한 욕설들을 퍼부었다. 프로코피와 니콜카 역시 그들 못지않게 욕질을 했으며, 끊임없는 욕설과 기침과 말 울음소리로 시끄러웠다.

죽은 동물 냄새와 똥 냄새가 진동했다. 눈이 녹기 시작하여, 진창과 섞였다. 어둠 속에서 나는 마치 핏구덩이를 지나가는 것 같았다.

마차에 고기를 잔뜩 싣고 우리는 시장의 푸줏간으로 향했다. 날이 밝아오기 시작했다. 바구니를 든 하녀들과 외투를 입은 노부인들이 하나 둘씩 나타나기 시작했다. 프로코피는 한 손에 도끼를 들고, 피투성이가 된 하얀 가운을 입고 숨 넘어갈 듯 기침을 하고, 교회를 향해 성호를 긋고, 온 시장판이 떠나가도록 걸걸한 목소리로 고기를 산 가격 그대로, 심지어 손해보는 가격으로 판다고 외쳤다. 그는 손님들을 속여가며 고깃근을 재고, 돈 계산을 했다. 하녀들은 그의 시끄러운 목소리에 질려 아무 소리 못 했지만, 돌아서서는 망나니라고 욕했다. 프로코피는 무시무시하게 생긴 도끼를 올렸다 내렸다 하면서 매번 흉악한 표정으로 "웩, 웩"

소리를 질러댔다. 나는 그가 도끼로 누군가의 머리통이나 팔목을 잘라버리지는 않을지 조마조마했다.

나는 새벽 내내 푸줏간에 있었다. 시장에게 갔을 때 내 외투에서는 고기와 피 냄새가 진동했다. 누군가의 명령을 받아 창을 들고 곰 사냥을 가는 기분이었다. 줄무늬 카펫이 깔린 높은 계단을 올라가니 반짝이는 단추가 달린 제복을 입은 젊은 관리가 다가와서 말없이 두 손으로 문 쪽을 가리키고는 시장에게 나의 도착을 알리기 위해 뛰어가던 모습이 지금도 눈에 선하다. 나는 화려하지만 차가운, 무취미 일색의 홀로 들어갔다. 벽에 걸린 좁고 기다란 거울과 야한 노란색 커튼이 무척 눈에 거슬렸다. 세월이 지나면서 시장은 바뀌었지만, 이 방 안의 풍경은 언제나 그대로였을 것 같았다. 젊은 관리가 또다시 두 손으로 문을 가리켰다. 나는 목에 블라디미르 훈장을 단 장군이 앉아 있는 커다란 녹색 책상으로 다가갔다.

"폴로즈네프, 내가 와달라고 요청했소." 그는 손에 편지를 쥐고 있었으며, '오' 발음을 하듯 입을 크고 둥글게 벌리며 말했다. "존경하는 자네 부친께서 몇 차례 서면으로, 그리고 직접 찾아오셔서 부탁하셨네. 자네를 불러서 자네가 하는 모든 행동이 귀족 신분에 합당하지 않은 것이라는 사실을 주지시켜달라고 말이야. 알렉산드르 파블로비치 씨는 자네의 행동이 다른 젊은이들을 혹하게 할 수도 있다고 생각하셨네. 또, 혼자만의 판단으로는 부족하다고 생각하시고 행정적인 조치가 필요하다고 결론을 내리신 거지. 그래서 내게 이 편지를 보내셨고, 그 안에 담긴 그분의 생각에는 나도 전적으로 동의하는 바이네."

그는 마치 내가 그의 상관이라도 되는 듯 똑바로 서서 조용하고 공손한 태도로 말했으며, 나를 바라보는 눈길도 전혀 매섭지 않았다. 그의 얼굴은 축 늘어져서 주름투성이였고 눈 밑에는 두꺼운 주름이 있었지만, 머리는 염색을 해서 그런지 나이를 짐작하기 어려웠다. 마흔 또는 예순?

"바라건대, 자네가 알렉산드르 파블로비치 씨의 배려를 높이 평가해주었으면 하네. 그분은 비공식적 경로로 내게 편지를 보내왔지. 나도 역시 자네를 비공식적으로 불렀고, 시장으로서가 아니라 자네 아버지를 진심으로 존경하는 한 사람으로서 이야기하고 있는 거라네. 자, 부탁하네. 지금까지 자네가 했던 모든 일들을 접고 신분에 따르는 의무를 성실히 이행하든지 아니면 다른 젊은이들이 따라하기 전에 자네가 무슨 짓을 해도 상관이 없는 아무도 모르는 곳으로 이사를 가든지 하게. 안 그러면 극단적인 조치를 내릴 수밖에 없다네."

그는 입을 벌린 채 나를 쳐다보며 삼십 초가량 말없이 서 있었다.

"자네 혹시 채식주의자인가?" 그가 물었다.

"아닙니다, 시장님. 저는 고기도 먹습니다."

그는 자리에 앉아서 자기 쪽으로 서류를 끌어당겼다. 나는 인사하고 방을 나왔다.

점심 전에는 일터로 갈 필요가 없어졌다. 잠이나 잘까 하고 집으로 갔지만 도살장 냄새와 불쾌했던 시장과의 대화 때문에 잠들 수 없었다. 저녁때를 기다렸다가 나는 실망하고 우울한 모습으로 마리야 빅토로브나의 집으로 갔다. 나는 그녀에게 시장에게 갔던 일을 들려주었고, 그녀는 믿기지 않는다는 듯이 나를 쳐다보다가 갑자기 큰 목소리로 즐겁게 그리고 도전적으로 웃었다. 그렇게 웃을 수 있는 것은 선량하고 유쾌한 사람들뿐이다.

"만약 그런 말을 페테르부르크에서 했더라면!" 그녀는 책상에 엎드려 깔깔 웃으면서 말했다. "만약 페테르부르크에서 그런 말을 했더라면!"

9

요즘 들어 나와 마리야는 하루에 두 번씩 만난다. 매일같이 그녀는 묘지로 왔고, 나를 기다리면서 십자가나 동상의 묘지명을 읽었다. 때로는 교회에 들어와서 내가 일하는 모습을 지켜보기도 했다. 교회의 적막함, 화공과 도장공의 단순한 작업, 신중한 레지카의 모습, 그리고 내가 다른 일꾼들과 똑같이 조끼를 입고, 헌신을 신고, 그들 역시 내게 반말을 하는 것이 그녀에게는 신선한 충격이었다. 어느 날 그녀 앞에서 천장에 비둘기를 그리던 한 화공이 내게 소리쳤다.

"미사일, 흰색 물감 좀 줘!"

그에게 물감을 가져다주고 사다리를 타고 내려왔을 때, 그녀는 눈물이 그렁그렁한 채 감동해서 나를 향해 미소 지었다.

"당신은 정말 멋진 사람이에요!" 그녀가 말했다.

내가 어렸을 때 마을의 한 부잣집에서 기르던 앵무새가 새장을 뛰쳐나온 일이 있었다. 그 앵무새는 한 달 내내 이 뜰에서 저 뜰로 마을을 헤매 다녔다. 마리야 빅토로브나를 보면 나는 왠지 그 아름답고도 쓸쓸한 집 잃은 새가 떠올랐다.

"이 묘지 외에 제가 갈 만한 곳은 전혀 없답니다." 그녀는 웃으면서 말했다. "도시는 정말 끔찍할 정도로 지겨워졌어요. 아조긴 씨 댁에서는 책을 읽고 노래 부르고 다들 들떠 있지만, 정말 그 사람들 이제 더는 못 참아주겠어요. 당신 누이는 별로 사교성이 없고, 블라고보 아가씨는 왠지 나를 미워해요. 극장에도 별로 흥미가 없고요. 어디로 가야 할까요?"

내 몸에서는 물감과 테레빈유 냄새가 났고 손도 새까맸지만 그녀는 오히려 그런 모습을 더 좋아했다. 그녀는 내가 작업복을 입고 오기를 바랐지만, 작업복을 입고 그녀 집의 거실에 들어서면 나는 더 쑥스러웠고, 마치 군복이라도 입은 것처럼 당황했다. 그래서 나는 그녀가 별로 마음에 들어하지는 않았지만 그녀 집에 갈 때마다 새로 산 양복으로 갈아입었다.

"인정해요, 당신은 아직도 새로운 직업에 완전히 익숙해지지 않았지요?" 어느 날 그녀가 내게 말했다. "작업복을 입으면 쑥스러워하잖아요. 확신이 없고, 만족스럽지 못해서 아닌가요? 당신이 선택한 그 노동은 바로 당신의 말라리아 열병인 거죠. 당신 정말 자신의 일에 만족하나요?” 그녀가 미소 지으며 물었다. “저도 물감이 물건을 더 아름답고 튼튼하게 만든다는 건 알아요. 하지만 그런 물건은 부자들의 것이고, 결국 그들이 하는 사치의 일부일 뿐이에요. 게다가 당신은 모든 사람들이 스스로 빵을 벌어야 한다고 했지만, 당신이 버는 것은 빵이 아니라 돈이잖아요. 왜 자기 말을 그대로 지키지 않죠? 빵을 벌어야 하는 거라고요. 밭을 일구고 씨를 뿌리고 거두어서 찧는, 뭔가 농사에 관련된 일을 해야 하지 않겠어요? 소를 친다든지, 땅을 판다든지, 버드나무를 벤다든지……”

그녀는 책상 옆에 있던 예쁜 상자를 열었다.

“이런 말을 하는 이유는 당신에게 제 비밀을 보여드리고 싶어서랍니다. 봐요! 제가 보는 농업 관련서들이에요. 들, 야채밭, 정원, 가축우리 그리고 양봉장도 있어요. 열심히 읽고, 하나하나 자세히 공부했답니다. 꿈, 나의 달콤한 꿈은 3월에 두베취냐로 가는 거예요. 그곳은 정말 놀라워요! 그렇죠? 첫해에는 일을 손에 익히고, 그다음 해부터 허리도 펴지 않고 제대로 일을 해볼 참이에요. 아버지께서 내게 두베취냐를 주겠다고 약속하셨답니다. 그곳에서 난 하고 싶은 일은 뭐든지 다 해볼 거예요.”

얼굴이 빨개지고 눈물을 글썽일 만큼 흥분한 그녀는 쾌활하게 웃으면서 그곳에서의 생활이 어떨지, 그리고 그것이 얼마나 흥미로울지에 대해 상상했다. 나는 그녀가 부러웠다. 곧 3월이 될 것이다. 낮은 점점 길어지고, 햇볕이 좋은 날이면 지붕에서 아지랑이가 일면서 봄내음을 풍길 것이다. 나도 시골에 가고 싶었다.

그녀가 두베취냐로 가겠다고 말했을 때, 나는 이곳에 홀로 남겨지는 것을 상상했고, 책이 들어 있는 그녀의 예쁜 상자와 그녀가 말하는 농사일까지 전부 질투하게 되었다. 나는 농사일을 알지 못하고 좋아하지도 않으며, 농사일이란 노예 같은 일이라고 말해주고 싶었다. 그러나 이런 말은 이전부터 아버지가 해오던 말이었다. 나는 그 사실을 떠올리고는 아무 말도 하지 않았다.

대재기大齋期[10]가 되었다. 거의 잊고 지내다시피 했던 빅토르 이바노비치 돌쥐코프씨가 페테르부르크에서 왔다. 그는 전보로 알리지도 않고 갑작스럽게 돌아왔다. 나는 평소처럼 저녁 무렵 그 집에 들렀다. 돌쥐코프 씨는 깔끔하게 머리 손질까지 하여 십년은 더 젊어진 모습으로 거실을 거닐며 무슨 이야기를 하고 있었다. 그의 딸은 무릎을 꿇고 앉아 가방에서 상자와 향수, 책 등을 꺼내 시종인 파벨에게 건네주고 있었다. 빅토르 이바노비치를 보자 나도 모르게 한 걸음 뒤로 물러서졌다. 그러나 그는 내게 두 손을 내밀며 희고 튼튼한 마부 같은 이를 드러내며 미소 지었다.

"아! 그 사람이 왔군. 그 사람이 왔어! 만나게 되어 기쁘오. 도 장공 양반! 마샤가 줄곧 자네에 대해 이야기했지. 자네에 대해 찬사를 아끼지 않더군. 자네를 이해하고 말고, 나도 자네의 뜻에 공감한다네!" 그는 내 손을 잡으며 말을 이었다. "국가의 종이 를 낭비하면서 이마에 모표를 달고 있는 것보다는 훌륭한 노동 자가 되는 것이 훨씬 영리한 일이고 말고! 나도 역시 벨기에에서 일할 때는 이 두 손으로 직접 일을 했고, 이 년 동안 기계공 노릇 을 했지."

그는 짧은 상의에 실내용 슬리퍼를 신고 중풍환자처럼 비틀거 리고 두 손을 비비면서 걸었다. 조용히 콧노래를 흥얼거리며, 마 침내 집에 돌아와 그토록 원하던 샤워를 했다는 데 만족하면서 몸을 움찔거렸다.

"자네가 옳아, 그렇다고." 저녁식사를 하면서 그가 내게 말했 다. "자네들은 모두 멋있고 호감 가는 사람들이야. 그렇지만 자 네 같은 사람들이 육체노동에 종사하거나 사림들을 구원한다고 나서기 시작하면, 모두 다 한결같이 분리파주의자들이 되더라니 까. 자네도 혹시 분리파 교도 아닌가? 보드카도 마시지 않잖아. 이래도 분리파가 아니라고 우길 텐가?"

그를 기쁘게 하려고 나는 보드카를 마셨다. 와인도 마셨다. 우

리는 빅토르 이바노비치 씨가 가져온 치즈, 소시지, 고기만두, 피
클 등 갖가지 안주와 그가 없는 사이 집에 배달된 와인을 맛보았
다. 와인 맛은 기가 막힐 정도였다. 어떤 방법을 쓰는지 모르겠지
만, 그는 와인과 담배를 외국에서 들여오면서도 관세를 물지 않
았다. 상어의 알과 등고기는 외국에 사는 누군가가 선물로 보낸
것이었고, 그는 아파트 관리비도 내지 않았다. 아파트 주인이 철
도에 케로신을 납품하기 때문이라고 했다. 그와 그의 딸은 세상
의 온갖 좋은 것을 공짜로 누리고 있는 것 같았다.

　나는 여전히 그들의 집을 방문했지만, 예전처럼 즐겁지는 않았
다. 빅토르 이바노비치 씨는 나를 어렵게 했고, 그가 있으면 늘
불편했다. 나는 그의 순진무구한 듯한 반짝이는 눈빛을 견딜 수
없었고, 그의 주장은 나를 지치게 했으며 역겹기까지 했다. 또한
바로 얼마 전까지 내가 이 배 부르고 볼이 붉은 사람 밑에 있었다
는 사실, 또 그가 나를 가혹하게 대했다는 기억 때문에 힘들었다.
물론 그는 부드럽게 내 어깨를 두드리며 내가 살아가는 방식을
격려해주었지만, 나는 그가 예전과 마찬가지로 내 궁색함을 비웃
고 있으며, 단지 딸에게 잘 보이기 위해 나를 참아주고 있을 뿐이
라고 생각했다. 나는 더 이상 웃을 수도, 원하는 바를 이야기할
수도 없었다. 그는 당장이라도 시종 파벨을 부르는 것처럼, 내게
판텔레이라고 소리칠 것만 같았다. 내 안의 촌스럽고 소시민적인

자존심이 얼마나 분노했는지! 프롤레타리아에 도장공인 주제에 온 도시 사람들이 선망하는 이 부잣집에 매일같이 찾아와서 비싼 와인을 마시고 이국적인 음식을 먹다니, 내 양심이 허락하지 않았다! 그 집으로 가면서 나는 사람들과 마주치지 않으려고 애썼고, 이교도처럼 지나가는 사람들을 흘끗흘끗 곁눈질했다. 그 집을 나설 때마다 잔뜩 부른 배는 언제나 양심을 찔렀다.

무엇보다 중요한 것은 내 자신이 그녀에게 빠질까 봐 두려워했다는 것이다. 거리를 걸으면서도, 일을 하면서도, 동료들과 이야기를 나누면서도 나는 줄곧 마리야 빅토로브나만 생각했고 그녀의 목소리, 웃음소리, 걸음걸이를 떠올렸다. 그녀에게 갈 때마다 유모의 비뚤어진 거울 앞에 서서 한참 동안 넥타이를 맸다. 나의 트리코 양복은 혐오스러워 보였고, 나는 그것 때문에 괴로워하면서 동시에 내가 그렇게 소심하다는 사실에 대해 스스로를 경멸했다. 그녀가 옆방에서 옷을 갈아입을 때까지 기다려달라고 소리칠 때, 옷 갈아입는 소리를 들을 때, 나는 가슴이 떨렸으며 발밑으로 온몸이 내려앉는 것만 같았다. 거리에서 멀리서라도 여자를 보게 되면, 꼭 그녀와 비교를 하곤 했다. 그녀에 비하면 우리 마을의 모든 여자들은 다 천박하고 괴상망측하게 옷을 입었으며 제대로 처신할 줄도 몰랐다. 이런 생각을 하다 보면 나는 늘 자랑스러워서 견딜 수가 없었다. 마리야 빅토로브나는 누구보다도 훌륭하다! 밤마다 나는 그녀와 함께 있는 나를 꿈속에서 보았다.

어느 날 저녁 그녀의 집에서 왕새우 요리를 먹었다. 집으로 돌아오면서 나는 빅토르 이바노비치 씨가 두 번씩이나 나를 "정다운 친구"라고 부른 것을 떠올렸다. 그는 나를 주인에게 얻어맞는 불쌍한 개처럼 여겼으며, 나를 가지고 조롱했다. 내가 지겨워지면 개처럼 쫓아낼 것이다. 나는 부끄럽고 가슴이 저렸다. 모욕을 당한 것처럼, 눈물이 날 만큼 슬퍼져서, 하늘을 바라보며 이런 상황을 끝내겠노라고 맹세했다.

다음 날 나는 그 집에 가지 않았다. 비가 부슬부슬 내리던 밤, 나는 늘어선 집들의 창문을 바라보며 볼샤야 드보랸스카야 거리를 걸었다. 아조긴 씨네는 벌써 모두 잠들어 있었고, 오직 맨 끝 방의 창문에서만 빛이 새어나오고 있었다. 아조기나 노부인이 자기 방에서 양초 세 개를 켠 채 수를 놓고 있었다. 그녀는 그것을 미신과의 투쟁이라고 여겼다. 우리 집은 캄캄했으며 반대편 돌쥐코프 씨 댁의 창문은 모두 불이 켜져 있었다. 그러나 꽃과 커튼 때문에 아무것도 보이지 않았다. 나는 계속 거리를 돌아다녔다. 차가운 3월의 비가 온몸을 적셨다. 아버지가 클럽에서 돌아와 문을 두드리자 곧 창문에 불빛이 비쳤다. 누이가 램프를 들고 한 손으로는 숱 많은 머리를 다듬으며 급히 나오는 모습이 보였다. 아버지는 거실에서 잠시 무슨 말인가를 했고, 누이는 의자에 꼼짝도 하지 않고 앉아서 딴생각에 잠겨 있었다.

그들은 곧 방으로 들어갔고, 불은 꺼졌다. 나는 돌쥐코프 씨 집을 바라보았다. 어느새 불이 다 꺼져 있었다. 어둠 속에서 비를 맞으며 나는 깊은 외로움을 느꼈고, 운명의 횡포에 내던져진 것 같았다. 지금 나의 외로움에 비하면, 나의 이 고통에 비하면, 나의 현재 그리고 앞으로 내 인생에 있을 모든 것들에 비하면, 내가 하는 모든 일과 희망, 지금까지 내가 생각하고 말했던 모든 것들이 하찮은 것에 지나지 않을 거라고 생각했다. 슬프게도, 살아 있는 생명체의 모든 일과 생각은 그것이 겪는 슬픔에 비하면 아무것도 아닌 것이다! 무슨 짓을 하는지도 의식하지 못한 채 나는 돌쥐코프 씨 댁 현관 벨에 달린 줄을 있는 힘껏 잡아당겨 끊어버리고는 장난꾸러기 소년처럼 줄행랑을 쳤다. 나는 조마조마한 마음으로, 곧 사람들이 나와서 내가 한 짓을 알아챌 거라고 생각했다. 그러나 숨을 돌리기 위해 멈추었을 때 들리는 것이라고는 빗소리와 멀리서 파수꾼이 야경을 도는 소리뿐이었다.

일주일 내내 나는 돌쥐코프 씨 댁에 가지 않았다. 트리코 양복은 팔아버렸다. 미장 일도 없었다. 나는 반쯤 굶은 상태로 힘들고 불쾌한 일을 하면서 하루에 10코페이카, 20코페이카를 근근이 벌었다. 나는 무릎까지 빠지는 차가운 늪을 휘저으며 녹초가 될 때까지 일하면서 내 안의 추억을 죽였고, 그 집에서 치즈와 통조림을 먹은 벌로 자신을 응징하고자 했다. 그러나 배고프고 땀에 젖어 잠자리에 누울 때마다 죄 많은 나의 상상력은 곧 아름답고 매력적인 그림을 그리기 시작했다. 나는 그녀를 너무나, 너무나 사랑하고 있었고, 이 고통스러운 삶을 통해 내 몸이 더욱 강인하고 젊어질 거라고 생각하면서 깊이 잠들었다.

어느 날 저녁 갑작스럽게 눈이 왔고 겨울처럼 북풍이 불었다. 일터에서 돌아왔는데, 마리야 빅토로브나가 내 방에 와 있었다. 그녀는 털외투를 입고, 두 손은 머프[11]로 감싸고 있었다.

"왜 나를 찾아오지 않았어요?" 그녀는 반짝이는 눈으로 나를 바라보며 말했다. 나는 너무 기쁜 나머지 당황했고, 아버지가 나를 때리려 할 때처럼 굳은 자세로 그녀 앞에 서 있었다. 그녀는 나의 얼굴을 들여다보았고, 그녀의 눈은 내가 당황하는 이유를 아는 것 같았다.

"왜 나를 찾아오지 않았어요?" 그녀가 또다시 물었다. "우리 집에 오는 게 싫다면, 내가 이렇게 찾아올게요."

그녀는 일어서서 내 앞으로 다가왔다.

"나를 버리지 마세요." 그녀가 말했다. 그녀의 두 눈은 눈물로 가득 찼다. "나는 혼자랍니다. 나는 정말 혼자예요!" 그녀는 울음을 터뜨렸고 얼굴을 무프타로 가리면서 말했다.

---

11 모피를 원통형으로 만든 것으로 손을 따뜻하게 감싸는 여성용품.

“혼자라고요! 사는 것이 힘들어요, 너무 힘들어요. 온 세상에 당신 빼고 내겐 아무도 없어요. 나를 버리지 말아요!”

그녀는 눈물을 닦으려고 손수건을 찾으면서 미소 지었다. 우리는 잠시 말없이 서 있었다. 나는 그녀를 품에 안고 키스했다. 이때 나는 그녀의 모자에 꽂혀 있던 핀으로 피가 날 만큼 볼을 긁혔다.

우리는 아주 오래전부터 다정한 사이였던 것처럼 이야기를 나누었다.

이틀 후 그녀는 나를 두베취냐로 보냈다. 나는 이루 말할 수 없이 기뻤다. 기차에 올라탄 나는 이유 없이 웃음을 터뜨렸고, 사람들은 마치 술주정꾼을 보는 것처럼 나를 힐끔거렸다. 눈이 내렸고 아침마다 서리가 내렸다. 그러나 거리는 녹아내리는 눈으로 더러워지고 있었고, 갈까마귀가 까악거리며 그 위를 날았다.

처음에 나는 나와 마샤[12]를 위해 체프라코바 부인 집 옆의 별채에 거처를 마련하고 싶었지만, 오래전부터 그곳은 비둘기와 오리의 둥지였다. 둥지를 부수지 않는 한 청소는 불가능했다. 원하든 원치 않든 차일이 달린 큰 집의 불편한 방으로 옮겨가야 했다.

---

12 마리야의 애칭.

농부들은 이 집을 병원이라 불렀다. 이 집에는 방이 스무 개도 넘었으며 가구라고는 피아노와 다락에 처박힌 어린이 의자가 전부였다. 마샤가 쓰던 가구를 모두 가져온다 해도 이 집의 우울하고 썰렁한 느낌을 지울 수 없을 것 같았다. 나는 정원으로 난 창이 있는 작은 방 세 개를 골라서, 아침부터 밤까지 치웠다. 새 유리를 끼우고, 벽지를 바르고, 구멍 난 마룻바닥을 메웠다. 쉽고 유쾌한 작업이었다. 때로 나는 강가에 나가 얼음이 어는지 살펴보았다. 자꾸 찌르레기가 날아올 것만 같았다.

밤에는 마샤를 생각하면서 형언할 수 없는 달콤한 느낌에 젖었고, 숨 막힐 듯한 기쁨을 느끼면서 찍찍거리는 쥐 소리와 천장에서 들려오는 바람 소리에 귀 기울였다. 다락에서는 마치 늙은 집 귀신이 쿨럭쿨럭 기침하는 소리가 들리는 것 같았다.

눈이 많이 쌓였다. 3월 말에도 많은 눈이 내렸지만, 마술처럼 금세 녹아버리고 물은 봄을 맞아 힘차게 흘렀으며, 4월 초에는 벌써 찌르레기들이 울고 정원에는 노랑나비들이 날아다녔다. 화창한 날들이었다. 나는 매일 저녁이 되기 전에 마샤를 맞으러 도시로 나갔다. 보송보송하고 부드러운 길을 맨발로 걷는 기쁨이란! 길 한가운데 앉아서 도시를 바라보며 이 이상 더 가야 할지 주저하곤 했다. 도시의 정경은 나를 당혹스럽게 했다. 나는 나를 아는 사람들이 내 사랑에 대해 어떻게 반응할지 궁금했다. 아버지는 어떻게 말할까? 내 인생이 너무나 복잡하게 얽혀서 더 이상 통제할 수 없는 마법 풍선처럼 아무도 알지 못하는 곳으로 나를 싣고 갔다고 생각하니 왠지 자신이 없었다. 나는 더 이상 어떻게 빵을 벌어야 할지, 어떻게 살아야 할지는 생각하지 않고, 이젠 생각도 나지 않는 그 무언가에 대해 골몰해 있었다.

마샤는 마차를 타고 다녔다. 나는 그녀 곁에 앉아서 즐거운 기분으로 두베취냐까지 함께 왔다. 어떨 때는 해가 질 때까지 기다리다가 오지 않는 그녀를 걱정하며 집으로 돌아왔는데, 집 앞에서 아름다운 정령, 마샤가 나를 기다리고 있던 적도 있었다! 기차를 타고 와서 역에서부터 걸어온 것이었다. 아, 얼마나 신나는 일이었는지! 그녀는 털실로 짠 소박한 옷을 입고, 두건을 두르고, 얌전한 양산을 손에 들고 있었다. 그러나 코르셋으로 몸을 꼭 죄고 비싼 외제 구두를 신은 이 날씬한 아가씨는 시골 여자 역할을 맡은 재능 있는 배우일 뿐이었다.

우리는 집 안을 둘러보고 방을 정하고, 우리만의 오솔길과 채소밭, 가축우리를 정했다. 우리에게는 닭과 오리, 거위들이 있었다. 우리는 순전히 우리 것이라는 이유 하나만으로 그것들을 사랑했다. 우리는 파종할 귀리, 토끼풀, 밀을 비롯하여 온갖 종류의 야채씨들을 준비해놓았다. 우리는 때마다 이것들을 살펴보며 어떤 수확을 거둘 수 있을지 오랫동안 궁리했다. 마샤가 말하는 모든 것들은 너무나 현명하고 멋지게 들렸다. 아마도 내 생에 가장 행복한 시기였을 것이다.

성 도마 주간[13]이 끝나자 우리는 두베취냐에서 3베르스타 정도 떨어진 쿠릴로브카 마을에 있는 우리 교구 교회에서 결혼식을 올렸다. 마샤는 검소한 식을 원했다. 그녀의 뜻에 따라 젊은 농부가 들러리를 섰고, 보제 혼자서 축가를 불렀다. 교회에서 돌아오는 길에 그녀는 덜컹거리는 마차를 직접 몰았다. 결혼식이 있기 사흘 전에 마샤의 편지를 받은 내 누이 혼자 식에 참석했다. 누이는 흰 옷을 입고 장갑을 끼고 있었다. 결혼식이 시작되는 순간, 그녀는 감동과 기쁨으로 조용히 눈물 흘렸다. 누이는 어머니같이 선량하기 그지없는 미소를 지었고, 달콤한 마약에 빠진 듯 우리의 행복에 취한 것 같았다. 나는 그녀의 표정을 바라보면서 누이에게 사랑만큼 소중한 것은 없다는 사실을 깨달았다. 그녀는 바로 그 사랑에 대해 비밀스럽고 수줍게, 그리고 끊임없이 열망하고 있었다. 그녀는 마샤를 안고 입맞추었다. 넘치는 기쁨을 어떻게 표현할지 모르겠다는 듯 누이는 마샤에게 외쳤다.

"내 동생은 착한 사람이에요! 정말 착한 사람이에요!"

예복을 벗은 누이는 나와 단둘이 이야기하고 싶다고 했고 우리는 정원으로 나왔다.

---

13 도마 사도를 기리는 주간으로 보통 러시아에서는 이 시기에 결혼한다.

"네가 아무 연락도 하지 않아서 아버지께서 많이 슬퍼하셨단
다. 아버지께 축복을 구했어야 했어. 솔직히, 아버지도 기뻐하고
계셔. 이 결혼을 통해 너의 위신이 서고, 마리야 빅토로브나의 감
화로 네가 삶에 대해 진지해질 수 있을 거라고 하시더구나. 아버
지와 나는 저녁마다 네 이야기만 한단다. 어제는 '우리 미사일'
이라고도 하셨어. 그 말을 듣고 어찌나 기쁘던지. 아버지께 무슨
생각이 있는 것 같아. 내가 보기에는, 네게 관용이란 것이 무엇인
지 보여주시려는 것 같아. 아마 화해하자고 하실 거야. 어쩌면 조
만간 이곳으로 찾아오실지도 몰라."

그녀는 내게 서둘러서 성호를 긋고 말했다.

"하느님이 너와 함께 하시길. 행복해야 한다. 아뉴타 블라고보
는 아주 영리한 처녀야. 그 아가씨 말에 의하면, 이 결혼이 하느
님이 네게 주시는 또 다른 시험이라는구나. 할 수 없지. 결혼생활
에는 기쁨뿐 아니라, 슬픔도 있게 마련이니."

누이를 배웅하고 나서 나와 마샤는 말없이 걸었다. 편안한 안
식 같았다. 마샤가 내 손을 잡았다. 내 마음은 하늘을 나는 것 같
았고 사랑에 대한 아무 말도 필요없었다. 결혼 후 우리는 더욱 가
까워졌고 친밀해졌다. 어떤 것도 우리를 떼어놓을 수 없을 것 같
았다.

"당신 누이는 좋은 사람이에요." 마샤가 말했다. "그러나 오랫

동안 괴롭힘을 당한 것 같아요. 당신 아버지는 끔찍한 사람일 것 같아요."

나는 그녀에게 아버지가 우리를 어떻게 키우셨는지, 우리의 어린 시절이 얼마나 고통스럽고 무의미한 시간이었는지 말해주었다. 마샤는 바로 얼마 전까지 아버지가 나를 때렸었다는 말에 몸을 부르르 떨며 내게 안겨왔다.

"더 이상 말하지 말아요. 무서워요." 그녀가 말했다.

그녀는 나와 떨어지고 싶어하지 않았다. 우리는 큰 집의 방 세 개를 사용했는데, 저녁마다 나머지 방으로 향하는 모든 문을 꼭 걸어 잠갔다. 마치 그곳에 우리가 알지 못하는, 우리가 두려워하는 누군가가 살고 있기나 한 것처럼. 나는 아침 일찍 해가 뜰 무렵 일어나서 바로 일을 시작했다. 마차를 수리하거나 정원으로 난 길을 내거나 고랑을 파거나 지붕을 칠하는 등 여러 가지 일을 했다. 귀리 씨를 뿌릴 때가 되자 논밭을 갈아 써레로 고르고 씨를 뿌렸다. 나는 일꾼들에게 뒤지지 않으려고 열심히 일했다. 언제나 녹초가 되었으며 비와 선뜩한 찬바람 때문에 얼굴과 다리는 오랫동안 후끈거렸고, 꿈에서도 밭을 갈았다. 그러나 나는 농사에 아무런 흥미를 느낄 수 없었다. 농사를 잘 알지도 못했고 좋아하지도 않았다. 내 조상들이 농부가 아니었고, 또 내 몸에 순수한 도시인의 피가 흐르기 때문이라고 생각했다. 나는 자연을 사랑했고 들판과 논밭을 사랑했지만, 쟁기로 땅을 파고 비쩍 마른 말을 재촉하는 헐벗고 땀에 젖고 비쩍 마른 목을 한 농부들을 볼 때마다 그들이 원시적이고 흉측한 힘의 상징처럼 느껴졌다. 그들의 의뭉스러운 움직임을 볼 때마다, 나는 아주 오래전 인간이 불이라는 것을 몰랐을 때의 그 전설을 떠올리곤 했다. 농부의 무리와 함께 있는 덩치 큰 수소와 말굽을 딸가닥거리며 마을을 휘젓고 다니는 말들은 늘 내게 공포의 대상이었으며, 큰 것이든 작은 것이든, 강한 것이든 사나운 것이든 뿔 달린 숫양과 거위, 사슬에 매인 개조차도 모두 거칠고 원시적인 힘의 상징 같았다. 이러한 편견은 날씨가 나쁠 때나 갈아 올린 밭 위로 두터운 구름이 걸린 날이면 더욱 심해졌다. 중요한 것은, 농부들이 밭을 갈거나 씨를 뿌리는 내 모습을 지켜볼 때면, 나는 일을 해야 한다는 필연성을 떠나 마치 자신이 장난이라도 치는 것처럼 느껴졌다는 것이다. 나는 아무도 없는 뜰에서 일하는 것이 좋았으며, 지붕을 칠하는 것만큼 마음 편한 일이 없었다.

　나는 정원과 풀밭을 지나 방앗간으로 갔다. 방앗간은 쿠릴로프 출신의 잘생긴 한 농부가 임대하고 있었다. 그는 거무스름한 피부에 숱 많은 턱수염이 있었고, 힘 꽤나 쓸 것 같아 보였다. 그는 방앗간 일을 좋아하지 않았고, 지루하고 돈도 벌리지 않는 일이라고 생각했다. 그럼에도 불구하고 그가 방앗간에 머무는 이유는 오직 집에 들어가지 않기 위해서였다. 그는 마구장馬具長이어서 항상 기분 좋은 수지 냄새와 가죽 냄새를 풍겼다. 말이 없었고 늘 축 늘어져 있었으며 강가나 문지방에 걸터앉아 "울룰룰루"라고 흥얼거리는 일이 많았다. 그에게는 가끔 아내와 장모가 찾아왔다. 창백한 얼굴에 피곤해 보이는 온순한 아낙들이었다. 아내와 장모는 그에게 머리 숙여 인사하고, 그를 '스테판 페트로비치 씨'라고 공손하게 불렀다. 그러나 그는 눈 하나 깜짝하지 않고 말없이 강가에 앉아 조용히 "울룰룰루"라고 흥얼거렸다. 침묵 속에 한 시간 두 시간이 흘렀다. 장모와 아내는 서로 귀엣말을 하더니 일어섰다. 그가 혹시 돌아봐주지 않을까 기대하며 잠시 그를 지켜보았지만 이내 체념하고 노래하는 듯한 목소리로 말했다. "잘 있어요, 스테판 페트로비치 씨!"

그들은 떠났다. 그들이 남기고 간 빵 바구니와 옷을 치우면서 스테판은 한숨을 내쉬고 그들이 떠난 쪽으로 눈을 한 번 꿈뻑이고 말했다. "여편네들이란 정말!"

두 틀짜리 맷돌이 있던 그 방앗간은 밤낮으로 돌아갔다. 나는 스테판을 도와주었는데, 그것은 유쾌한 일이었다. 그가 방앗간을 비우고 어디론가 가면 나는 기꺼이 그를 대신하여 방앗간을 지켜주었다.

11

따뜻하고 화창한 절기가 끝나자 눈이 녹아 길이 질퍽거렸다. 방앗간 돌아가는 소리와 빗소리를 듣고 있노라면 나른해져서 잠이 몰려왔다. 삐걱대는 마루와 밀가루 냄새 역시 나를 몽롱하게 했다. 짧은 외투에 긴 남자 덧버선을 신은 아내는 하루에 두 번 정도 방앗간에 나타나서 똑같은 말을 했다.

"이게 정말 여름인가요! 10월보다도 못해요!" 우리는 함께 차를 마시고 죽을 끓이고 몇 시간씩 조용히 앉아서 비가 멈추기를 기다렸다. 스테판이 멀리 시장에 갔을 때 마샤는 방앗간에서 밤을 지냈다. 일어났을 때는 몇 시인지 알 수 없었다. 먹구름이 하늘을 덮었기 때문이다. 두베취냐에서는 잠에 겨운 수탉만이 울음소리를 냈고, 풀밭에서는 뜸부기가 울었다. 아직 매우 이른 시간이었다. 나와 아내는 강 하구로 가서 전날 스테판이 던져놓았던 어량魚梁을 건져냈다. 큰 농어 한 마리가 걸려 있었고, 게 한 마리가 집게발을 하늘로 치켜들고 털을 곤두세우고 있었다.

"놔줘요." 마샤가 말했다. "이것들을 행복하게 해주자고요."

그날 우리는 너무 일찍 일어났고 종일 아무 일도 하지 않아서 하루가 무척 길게 느껴졌다. 내 인생에서 가장 긴 하루로 기억된다. 저녁이 되기 전 스테판이 돌아왔고 나도 집으로 갔다.

"오늘 당신 아버님이 오셨어요." 마샤가 말했다.

"어디 계시지?" 내가 물었다.

"떠났어요. 내가 아버님을 집 안으로 들이지 않았어요."

내가 아무 말 없이 서서 안타까워하는 기색을 보이자 그녀가 말했다.

"흔들리면 안 돼요. 나는 당신 아버님을 집 안으로 들이지 않았어요. 그리고 앞으로도 우리들에 대해 걱정하시지 말고 찾아오시지도 말라고 부탁했어요."

나는 아버지께 해명하기 위해 바로 집을 나섰다. 길은 더럽고 미끄럽고 추웠다. 결혼 후 처음으로 서글픈 감정이 들었다. 이 우중충하고 긴 하루로 인해 지쳐버린 내 머릿속에는 어쩌면 내가 잘못 살고 있는지도 모른다는 생각이 스쳤다. 나는 지쳤고, 조금씩 마음이 흔들렸으며 나른해졌다. 꼼짝하기가 싫었으며 골똘히 생각하고 싶지도 않았다. 얼마 후 나는 다 포기하고 집으로 돌아와버렸다.

뜰 한가운데서 모자가 달린 가죽 외투를 입은 돌쥐코프 씨가 큰 목소리로 떠들고 있었다.

"가구가 어디 있지? 엠파이어 스타일의 아름다운 가구가 있었잖아. 그림도 있었고, 꽃병도 있었는데. 눈을 씻고 봐도 없잖아! 내가 산 것은 가구와 영지란 말이야. 이런 제기랄!"

그의 곁에는 장군댁 일꾼 모이세이가 서서 모자를 마구 구겨대고 있었다. 그는 25세 정도 돼 보였으며, 건방져 보이는 작은 눈에 마르고 곰보 자국이 있었다. 그의 한쪽 볼은 마비된 것처럼 다른 쪽보다 더 늘어져 있었다.

"나리, 나리께서는 가구를 빼고 영지를 사셨는뎁쇼." 그가 기어들어가는 목소리로 말했다. "저는 그렇게 기억하는데요."

"닥치거라!" 돌쥐코프 씨는 얼굴이 빨개져서 소리쳤고, 그의 목소리는 정원에서 쩌렁쩌렁 메아리쳤다.

12

정원이나 뜰에서 무슨 일을 할 때마다 모이세이는 뒷짐을 지고 옆에 서서 게으르고 거만한 표정을 지으며 그 단춧구멍 같은 눈으로 나를 지켜보았다. 그럴 때마다 나는 너무 불쾌했고, 하던 일을 집어치우고 집 안으로 들어가곤 했다.

스테판으로부터 이 모이세이란 작자가 장군 부인의 정부情夫라는 사실을 들었다. 나는 장군 부인에게 돈을 꾸러 오는 사람들이 모이세이에게 먼저 찾아간다는 것을 알게 되었다. 한번은 머리부터 발끝까지 새카만 한 남자가—숯 장수임에 틀림없을 것 같은—그의 발밑에 엎드려 절하는 것을 보았다. 그는 귀엣말을 속닥이다가 장군 부인에게 묻지도 않고 직접 돈을 내주었다. 나는 그가 자기 맘대로 일 처리를 한다고 생각했다.

그는 우리 정원에서 사냥을 했고, 우리 창고에서 먹을거리를 가져갔고, 물어보지도 않고 우리 말을 끌어다 썼다. 우리는 분노했으며 두베취냐가 우리 땅이라는 것을 믿을 수 없을 정도였다. 마샤는 얼굴이 창백해져서 말했다.

"정말 우리가 이런 쓸모없는 작자들과 일 년 반을 더 살아야 하나요?"

장군 부인의 아들인 이반 체프라코프는 철도역에서 차장으로 근무하고 있었다. 겨울 동안 그는 매우 마르고 허약해져서, 한 잔만 마셔도 취하고 심하게 추위를 탔다. 그는 자신의 차장 제복을 싫어했고 부끄러워했다. 그러나 양초를 훔쳐서 팔 수 있어 돈이 생기는 자리라며 좋아했다. 나의 새 지위는 그에게 놀라움과 질투, 그리고 자기에게도 유사한 일이 일어날 수 있을 거라는 희미한 희망 등 여러 가지 복합된 감정을 불러일으켰다. 그는 황홀한 눈으로 마샤를 훑어보고는 내가 어떤 음식을 먹는지 물어보았다. 그의 비쩍 마른 흉한 얼굴에는 슬프고도 달콤한 표정이 떠올랐고, 그는 나의 행복을 만지고라도 싶은 듯 손가락을 움찔거렸다.

"잘 들어보라고, 잔돈푼아." 그는 연신 담배를 피워가면서 부산스럽게 말했다. 그가 있는 곳은 어디든지 지저분했다. 왜냐하면 그는 담배 한 대에 불을 붙이기 위해 열 개 이상의 성냥을 부러뜨리기 때문이다. "지금 내 인생은 최악이야. 온갖 쓰레기 같은 놈들조차 내게 '어이, 차장'이라고 소리 질러대지. 기차 속에서 나는 별별 소리를 다 들어. 그리고 이젠 알았지. 인생은 개떡 같다는 것을! 엄마가 나를 망쳤다고! 기차에서 만난 한 의사가 내게 그러더라고. 만약 부모의 행실이 올바르지 못하면, 그 자식도 술주정뱅이나 죄인이 된다고. 바로 그거라고!"

한번은 그가 비틀거리며 뜰 안으로 들어왔다. 그의 두 눈은 방향을 잃고 흔들렸으며, 숨결은 거칠었다. 그는 웃다가 울다가 열병에 걸린 듯 헛소리를 했다. 알아듣기 힘들었으나 나는 그의 말 속에서 몇 가지 단어를 들을 수 있었다. "우리 엄마! 엄마가 어딨는데?" 마치 군중 속에서 엄마를 잃어버린 아이처럼, 그는 울음 섞인 목소리를 토해냈다. 나는 그를 우리 집 정원으로 데리고 가서 나무 아래 눕히고 하루 종일 밤낮으로 마샤와 교대로 그의 곁을 지켰다. 마샤는 혐오스러운 눈길로 그의 희고 땀에 젖은 얼굴을 쳐다보며 말했다.

"이런 거지 같은 작자들과 이곳에서 일 년 반이나 더 산다고요? 끔찍해요! 끔찍하다고요!"

농부들은 또 얼마나 많은 실망을 우리에게 안겨주었던가! 그토록 행복하고 싶었던 그 첫해 봄, 얼마나 슬픈 일들이 많이 있었는지!

나의 아내는 학교를 설립했다. 나는 예순 명 정도 학생을 수용할 수 있는 학교를 계획했고 지방 도청의 허가를 받았다. 도청에서는 마을에서 3베르스타 정도 떨어진 쿠릴로프 마을에 학교를 세우는 게 어떻겠냐고 말했다. 쿠릴로프에도 학교가 하나 있었는데, 두베취냐를 포함한 네 마을의 아이들이 이 학교에서 공부했다. 학교는 낡고 비좁았고, 썩은 마루 위를 걸어다니는 것이 위험할 정도였다. 3월 말이 되자 마샤의 희망대로 그녀는 쿠릴로프 학교의 후견인으로 선정됐다. 4월 초에 우리는 세 차례나 모임을 주선하여 농부들에게 학교가 좁고 낡았으니 새 학교를 세워야 한다고 설득했다. 모임이 있을 때마다 농부들은 우리를 에워싸고 양동이를 내밀며 보드카를 부어달라고 애원했다. 군중 속에서 우리는 무척 더위를 느꼈고, 금세 지쳐버렸다. 매번 우리는 당혹스럽고 불만에 가득 찬 채 집으로 돌아왔다. 마침내 농부들은 학교 건립을 위해 땅을 내놓았고, 그들 말에 따르면 도시에서 건축자재를 싣고 와야 했다. 봄갈이가 끝난 첫 번째 일요일부터 건물의 토대에 들어가는 벽돌을 날라오기 위해 쿠릴로프와 두베취냐의 짐마차들이 도시를 향해 떠났다. 동틀 무렵 출발한 농부들은 저녁 늦게서야 도착했다. 그들은 취해 있었고, 여간 고생이 심한 게 아니라고 불평했다.

마치 일부러 그러는 것처럼 비와 추위는 5월 내내 계속되었다.

길은 엉망이었고 지저분했다. 도시에서 돌아오는 짐마차들은 어김없이 우리 집에 들렀다. 이것은 정말 끔찍한 광경이었다! 배가 불룩한 말이 두 다리를 벌리며 문으로 들어섰고 농부들은 이 말에서 비에 젖고 진흙이 잔뜩 붙은, 너비 12아르신[14]쯤 되어 보이는 큰 통나무를 내려놓았다. 그 옆으로 윗도리를 풀어젖힌 농부가 진흙탕 위를 텀벙텀벙 걸어다녔다. 바로 뒤를 이어 통나무를 실은 또 다른 짐마차들이 뜰로 들어왔다. 점차 뜰은 말과 통나무와 나무판자로 가득 찼다. 두건을 두르고 겉옷에 허리띠를 맨 농부와 그 아낙들은 우리 집 창문을 노려보며 주인마님을 불러댔다. 거친 욕설도 들렸다. 한쪽에는 모이세이가 서 있었다. 그는 우리가 창피당하는 것을 즐기는 것 같았다.

"더 이상 짐을 싣고 오나 보라지!" 농부들이 소리쳤다. "힘들어 죽을 지경이라고! 자기가 직접 가서 가져와보지그래!"

마샤는 하얗게 질려서 금방이라도 농부들이 방문을 열고 쳐들어오지 않을까 떨며 반 통의 보드카를 건넸다. 마침내 웅성거림이 잦아들고, 다시 하니 둘씩 통나무들을 싣고 뜰에서 나갔다.

내가 건축 현장에 나가보려고 하면, 아내는 크게 걱정하면서 말했다.

"농부들이 화나 있어요. 당신한테 무슨 짓이라도 저지르면 어

---

14 1아르신은 약 71.12센티미터에 해당한다.

떻게 해요. 기다려요, 나도 같이 갈래요."

우리는 함께 쿠릴로프로 갔다. 목수들은 우리에게 술값을 요구했다. 벌채는 이미 끝났고, 토대를 쌓기만 하면 됐다. 그러나 석공들이 오지 않았다. 일은 자꾸 지연되었고 목수들은 투덜거렸다. 마침내 석공들이 왔을 때, 이번에는 모래가 없었다. 모래가 필요하다는 것을 까맣게 잊고 있었던 것이다. 이런 곤란한 처지를 안 농부들은 한 번 운송할 때마다 우리에게 30코페이카씩 요구했다. 건축 현장에서 모래를 실어 온 강가까지 250미터도 되지 않았지만, 필요한 모래를 다 싣고 오기 위해서는 오백 번이나 마차를 보내야 했다. 말다툼과 욕설과 농부들의 거지 근성에는 끝이 없었다. 아내는 분노했고, 일흔 살 노인인 석공 티트 페트로프는 아내의 손을 잡고 이렇게 말했다.

"여길 보라고요, 아씨, 여기를! 모래를 좀 갖다 주슈! 그러면 아씨한테 한 열 명쯤 사람을 보낼 테니. 이틀이면 다 끝날 일이오. 여길 보라고요!"

마침내 모래를 가져왔다. 그러나 이틀이 지나고 나흘이 지나고 일주일이 지나도 그들은 여전히 토대를 쌓지 않고 있었다.

"미쳐버리겠어요!" 아내가 폭발했다. "어떻게 이런 사람들이 있죠! 어떻게 이런 사람들이 있냔 말예요!"

이렇게 어수선한 가운데 이반 빅토로비치 씨가 찾아왔다. 그는 와인과 안주를 잔뜩 가져왔다. 그는 천천히 오래도록 그것들을 먹더니 테라스에서 잠들었다. 그의 코 고는 소리를 듣고 일꾼들이 고개를 저으며 말했다.

"대단하군."

마샤는 친정아버지가 온 것을 기뻐하지 않았다. 그녀는 아버지를 믿지 않았지만, 그래도 그와 많은 것을 의논했다. 점심식사 후 한잠 자고 기분이 좋지 않을 때면 그는 우리 살림이 엉망이라고 욕하거나 이토록 많은 손해를 입힌 두베취냐를 사들인 것을 후회했다. 그럴 때면 가엾은 마샤의 얼굴에는 짜증스러운 표정이 떠올랐다. 그녀는 아버지에게 불평했고, 그는 하품을 하면서 농부들은 그저 때리는 수밖에 없다고 말했다.

그는 우리의 결혼생활을 코미디라고 말하면서, 단순한 변덕과 철부지 장난에 불과한 것이라고 했다.

"마샤는 예전에도 그런 적이 있었지." 그는 내게 마샤에 대해 이야기하기 시작했다. "한번은 그 애가 오페라 배우가 되겠다고 나를 떠나버렸지. 이 친구야, 나는 두 달 동안이나 딸애를 찾아다녔어. 글쎄, 전보 값만 천 루블을 썼다니까."

그는 이제 나를 이교도나 도장공 선생이라고 부르지는 않았지만, 전처럼 노동자로서의 내 삶을 이해해주지도 않았다.

"자네는 정말 이상한 사람이야! 정말 비정상이라고! 함부로

앞날을 이야기할 수는 없지만, 자네는 틀림없이 끝이 좋지 않을 거야!"

마샤는 밤마다 잠을 자지 못하고 침실 창가에 앉아서 무슨 생각인가에 깊이 잠겨 있었다. 식사 때마다 들리던 그녀의 웃음소리도 더 이상 들리지 않았고, 귀엽게 얼굴을 찌푸리는 일도 없어졌다. 나도 고통스러웠다. 비가 올 때면 빗방울은 파편처럼 내 가슴을 쳤으며, 나는 마샤의 발아래 엎드려 이렇게 엉망인 날씨에 대해 용서를 구하고 싶었다. 농부들이 뜰에서 웅성거릴 때면, 그것도 내 탓인 것 같았다. 몇 시간씩 나는 한자리에 꼼짝 않고 앉아서 마샤가 얼마나 훌륭하고 멋진 여성인지 생각했다. 나는 열정적으로 그녀를 사랑했으며, 그녀가 하는 모든 행동과 말들은 나를 감동시켰다. 그녀는 조용한 서재에 머무는 것을 좋아했으며, 오랫동안 책을 읽고 무언가를 공부하는 것을 좋아했다. 농서農書를 많이 읽은 그녀의 충고는 모두가 유익한 것이었으며 쓸모없는 것은 하나도 없었다. 이런 모든 것 외에도 그녀에게는 훌륭한 교양을 갖춘 사람에게만 찾아볼 수 있는 관대함과 섬세한 취미와 고아한 품위가 있었다.

건강하고 긍정적인 사고를 지닌 이 여성에게 우리가 지금 겪고 있는 하찮은 걱정거리들과 혼란스런 상황은 고통일 뿐이었다. 그런 것들을 지켜보면서 나 역시 밤마다 잠들 수 없었다. 내 머리는 끊임없이 고민하고 또 고민했으며, 목구멍으로 울분이 치솟았다. 나는 무엇을 해야 할지 몰라 애태웠다.

나는 도시로 나가 아내에게 줄 책과 신문, 사탕 그리고 꽃을 사왔으며, 스테판과 함께 낚시를 했다. 마샤를 위해 몇 시간씩 비를 맞아가며 목까지 오는 차가운 강물 속에서 대구를 찾아 헤맸다. 나는 농부들의 비위를 맞춰가며 조용히 해달라고 부탁했고, 보드카를 주면서 환심을 사기 위해 이런저런 약속을 했다. 얼마나 많은 바보 같은 일들을 저질렀는지!

마침내 비는 멈추었고, 대지는 마르기 시작했다. 새벽 4시쯤 일어나서 정원으로 나가면, 이슬이 꽃 속에서 반짝이고 있었고 새들과 벌레들이 울고 있었다. 하늘에는 구름 한 점 없었고 뜰과 초원과 강은 너무나 아름다웠다. 그러나 농부들과 짐마차와 기술공들에 대한 기억은 여전히 우리를 떠나지 않았다! 나와 마샤는 귀리가 익는 것을 보기 위해 말을 타고 밭으로 갔다. 그녀가 말을 몰고 나는 뒤에 앉았다. 그녀의 어깨는 높이 솟아 있었고 바람에 머리카락이 휘날렸다.

"오른편으로 비켜요!" 그녀가 맞은편에서 오는 사람들을 향해 소리쳤다.

"당신은 정말 마부 같아." 하루는 내가 그녀에게 이렇게 말했다.

"그럴지도 몰라요. 우리 할아버지가 마부였거든요. 몰랐어요?" 그녀는 내게 돌아서며 물었다. 그리고 곧 마부들이 소리 지르고 노래 부르는 흉내를 냈다.

'다행이야!' 나는 그녀의 말을 들으며 생각했다. '정말 다행이야!'

그리고 또다시 농부들과 짐마차와 기술공들에 대한 기억이 우리를 괴롭혔다.

13

블라고보 의사가 자전거를 타고 우리를 찾아왔다. 누이도 우리를 자주 찾아오기 시작했다. 또다시 육체노동, 진보, 먼 미래에 인류를 기다리고 있을 비밀의 미지수에 대한 이야기들이 시작되었다. 블라고보는 우리 일을 마음에 들어하지 않았다. 그 일이 우리의 논쟁을 방해하기 때문이었다. 그는 땅을 갈고, 풀을 베고, 가축을 치는 것은 자유로운 인간이 할 일이 아니며, 인간은 곧 이와 같은 온갖 저급한 생존 투쟁을 동물과 기계에 맡기고, 스스로는 학문적인 연구에만 몰두하게 될 거라고 주장했다. 나의 누이는 항상 일찍 돌아가고 싶어했지만, 부득이하게 이곳에서 잠을 자게 될 때는 끊임없이 걱정하고 불안해했다.

"맙소사! 당신은 아직도 어린애군요!" 마샤가 나무라듯 말했다. "우습기까지 해요."

"그래요, 웃기죠." 누이도 동감했다. "나도 우습다는 것을 알아요. 하지만 내가 스스로를 이길 힘이 없는데, 어떻게 하겠어요. 난 늘 잘못만 저지르는 것 같아요."

풀 베기가 시작되자 나는 일이 몸에 익지 않아 몸살에 걸리고 말았다. 저녁에 테라스에서 사람들과 이야기를 나누면서도 꾸벅꾸벅 졸았고, 그런 나를 보고 모두 큰 소리로 웃었다. 나를 깨워 저녁식사를 하게 했지만, 또다시 몰려오는 졸음에 결국 항복하고 말았다. 쏟아지는 졸음으로 잔뜩 몽롱했던 나는 꾸벅꾸벅 졸면서 언뜻언뜻 불빛과 사람들의 얼굴, 접시를 보았지만, 왜 그것들이 눈앞에 있는지 이상했다. 다시 아침이 오면 나는 어김없이 일찍 일어나서 풀을 베거나 건축 현장에 들러 하루 종일 일했다.

휴일에는 집에서 쉬었다. 나는 아내와 누이가 내게 뭔가를 숨기며 피하고 있다고 느꼈다. 아내는 여전히 상냥했지만 내게 털어놓지 않는 뭔가가 있었다. 농부들에 대한 그녀의 적개심은 날로 심해졌고 이곳에서의 삶이 더욱 고통스러워 보였다. 그러나 그녀는 전혀 내색하지 않았다. 아내는 나보다 블라고보와 더 즐겁게 이야기했고, 나는 왜 이렇게 되어가는지 이해할 수 없었다.

우리 마을에서는 풀을 베고 추수하는 철이 되면 지주가 저녁마다 농부들을 뜰로 불러서 보드카를 대접하는 풍습이 있었다. 이때에는 젊은 아가씨들도 그 틈에 껴서 한 잔씩 마셨다. 우리는 이 풍습을 지키지 않았다. 풀 베는 일꾼들과 아낙네들은 밤 늦게까지 뜰에 서서 보드카를 기다리다가 욕을 퍼붓고 돌아가곤 했다. 마샤는 냉랭하게 얼굴을 찌푸리고 아무 말 하지 않거나, 짜증 섞인 낮은 목소리로 블라고보에게 불평했다.

"야만인들이에요! 페체네기[15] 같은 작자들이라고요!"

이곳 시골에서는 신참자를 그리 달가워하지 않는다. 마치 전학생을 대하듯 적대시한다. 우리 역시 마찬가지였다. 그들은 처음에 우리를 넘쳐나는 돈을 주체하지 못해 이 영지를 사들인 멍청하고 우둔한 인간으로 대했다. 심지어 우리를 조롱하기까지 했다. 농부들은 우리의 숲과 뜰에서 소를 쳤고, 우리 암소나 말을 자기네 밭으로 끌고 가서 나중에 그것들이 자기 밭을 짓밟았다며 보상해달라고 요구했다. 무리를 지어 찾아와서는 우리가 그들의 소유지에서 풀을 베어 갔다고 주장하기도 했다. 그때까지만 해도 우리 땅의 경계선을 정확히 몰랐기 때문에 우리는 그들의 말을 믿고 요구대로 보상해주었다. 그러나 나중에 알고 보니 우리는 다른 사람의 땅을 넘어간 적이 없었다. 그들은 우리 숲에서 보리수의 껍질을 벗겨갔다. 허가 없이 보드카를 팔던 두베취냐의 한

<hr>

나의 인생   125

농부는 우리 일꾼을 매수해서 가장 교활한 방법으로 우리를 속였다. 마차의 새 바퀴를 헌 것으로 바꾸고, 우리의 농기구를 훔쳐내어 다시 우리에게 되팔았다. 그러나 무엇보다도 가장 모욕적인 것은 쿠릴로프의 공사장에서 일어난 사건이었다. 아낙네들은 밤마다 합판, 벽돌, 타일, 철을 훔쳤고, 십장은 증인들과 함께 그들의 집을 뒤져서 모두에게 2루블씩의 벌금을 매겼다. 그리고 그렇게 해서 걷힌 벌금으로 다 함께 술을 마셨다.

마샤는 격분해서 블라고보와 내 누이에게 이렇게 말했다.

"짐승 같은 놈들이에요! 끔찍해요! 끔찍해!"

나는 그녀가 학교를 짓기로 한 결정을 후회하는 모습을 여러 차례 보았다.

"이해해." 블라고보가 그녀를 위로했다. "당신이 학교를 짓고 선행을 베푸는 것은 농부들을 위해서가 아니라 문화와 사회 발전을 위한 거야. 그들이 악랄할수록, 학교를 지어야 하는 이유는 더욱 명백해지는 거지. 당신을 이해한다고."

그러나 그의 목소리에는 확신이 없었고, 나는 그도 역시 마샤처럼 농부들을 증오하고 있다고 느꼈다.

마샤는 나의 누이와 자주 방앗간에 갔다. 그녀는 스테판이 얼마나 미남인지 보러 간다고 농담처럼 이야기했다. 나중에 알고 보니 스테판은 남자들하고 있을 때만 그렇게 말이 없고 느림보였지, 여자들과 함께 있을 때는 사뭇 달랐다. 그는 활개치고 다니면서 쉴 새 없이 주절거렸다. 한번은 강가에 먹 감으러 나왔다가 우연히 그들의 대화를 엿듣게 되었다. 마샤와 클레오파트라는 흰옷을 입고 강가의 버드나무 그늘 아래 앉아 있었다. 스테판은 그들 곁에서 뒷짐을 지고 서서는 말했다.

"정말 농부가 사람이라고 생각하세요? 아니죠. 그들은, 죄송하지만, 짐승입니다. 협잡꾼이란 말이죠. 그들의 삶은 또 어떤가요? 먹고 마시는 것밖에 모르고, 싸구려 음식이나 밝히고, 주막에서는 미친 듯이 멱살을 잡고 싸우죠. 품위 있는 대화나 인사는 커녕 예의도 모르는 후레자식들이란 말입니다. 본인은 물론, 아내와 자식들도 모두 진창에 구르게 하고는, 옷도 갈아입지 않고 그대로 잠자리에 든단 말입니다. 목에 걸린 감자는 손가락으로 쑤셔서 빼고, 바퀴벌레가 빠진 크바스도 개의치 않고 마신답니다. 후후 불지도 않는다니까요!"

"가난하기 때문이죠." 누이가 참견했다.

"가난이라고요! 아씨, 그건 가난이 아니라 적빈이랍니다. 가난도 가난 나름이죠. 자, 눈 멀고 팔다리 없는 남자가 혼자 섬에 있다면, 그거야말로 진짜 가난이죠. 그렇지만 사람이 자유롭고 정신과 사지가 말짱하다면 뭘 더 바라겠습니까? 아씨, 이건 엄살이고 무지몽매지, 가난 때문은 아니랍니다. 만약 아씨들같이 좋은 분들이 이놈들에게 혹여 동정을 베푸신다 해도, 그놈들은 그 돈으로 술을 사 처먹거나 아니면 직접 술집을 열어서 민중의 등이나 처먹으려 할 거예요. 아씨께서는 가난 때문이라고 하셨죠. 그렇지만 부유한 농부는 뭐 사는 모습이 다릅니까? 역시 죄송합니다만, 돼지처럼 살기는 마찬가지죠. 거칠고 꽥꽥 고함이나 지르고 얼간이 같은 놈들이죠. 뚱뚱하고, 얼굴은 벌겋고 팅팅 부어서 마치 누군가 번쩍 손을 들어 따귀를 후려갈긴 듯하단 말입니다. 보세요. 두베취냐 마을의 라리온은 돈도 많으면서, 가난한 자 못지않게 당신네 숲에서 나무껍질을 벗겨 가지요. 자기도 욕쟁이지만 그 자식놈들도 지독한 욕쟁이랍니다. 술이라도 한잔 걸치는 날엔 코를 진흙탕에 박고 잠들어버리죠. 모두 쓸모없는 인간들이에요. 시골에서 그놈들과 같이 살면, 그것이 곧 지옥이라는 것을 알게 되죠. 저도 시골에서 옴짝달싹 할 수 없던 때가 있었지만, 이제는 하느님의 도움으로 배부르고 헐벗지 않지요. 용기병으로 제대한 후 삼 년 동안이나 촌장일을 했지만, 지금은 자유로운 카자크인으로, 제 맘 내키는 곳에서 살지요. 시골에서는 살기 싫어요. 누구도 저한테 이래라저래라 할 수 없어요. 사람들은 아내를 들먹거리기도 하죠. 너는 오두막에서 아내와 함께 살아야 한다고 말이죠. 왜 그래야 하죠? 저는 여편네에게 매인 몸이 아니란 말입니다."

"스테판, 당신은 사랑해서 결혼했나요?" 마샤가 물었다.

"이런 촌구석에 사랑이란 것이 될 법이나 한가요?" 스테판이 피식 웃으며 말했다. "아씨께서 꼭 알고 싶으시다면 말씀드리지요. 전 두 번이나 결혼했답니다. 사실은 쿠릴로프 태생이 아니라 잘레고쉬 태생입니다. 쿠릴로프에는 데릴사위로 왔답니다. 부모님은 다섯 형제나 되는 자식을 남에게 주고 싶어하지 않았지만, 저는 생판 모르는 다른 마을로 데릴사위로 왔지요. 저의 첫 아내는 젊어서 죽었답니다."

"왜요?"

"어리석었으니까요. 그 여자는 이유 없이 만날 울다가 기운이 다 빠져버렸어요. 예뻐지려고 무슨 풀인가를 먹었는데, 그게 속에서 탈이 났나 봐요. 두 번째 아내는 쿠릴로프 여자였답니다. 특별할 게 없는 평범한 시골 아낙이었죠. 처음 그녀를 소개받고 저는 혹했지요. 젊고 하얗고 사는 모양새도 깨끗할 거라고 생각했습죠. 장모 될 사람이 흘리스토프스트보[16] 신자 같았고, 커피도 마시고, 중요한 것은 사는 모양새가 깨끗했다는 거죠. 그래서 결혼하게 되었지요. 그런데 그다음 날 다함께 식사할 때 장모에게 숟가락을 달라고 했더니, 글쎄 손가락으로 숟가락을 쓱 닦아주는 거예요. 나는 그 가족을 깨끗한 사람들이라고 생각했는데, 보기

---

16 18~19세기에 교회, 사제를 부정하고 자기 몸을 매질하던 그리스도교의 한 파.

좋게 당한 거죠. 일 년을 같이 살다가 그 집에서 나왔습니다. 어쩌면 도시 여자와 결혼하는 것이 나았을지 모르겠어요." 그는 잠시 말을 멈추었다가 다시 시작했다. "아내를 남편의 보조자라고 하죠. 왜 내게 보조자가 필요하죠? 내 일은 내가 알아서 하는데요. 아내란 이러쿵저러쿵 재잘대기보다는 다정하게 말할 수 있는 상대라야 해요. 좋은 대화가 없는 인생이 무슨 재미가 있겠습니까?"

스테판은 갑자기 입을 다물었다. 그가 나를 본 것이다. 곧 그의 지겹고 단조로운 "울룰룰루" 소리가 들려왔다.

마샤는 방앗간에 자주 드나들기 시작했으며, 스테판과 이야기하는 것을 즐거워했다. 스테판이 열성으로 농부들을 헐뜯어서인지 마샤는 점차 그에게 끌리는 것 같았다. 그녀가 방앗간에서 돌아오면 매번 농부들은 뜰에 숨어 있다가 그녀에게 소리쳤다.

"에이, 아가씨, 팔라쉬카! 멋진데! 팔라쉬카!" 그들은 그녀에게 개처럼 짖었다. "멍! 멍!"

마샤는 걸음을 멈추고, 마치 자기 생각에 해답을 찾은 듯 농부를 뚫어지도록 쳐다보았다. 아마 그것도 스테판의 욕지거리처럼 그녀의 관심을 끌었던 것 같다. 집에 오면, 늘 안 좋은 소식이 그녀를 기다리고 있었다. 거위가 양배추밭을 망쳐놓았다거나 라리온이 말 고삐를 훔쳐 갔다는 소식을 들으면 그녀는 어깨를 한 번 들썩이고는 비웃는 것처럼 말했다.

"이런 사람들에게서 뭘 기대하죠?"

그녀는 화를 냈고 날이 갈수록 그들에 대한 증오를 쌓아갔지만, 나는 점차 그들에게 익숙해졌고 그들에게 끌리기 시작했다. 농부들은 예민하고 짜증을 잘 냈으나 대부분 마음에 상처를 입은 사람들이었다. 억눌린 상상을 했고, 무식하고 빈약하고 흐릿한 시각으로 세상을 바라보았고, 이 회색 땅과 회색 인생과 검은 빵에 대해 언제나 똑같은 생각만을 했다. 그들은 교활했지만, 한편으로는 마치 땅속에 멍청한 머리만을 처박고 다 숨었다고 생각하는 새와 같았다. 셈도 제대로 하지 못했다. 그들은 20루블을 받고 풀을 베지는 않아도 반 통의 보드카에는 얼씨구나 하고 나설 사람들이었다. 20루블로 보드카 네 통은 살 수 있을 텐데 말이다. 물론 그들은 추잡한 술주정뱅이에 어리석기 그지없었고, 늘 서로를 속였다. 그러나 이 모든 것에도 불구하고, 그들의 삶은 무언가 건강하고 단단한 것에 뿌리를 박고 있었다. 그들이 아무리 고집스런 짐승 같아 보여도, 그들이 아무리 보드카에 취해 인사불성이 되어도, 그들을 가까이에서 지켜보면 점점 끌리게 될 것이다. 마샤와 블라고보 같은 사람들에게는 없는 무언가 부드럽고 중요한 것이 그들 안에 있다는 것을 느끼게 될 것이다. 그들은 이 땅에서 제일 소중한 것은 진리이며, 민중의 구원은 바로 이 진리

안에 있다고 믿고 있었다. 그렇기 때문에 그들은 무엇보다도 정의를 사랑했다. 나는 아내에게 유리에 있는 먼지 자국은 보면서 유리는 보지 못한다고 말했다. 그럴 때면 그녀는 아무 말이 없거나 스테판처럼 "울룰룰루"라고 흥얼거렸다. 이 착하고 영리한 여자가 머리끝까지 화가 나서 하얗게 질린 채 떨리는 목소리로 블라고보에게 농부들의 술버릇과 속임수를 성토할 때면, 나는 그녀의 건망증이 놀랍기만 했다. 그녀의 아버지도 술을 많이 마시며, 두베취냐를 사들인 돈도 수차례의 파렴치한 사기를 통해 모은 것이었다. 어떻게 이 사실을 잊을 수 있단 말인가? 어떻게 그런 사실을 까맣게 잊을 수 있을까?

14

　누이 역시 자기만의 인생을 살고 있었으며 나를 끼워주려 하지 않았다. 그녀는 마샤와 자주 귓속말을 했다. 내가 다가가면 몸을 움츠리면서 죄지은 듯한 애원하는 눈길로 나를 바라보았다. 분명 그녀에게 무언가 두렵고 부끄러운 일이 생긴 것이다. 누이는 나와 뜰에서 마주치거나 단둘이 남는 일을 피하기 위해 늘 마샤 곁에 있었다. 때문에 누이와 대화할 수 있는 것은 식사시간뿐이었다.

　언젠가 하루는 공사장에서 돌아와 조용히 정원을 거닐고 있었다. 날이 벌써 어두워지고 있었다. 누이는 내 발소리를 듣지 못한 채 늙고 큰 사과나무 곁에서 유령처럼 조용히 걷고 있었다. 그녀는 검은 옷을 입고 빠른 걸음으로 땅만 쳐다보며 왔다 갔다 하고 있었다. 나무에서 사과가 떨어지자 그녀는 깜짝 놀라 걸음을 멈추고 손을 관자놀이에 가져다 댔다. 바로 그 순간 그녀에게 다가갔다.

내 가슴속에 갑자기 누이를 향한 애정이 솟구쳤다. 왠지 눈물이 글썽거렸고 돌아가신 어머니와 우리의 어린 시절이 생각났다. 나는 누이의 어깨를 안고 키스했다.

"누나, 무슨 일이에요?" 내가 물었다. "누나, 고민 있죠? 나도 다 보고 있다고요. 무슨 일이에요? 말해줘요."

"무서워……." 그녀는 몸을 떨며 말했다.

"대체 무슨 일이에요?" 나는 다그쳐 물었다. "제발 말해줘요!"

"그래, 말할게. 너한테 다 말할게. 네게 숨기는 게 너무 힘들고 괴로워. 미사일, 나는 사랑에 빠졌단다……." 그녀는 작은 목소리로 말했다. "나는 그이를 사랑해. 그리고 행복해. 그런데 왠지 모르게 무서워!"

이때 발소리가 들리더니, 나무 사이로 비단 셔츠를 입고 높은 장화를 신은 블라고보가 나타났다. 아마 그 사과나무 옆에서 만나기로 했던 모양이다. 그를 보자 누이는 누군가가 그를 빼앗기라도 할 것처럼 다급하게 소리치며 그에게 달려갔다.

"블라디미르! 블라디미르!"

그녀는 블라고보의 품 안에서 열렬한 눈빛으로 그를 바라보았다. 그제야 나는 누이가 요즘 얼마나 마르고 창백해졌는지 알 수 있었다. 특히 오래전부터 눈에 익은 누이의 레이스 목 부분이 헐거워진 채 누나의 길고 여윈 목을 감싸고 있는 것을 보았다. 블라고보는 당황했지만, 곧 정신을 차리고 누나의 머리를 쓰다듬으며 말했다.

"자, 됐어요. 됐어요. 왜 그렇게 예민해 있어요? 봐요, 내가 왔잖아요."

우리는 쑥스럽게 서로를 쳐다보며 묵묵히 서 있었다. 우리는 셋이서 나란히 걸었다. 블라고보가 말했다.

"우리나라에서는 문화생활이 아직 시작도 안 됐어. 노인네들은 설령 지금 아무것도 없다 해도 40, 60년대에는 뭔가 있었다고 생각하면서 위안하지. 하지만 그건 노인들 말이야. 우리들은 젊잖아. 우리 정신은 아직 말짱해. 그러니까 그런 환상으로 자기를 위안하는 짓 따위는 할 수 없어. 루시[17]는 862년에 시작되었지만, 문명화된 루시는, 내가 알기로는 아직 시작도 안 됐어."

나는 그의 말을 듣고 있지 않았다. 누나가 다른 사람과 사랑에 빠져 그의 손을 잡고 부드러운 눈길로 그를 바라본다는 것을 믿고 싶지 않았다. 이 예민하고 겁에 질리고 짓밟히고 종속된 존재

---

17 9~10세기 경 드네프르 지역에 존재했던 동슬라브족의 고대 국가 명칭. 루시는 훗날 러시아 제국의 요람이 되었다.

인 누나가 처자가 있는 남자를 사랑하다니! 나는 속이 탔다. 정확히 왜 그런지도 모르면서. 나는 블라고보가 곁에 있는 것이 불쾌했으며, 이 둘의 사랑이 어떻게 끝날지 도무지 알 수 없었다.

15

나와 마샤는 학교 창립식에 참석하기 위해 쿠릴로프로 갔다.

"가을이네요. 정말 가을이에요." 마샤가 주위를 둘러보며 조용히 말했다. "여름은 다 끝났고, 하늘엔 새도 없고, 풀이라곤 버들가지뿐이에요."

그렇다. 여름은 이미 끝났다. 청명하고 따뜻한 날씨가 계속되었지만, 아침마다 선선했고, 목동들은 토끼가죽으로 뒨 겉옷을 입고 나왔으며, 뜰 안의 쑥부쟁이에 맺힌 이슬도 하루 종일 마르지 않았다. 어디선가 구슬픈 소리가 들렸지만, 덧문의 녹슨 경첩이 삐걱거리는 소리인지, 학이 나는 소리인지 알 수 없었다. 그러나 그 소리를 듣고 있노라면 마음이 가벼워지고, 살고 싶은 의욕

이 용솟음쳤다!

"여름이 끝나버렸어요." 마샤가 말했다. "이젠 결말을 지어야 할 때가 온 것 같아요. 당신과 나는 많은 일을 했고 고민도 했어요. 그래서 우리는 한층 더 나은 사람이 되었어요. 우린 명예와 칭송을 얻을 거예요. 인격을 수양했다고 생각해요. 그러나 이것이 우리 주변에 어떤 영향을 끼치기는 했는지, 한 사람에게라도 도움이 되었는지는 잘 모르겠어요. 아니에요. 무식함, 불결함, 술주정, 끔찍하리 만큼 높은 유아 사망률은 아직 다 그대로예요. 당신이 땅을 파고 씨를 뿌리고 내가 돈을 퍼붓고 책을 읽어가며 공부했던 것은 아무에게도 도움이 되지 않았어요. 우리가 한 일은 결국 우리 자신을 위한 것뿐이었고, 고민한 것도 결국은 우리 자신을 위한 것뿐이었어요."

마샤가 그런 말을 하면 나는 당황해서 무슨 말을 해야 할지 몰라 허둥댔다. "우린 처음부터 끝까지 진심이었잖소." 내가 말했다. "진심을 간직한 자는 결국 옳다는 것을 알게 된다오."

"누가 뭐래요? 그래요, 우리는 옳았어요. 그러나 우리가 옳다고 여겼던 것을 옳지 않은 방법으로 실현하려고 했다는 데 문제가 있는 거예요. 무엇보다도 방법이 틀렸던 거예요. 그렇지 않은가요? 당신은 다른 사람들에게 유익한 사람이 되고 싶어했지만, 당신이 그들의 영지를 샀다는 그 사실 하나만으로 벌써 그들을 위해 뭔가 해줄 수 있는 가능성을 다 차단해버렸던 거예요. 그리고 또, 당신이 만약 농군들처럼 먹고 입고 일했다면, 당신은 자신의 권위로 그들의 이 더럽고 남루한 옷차림, 초라한 오두막, 바보 같은 수염을 합리화하는 거지요. 또 한편으로는 당신이 아주 오랫동안, 평생에 걸쳐 일했다손 치더라도, 그리고 결국에 뭔가 실질적인 성과를 달성했다고 할지라도, 그것이 농부들의 무지몽매함과 허기, 추위 앞에서 무슨 의미가 있다는 거죠? 거대한 바다의 물 한 방울조차도 안 돼요! 우리에겐 좀 더 강하고 용감하고 신속한 방법이 필요했던 거예요. 정말 다른 사람에게 유익한 자가 되고 싶다면, 이 좁은 곳에서 벗어나서 대중을 상대로 활동하란 말이에요. 무엇보다도 소란스럽고 정력적인 선전이 필요해요. 왜 음악과 같은 예술이 그토록 생생하고 인기 있고 모두에게 강력하게 작용할까요? 왜냐하면 음악가나 가수는 수천 명의 대중을 상대로 하기 때문이에요. 지극히 아름다운 예술!" 그녀는 꿈꾸듯 하늘을 쳐다보며 말했다. "예술은 어디론가 멀리 날아갈 수 있는 날개를 달아줘요! 이 거친 속세의 때와 하찮은 이해관계가 지겨운 사람도, 분노하고 모욕당한 사람도, 모두 이 아름다운 예술 안에서 평안과 만족을 찾을 수 있답니다."

쿠릴로프에 도착했을 때, 날씨는 화창하고 맑았다. 어디선가 방아를 찧고 있었고, 호밀짚 냄새가 났다. 바자울 너머로 마가목

열매가 붉게 익고 있었고, 나무들이 울창하게 자라 잎사귀를 울 긋불긋 물들이고 있었다. 종각에서는 종을 치고, 학교로 성상을 옮기고 있었다. 노랫소리가 들려왔다. "신실하신 보호자여 ……." 아, 공기는 얼마나 청명하고, 비둘기는 또 얼마나 높이 날았는지!

수업을 시작하는 짧은 기도를 드렸다. 쿠릴로프 농부들은 마샤에게 성화를 가져왔고, 두베취냐 농부들은 큰 빵과 금칠 한 소금 그릇을 가져왔다. 마샤는 큰 소리로 울었다.

"만약 쓸데없는 소리를 했거나 불편을 끼쳐드렸다면 용서하십시오." 한 노인이 이렇게 말하고 나와 마샤에게 고개 숙여 인사했다.

집으로 가는 길에 마샤는 학교를 뒤돌아보았다. 내가 손수 색칠한 초록색 지붕은 햇빛을 받아 반짝거렸으며, 멀리서도 오랫동안 보였다. 나는 마샤가 학교를 바라보던 그 눈길이 마치 안녕을 고하는 것 같다고 느꼈다.

16

저녁이 되자 마샤는 도시로 나갈 준비를 했다. 요즘 들어 그녀는 시내로 가는 일이 잦았고, 그곳에서 잠을 자고 오기도 했다. 그녀가 없으면 나는 아무 일도 할 수 없었고, 두 손은 힘없이 축 늘어졌다. 큰 정원은 지루하고 보기 싫은 황무지 같았고, 나무는 바람에 흔들리며 성난 소리를 냈다. 그녀 없는 집과 나무와 말은 내게 있어서 더 이상 '우리의 것'이 아니었다.

나는 집에서 꼼짝도 하지 않고 하루 종일 그녀의 책상에 앉아 있었다. 그 옆에는 책장이 있었고, 그 안에는 한때 그녀가 그렇게 좋아하던, 하지만 지금은 아무짝에도 쓸모 없는 농서들이 나를 물끄러미 바라보고 있었다. 시계가 7시, 8시, 9시를 알릴 때까지 몇 시간씩, 검은 그을음 같은 캄캄한 가을밤이 시작될 때까지, 나는 그녀의 오래된 장갑, 그녀가 즐겨 쓰던 만년필, 작은 칼을 바라보고 있었다. 아무 일도 하지 않았다. 이제야 나는 지금까지 내가 땅을 파고, 풀을 베고, 장작을 패던 모든 일을 오직 그녀가 원했기 때문에 했다는 것을 똑똑히 깨닫게 되었다. 만약 그녀가 물이 허리까지 차는 깊고 깊은 우물을 청소하라고 했어도, 나는 왜 해야 하는지 따지지도 않고 곧바로 우물 안으로 들어갔을 것이다. 이제 그녀가 곁에 없다고 생각하자, 황폐하고 어수선하고 삐걱거리는 문짝에 밤낮으로 도둑이 득실거리는 이곳 두베취냐가 혼란 그 자체로 여겨졌다. 나를 지탱해주던 든든한 땅이 발밑에서 꺼져버린다면, 두베취냐에서의 나의 역할이 이미 끝장난 것이라면, 그리고 내 앞에 기다리고 있는 운명이 저 농서들과 같은 것이라면 이곳에서 일하고 미래를 설계하는 것이 무슨 의미가 있단 말인가!

아, 그 밤은 정말 외로웠다. 금방이라도 누군가가 "이제 네가 떠날 때가 되었다"고 소리칠 것 같았고, 시시각각 떨리는 마음으로 귀를 기울이던 그 외로움의 시간들……. 두베취냐를 떠나는 것은 아쉽지 않았다. 아쉬운 것은 가을을 맞은 내 사랑이었다. 사랑하고 사랑받는 것이 얼마나 큰 기쁨이었는지! 그 높은 사랑의 탑에서 이제 추락할 거라고 느끼자 너무나도 끔찍했다.

마샤는 다음 날 저녁에서야 돌아왔다. 그녀는 웬일인지 뾰로통해 있었지만, 애써 숨기려고 했다. 그녀는 왜 창문에 겨울 창틀을 끼워놓느냐며 그러다가는 숨이 막혀 죽을 거라고 투정을 부렸다. 나는 창틀을 두 개 빼냈다. 식욕은 없었지만 우리는 함께 저녁식사를 했다.

"손 씻고 와요." 그녀가 말했다. "당신한테 풀 냄새가 나요."

그녀는 도시에서 화보가 실린 새 잡지를 가져왔고, 우리는 식사를 마치고 함께 그것을 보았다. 최신 유행 재단이 나와 있었다. 마샤는 나중에 혼자 자세히 보려는 듯 한쪽으로 치워두려다가 종처럼 널따랗고 매끄러운 치마가 달린 드레스에 시선을 빼앗겼다. 그녀는 일 분가량 주의 깊게 그 드레스 사진을 들여다보았다.

"괜찮은데." 그녀가 말했다.

"그래, 이 옷은 정말 당신한테 잘 어울릴 거야." 내가 말했다. "정말 잘 어울릴 것 같아."

드레스가 그녀의 마음에 들었다는 이유 하나만으로 나는 벌써 회색 문양의 그 옷을 취한 듯이 바라보았다.

"정말 예쁜 옷이야! 아름답고 매력적인 마샤! 사랑하는 나의 마샤!"

눈물이 잡지 위로 떨어졌다.

"아름다운 마샤!" 나는 중얼거렸다. "사랑하는 나의 마샤!"

그녀는 자리 들어갔고, 나는 한 시간 정도 더 잡지를 보았다.

"창틀을 뺀 것은 괜한 짓이었어요." 그녀가 침실에서 말했다. "추울 것 같아요. 바람 부는 소리 좀 들어봐요!"

나는 싸구려 잉크 만드는 법과 이 세상에서 가장 크다는 다이 아몬드에 대한 기사를 읽었다. 그리고 그녀의 시선을 사로잡은 그 드레스 사진을 다시 보았다. 나는 음악과 미술과 문학에 정통 한 마샤가 부채를 들고 어깨를 드러낸 드레스를 입은 채 반짝반 짝 빛나는 모습으로 무도회장을 거니는 모습을 그려보았다. 아, 그녀에 비하면 나는 너무 작고 보잘것없었다.

우리의 만남과 결혼생활은 이 재기발랄한 여성의 삶에 앞으로 도 여러 번 있을 수 있는 하나의 에피소드에 불과했던 것이다. 세 상의 온갖 좋은 것은 모두 그녀의 손안에 있었고, 그녀는 그것을 너무나 쉽게 가졌다. 갖가지 사상과 최신의 지성 사조까지 그 모 든 것들은 그녀의 삶을 풍부하고 다양하게 해주는 즐거움일 뿐이 었다. 나는 그녀를 하나의 즐거움에서 또 다른 즐거움으로 안내 하는 마부에 불과했고. 더 이상 그녀에게 필요치 않은 존재가 되 어 있었다. 그녀가 날개를 퍼덕이고 날아가버리면 나는 홀로 남 겨지게 될 것이다.

이런 나의 상상에 대답이라도 하듯 밖에서 처절한 비명이 들려 왔다.

“도와줘요!”

가냘픈 여자 목소리였다. 마치 그 목소리를 흉내 내듯, 굴뚝에서도 바람이 가냘픈 소리로 울고 있었다. 삼십 초가량 지나자 또다시 비명이 바람 소리와 함께, 이번에는 다른 방향에서 들렸다.

“도와줘요!”

“미사일, 당신도 들었어요?” 그녀가 조용히 물었다. “듣고 있어요?”

그녀는 머리를 풀어헤치고 가운 하나만 걸친 채 다가와서 캄캄한 창밖을 바라보며 귀를 기울였다.

“누군가 목을 조이고 있나 봐요.” 그녀가 말했다. “정말 별짓 다하는군요.”

나는 총을 들고 밖으로 나갔다. 뜰은 매우 어두웠고 바람이 심하게 불어서 서 있는 것도 힘들었다. 대문으로 가서 귀를 기울였다. 나무가 웅웅거렸고 바람이 휙휙 소리를 냈으며, 바보 같은 농부의 집에서 개가 게으르게 짖고 있었다. 문밖에는 칠흑 같은 어둠이 깔려 있었고 철도에는 불빛 하나 보이지 않았다. 작년에 사무실이 있던 바로 그 별채 근처에서 갑자기 목이 졸리는 듯한 소리가 들렸다.

“도와줘요!”

“거기 누구야?” 내가 소리쳤다.

두 사람이 싸우고 있었다. 한 명은 끌고 가려고 하고, 또 한 명은 끌려가지 않으려고 버티고 있었다. 두 사람 모두 거칠게 숨을 내쉬고 있었다.

"날 놓아줘!" 이반 체프라코프의 목소리였다. 그가 여자처럼 가냘픈 목소리로 소리치고 있던 것이다. "놓아달란 말이야! 안 그러면 네놈의 양팔을 다 물어버릴 테다!"

또 다른 사람은 모이세이였다. 나는 그들을 떼어놓았지만, 참지 못하고 모이세이의 따귀를 두 번 때렸다. 그는 넘어졌지만 곧 일어났고, 나는 한 번 더 주먹을 갈겼다.

"저놈이 나를 죽이려고 했어요." 그가 중얼거렸다. "마님의 장롱으로 기어 들어가서는…… 나는 저놈을 안전하게 별채에 가둬두려고 한 것뿐이라고요."

체프라코프는 술에 취해 나를 알아보지 못했고, 연신 깊은 숨을 쉬다가 또다시 "도와줘요"라고 소리쳤다.

나는 그들을 놔두고 그냥 집으로 돌아왔다. 아내는 옷을 입고 침대에 누워 있었다. 나는 모이세이를 때린 것을 포함해서 뜰에서 일어난 일을 전부 이야기해주었다.

"이곳은 정말 무서운 곳이에요." 그녀가 말했다. "아, 지독하게 긴 밤이군요."

"도와줘요!" 잠시 후 다시 체프라코프의 목소리가 들렸다.

"나가서 조용히 시키고 올게." 내가 말했다.

"아니요, 저렇게 서로 치고받고 싸우게 내버려둬요." 그녀는 성가시다는 표정으로 말했다.

그녀는 천장을 바라보며 귀를 기울였다. 나는 저들이 뜰에서 "도와줘요"를 외치는 것이, 이 밤이 이렇게 긴 것이 마치 내 잘못이라도 되는 듯 그녀 곁에 아무 말 없이 앉아 있었다.

우리는 서로 한마디도 하지 않았고, 나는 날이 밝아오기만을 학수고대했다. 마샤는 천장에 눈길을 고정한 채 누워 있었다. 그녀는 마치 이제야 정신을 차린 듯, 어떻게 자기처럼 똑똑하고 교양 있고 말쑥한 숙녀가 이런 촌구석의 거칠고 볼품없는 사람들 속에 빠져버렸는지, 그리고 그런 사람들 중의 한 명에게 빠져 일 년 반 이상이나 그의 아내로 살았는지 스스로 놀라고 있었다. 그녀에게는 나도 모이세이도 체프라코프도 아무 차이가 없는 것 같았다. 술에 취해 지르는 그의 비명은 나와 우리의 결혼, 우리의 생활 그리고 이 가을의 질퍽한 진창과 어우러져 그녀의 머릿속에서 뒤죽박죽 섞였다. 한숨을 내쉬거나 자세를 바꿔 누울 때의 그녀의 얼굴에서 나는 어서 빨리 아침이 오기만을 기다리는 그녀의 생각을 읽을 수 있었다.

아침이 되자 마샤는 떠났다.

나는 그녀를 기다리며 사흘 더 머물렀고, 그 후 모든 짐을 정리해서 한 방에 놓고는 방문을 잠그고 도시로 떠났다.

　내가 돌쥐코프 씨 댁의 현관 벨을 눌렀을 때는 이미 저녁이 다 되었을 무렵이었다. 볼샤야 드보랸스카야 거리에는 가로등이 밝게 켜져 있었다. 파벨이 나와 집에 아무도 없다고 말했다. 빅토르 이바노비치 씨는 페테르부르크로 떠났고, 마리야 빅토로브나는 아마 아조긴 씨 댁에서 연극 연습을 하고 있을 것이라고 했다. 나는 지금도 아조긴 씨 댁으로 향하던 그 길에서 느끼던 흥분과 거센 심장 고동을 기억한다. 나는 층계를 다 올라가서도 한참을 서성였고, 감히 뮤즈의 성전으로 들어가지 못했다! 홀 안의 테이블과 피아노, 무대에는 촛불이 세 개씩 밝혀져 있었다. 첫 번째 연극은 13일에 상연될 예정이었고, 첫 연습이 있는 오늘은 불길한 월요일[18]이었다. 그렇다. 미신과의 전쟁이었다! 아마추어 무대 예술 애호가들은 진작부터 다 모여 있었다. 맏딸과 둘째, 막내딸은 대사를 읽으며 무대 위를 서성이고 있었다. 모두로부터 떨어진 한편 구석에 레지카가 꼼짝 않고 서 있었다. 그는 머리를 벽에 대고 열광하는 눈길로 무대를 바라보며 연습이 시작되길 고대하고 있었다. 모든 것이 예전 그대로였다!

　나는 인사하려고 여주인에게 다가갔다. 그러나 갑자기 모두들

---

18 러시아에서는 월요일과 금요일을 불길한 요일로 보고, 이날에는 새로운 일을 시작하거나 여행을 떠나는 일을 삼간다.

"쉬" 하면서 발소리를 내지 못하게 했다. 일순간 고요해졌고, 피아노 뚜껑이 열렸다. 이어 한 여성이 피아노 앞에 앉아서 근시인 듯 눈을 찌푸리며 악보를 들여다보았다. 이윽고 아름답게 차려입은 나의 마샤가 무대로 나왔다. 그녀는 원래 아름다웠으나 이날은 특히 더 아름다웠으며, 지난 봄날 방앗간으로 나를 찾아오던 마샤와는 완전히 달랐다. 그녀는 노래를 부르기 시작했다.

"왜 나는 너를 사랑하는 것일까, 달밤아."

나는 처음으로 그녀의 노래를 들었다. 그녀의 목소리는 아름답고 낭랑했으며 힘찼다. 달콤한 참외를 먹는 것 같은 느낌을 주었다. 노래가 끝나고 박수가 나왔다. 그녀는 만족한 미소를 지었다. 눈을 굴리고, 악보를 넘기고, 옷을 다듬는 그녀의 모습은 새장에서 풀려나 날갯짓을 하는 새와 같았다. 그녀의 머리는 귀를 덮었고 얼굴에는 교만한 표정이 떠올랐다. 그녀는 마치 우리 모두에게 도전장을 던지고, 마부가 말에게 하는 것처럼 "이랴, 이랴" 소리치고 싶어하는 것 같았다.

바로 그 순간 그녀는 마부였던 자신의 할아버지와 너무나 흡사했다.

"당신 여기 있었어요?" 그녀가 내게 손을 내밀며 말했다. "당신도 내 노래 들었어요? 어땠어요?" 대답을 기다리지도 않고 그녀는 계속 말을 이었다. "마침 당신이 이곳으로 와주어서 다행이

에요. 오늘 밤 나는 페테르부르크로 가요. 오래 있지는 않겠지만
요. 보내줄 거죠?"

자정이 되어 나는 그녀를 역까지 배웅했다. 내가 쓸데없는 질
문을 하지 않은 데 대해 감사의 뜻이라도 표하는 듯 그녀는 나를
부드럽게 껴안았고, 편지하겠다고 약속했다. 나는 그녀의 손을
꼭 쥔 채 키스했고 눈물을 간신히 참으면서 아무 말도 하지 않고
서 있었다.

그녀가 떠나자 나는 멀어져가는 불빛을 바라보며 오래오래 그
곳에 서 있었다. 상상 속에서 그녀를 안으며 나는 조용히 중얼거
렸다.

"사랑하는 나의 마샤, 아름다운 마샤."

나는 마카리하에 있는 카르포브나 부인 댁에서 잠을 자고, 다
음 날 아침 레지카와 함께 딸을 의사에게 시집보내는 한 부유한
상인의 집으로 가서 가구에 칠을 했다.

일요일, 점심식사가 끝난 후 누이가 찾아왔고 우리는 함께 차를 마셨다.

"요즘 책을 아주 많이 읽는단다." 그녀는 내게 오는 도중 시립 도서관에서 빌린 책을 보여주며 말했다. "네 아내와 블라디미르 덕분에 내 안의 자아가 깨어났어. 그들이 나를 구한 거지. 나는 이제야 사람다워진 것 같아. 전에는 갖가지 걱정거리들로 잠을 이루지 못했어. '아, 어쩌지, 일주일 동안 설탕을 너무 많이 썼네! 아, 오이조림에 소금을 덜 뿌렸어야 하는데……' 요즘도 제대로 잠을 자지 못하지만, 예전처럼 쓸데없는 생각 때문은 아니야. 난 내 인생의 반을 그렇게 소심하고 무의미하게 보냈다는 게 너무 괴로워. 내 과거가 부끄러워. 이제 아버지는 내게 적이나 마찬가지야. 그런 면에서 올케가 정말 고맙지. 블라디미르? 그도 훌륭한 사람이야! 그 두 사람이 나의 눈을 뜨게 해주었단다."

"밤마다 잠을 자지 않는다니 좋지 않군요." 나는 말했다.

"넌 내가 아프다고 생각하니? 전혀. 블라디미르는 내 증상을 듣더니, 내가 아주 건강하다고 말했어. 중요한 것은 건강이 아니야. 그건 그리 중요하지 않아. 내가 옳다고 말해주지 않겠니?"

그녀는 분명 정신적인 지지를 필요로 하고 있었다. 마샤는 떠났고 블라디미르도 페테르부르크에 있었으므로, 이곳에서 그녀를 지지해줄 만한 사람은 나밖에 없었다. 그녀는 내 생각을 읽으려는 듯 얼굴을 뚫어지게 바라보았다. 내가 말없이 생각에 잠겨 있기라도 하면, 그녀는 그것을 자기 뜻대로 해석해버리고는 혼자 슬퍼했다. 그녀 앞에서는 항상 조심해야 했고, 그녀가 자신이 옳은지 물어올 때, 나는 늘 그녀가 옳으며 깊이 존경한다고 서둘러 대답했다.

"너 혹시 알고 있니? 아조긴 씨 댁에서 내게 배역을 주었단다." 그녀가 말했다. "무대에 서고 싶어. 한마디로 말해서 살고 싶단다. 삶을 맘껏 누리면서. 난 아무 재능도 없고 또 대사라고 해봐야 열 줄이 고작이지만, 그래도 하루에 대여섯 번씩 차를 따르고, 하녀가 빵을 훔쳐먹지 않는지 감시하는 것보다는 훨씬 고귀한 일이야. 중요한 건, 아버지께서 나도 반항할 수 있다는 것을 알게 되시는 거야."

차를 마신 후 그녀는 잠깐 눈을 감고 창백한 얼굴로 내 침대에 누워 있었다.

"정말 허약하기 짝이 없구나!" 몸을 일으키면서 그녀가 말했다. "블라디미르는 도시 여자들이 무위도식으로 인해 빈혈에 시달린다고 했어, 그는 너무나 똑똑한 사람이야! 그래, 그 말이 맞아. 정말, 일이 필요해!"

이틀 후 누이는 대본을 들고 아조긴 씨 댁으로 갔다. 그녀는 목에 산호색 줄이 있는 검은 옷을 입고 있었고, 패스트리처럼 생긴 브로치를 달고 있었다. 다이아몬드가 박힌 번쩍이는 커다란 귀걸이도 했다. 촌스러운 그 모습은 정말 어안이 벙벙할 정도였다. 다른 사람들도 때와 장소에 어울리지 않는 누나의 옷차림을 눈여겨보았다. 나는 그들의 얼굴에서 조롱 어린 미소를 보았고 그들이 킥킥거리며 속삭이는 소리를 들었다. "완전히 이집트의 클레오파트라시군."

그녀는 사교계 여자처럼 자유롭고 솔직한 인상을 주려 했지만 이 때문에 오히려 더 어색하고 이상하게 보였다. 평소의 소박함과 사랑스러움은 찾아볼 수 없었다.

"좀 전에 아버지께 연극 연습하러 간다고 선언했단다." 그녀가 내게 다가오며 말했다. "아버지는 아버지로서의 축복을 거두겠다고 소리쳤고, 거의 나를 때릴 뻔하셨지. 내 배역을 제대로 연기하지 못하면 어떡하지?" 그녀는 대본을 들여다보며 말했다 "난 꼭 해낼 거야. 그래, 주사위는 던져졌어." 누나는 몹시 흥분된 어조로 말했다. "주사위는 던져졌다고."

그녀는 모든 사람들이 자기만을 바라보고, 그녀가 행한 이 결심에 감탄할 것이며, 그녀로부터 무언가 특별한 것을 기대하고 있다고 생각했다. 어느 누구도 누나와 나처럼 초라하고 재미없는 사람에게 관심을 갖지 않는다고는 차마 말할 수 없었다.

3막까지 그녀는 아무 할 일이 없었다. 그녀가 맡은 수다쟁이 여자 손님 역할은 문가에서 대화를 엿듣다가 짧은 독백을 하는 것이었다. 배우들이 무대 위에서 이리저리 걸어다니고, 차를 마시고 말다툼을 하는 동안, 누이는 삼십 분이 넘게 내 곁에 꼭 붙어서 대사를 중얼거리며 초조한 듯 대본을 만지작거렸다. 그녀는 모든 이가 자신을 주시할 것이며 그녀가 나오기를 고대하고 있다고 상상했다. 떨리는 손으로 머리카락을 다듬으면서 누나가 말했다.

"난 꼭 해낼 거야. 내 맘이 얼마나 고통스러운지 네가 알 수만 있다면! 사형장으로 끌려나가는 것처럼 떨리는구나."

마침내 그녀의 차례가 되었다.

"클레오파트라 알렉세예브나, 당신 차례예요." 감독이 말했다.

그녀는 끔찍한 표정을 짓고 무대로 나갔다. 그녀는 아름답지도 않았고, 온몸은 딱딱하게 굳어 있었다. 무대로 나간 누이는 삼십 초쯤 말뚝처럼 꼼짝 않고 서 있었으며, 커다란 귀걸이만이 귓가에서 흔들리고 있었다.

"처음에는 대본을 보고 읽어도 돼요." 누군가가 말했다.

나는 그녀가 떨고 있고, 긴장으로 인해 입을 열 수도 대본을 펼칠 수도 없으며 연기를 할 만한 상황이 아니라는 것을 알았다. 나는 누이에게 다가가서 무슨 말이든 하고 싶었는데, 갑자기 그녀가 무릎을 꿇고 쓰러지면서 큰 소리로 흐느끼기 시작했다.

주변이 웅성거렸다. 나 혼자만 눈앞의 상황에 넋을 잃고 망연자실한 채 막에 기대 서 있었다. 사람들이 그녀를 일으켜서 데리고 나가는 모습이 보였고, 아뉴타 블라고보가 나를 향해 다가오고 있었다. 조금 전까지도 나는 그녀를 보지 못했다. 그녀는 마치 땅에서 솟아난 듯했다. 그녀는 베일이 달린 모자를 썼으며 언제나처럼 잠시 들른 듯한 모습이었다.

"나는 클레오파트라에게 연극을 하지 말라고 말렸어요." 그녀는 붉게 상기된 얼굴로 한 마디 한 마디 또박또박 끊어가며 말했다. "바보 같은 짓이에요! 당신도 그녀를 말렸어야 했어요!"

짧은 소매가 달린 짧은 상의를 입은 비쩍 마른 아조기나 부인이 잰걸음으로 다가왔다.

"어쩌면 좋죠." 그녀는 두 손을 비비며 버릇처럼 내 얼굴을 뚫어져라 쳐다보며 말했다. "정말 어쩌면 좋죠! 당신 누이는 임신 중이에요. 임신 중이라구요! 그녀를 데리고 나가요, 부탁해요."

아조기나 부인은 흥분을 감추지 못하고 힘겹게 숨을 내쉬었다. 옆에는 세 딸이 서 있었는데, 그녀들 역시 엄마처럼 볼품없이 비쩍 마른 몸매였다. 그녀들은 겁먹은 듯이 서로에게 꼭 붙어 있었다. 마치 자기 집에서 죄인을 붙잡기라도 한듯 눈이 휘둥그레져 쳐다보고 있었다. '이게 무슨 창피람! 정말 끔찍해!' 이 명문가야말로 평생 선입견과 투쟁을 벌이고 있는 집안이라고 알려져 있는데, 결국 그들에게 인간의 선입견과 미신이란 기껏해야 세 개의 촛불, 13일 그리고 재수없는 월요일뿐이었던 것이다!

"부탁해요. 부탁해요." 아조기나 부인은 '부'를 발음할 때 입술을 하트처럼 둥글리며 '뷰'라고 말했다. "부탁해요. 그녀를 데리고 나가주세요."

18

나와 누이는 거리를 걸어가고 있었다. 나는 외투 자락으로 누이를 감쌌고, 도망자처럼 가로등이 없는 골목으로 사람들의 눈을 피해 서둘러 걸었다. 그녀는 울음을 그치고 눈물이 마른 눈으로 나를 바라보았다. 마카리하 거리까지는 걸어서 이십 분 정도밖에 안 되는 거리였지만, 신기하게도 우리는 그 짧은 시간 동안 우리의 지난날을 되돌아보고, 모든 것에 대해 이야기했으며, 우리의 처지와 앞으로에 대해 곰곰이 생각했다.

더 이상 이곳에 남아 있을 수 없었으며, 돈이 좀 모이면 다른 곳으로 함께 떠나기로 했다. 몇몇 집은 이미 깊이 잠들어 있었고, 또 어떤 집은 카드놀이를 하고 있었다. 우리는 이 집들을 증오하고 두려워했으며, 우리 때문에 소란스러워진 명문가와 연극 애호가들의 광신적 행위, 적나라한 무례함, 그들의 저질스러움에 대해 말했다. 나는 이 멍청하고 잔인하고 게으르고 부정직한 그들이 도대체 어떤 면에서 술 취하고 미신에 사로잡힌 쿠릴로프의 농부들보다 나은지, 아니 도대체 그들이 어떤 면에서 짐승보다 나은지 묻고 싶었다. 짐승들도 본능에 따른 단조롭고 제한된 생활이 무언가에 의해 파괴되면 우왕좌왕하고 당황한다. 만약 누이가 계속 집에 남아 있어야 했다면 과연 어떻게 되었을까? 아버지와 이야기하며, 매일 아는 사람들과 만나며, 어떤 정신적 고통을 겪어야 했을까? 이런 일을 상상하자 나는 가까운 이들에게 괴롭힘을 당하며 점차 이 세상으로부터 밀려났던 내 이웃들이 생각났다. 나는 사람들의 괴롭힘으로 정신이 나간 개와 소년들에게 털이 다 뽑혀 산 채로 물에 내던져졌던 참새들을 떠올렸다. 아주 어릴 때부터 끊임없이 보아왔던 소리없는 고통들이 떠올랐다. 나는 이곳의 6만 시민들이 무엇을 하며 사는지, 무엇을 위해 성서를 읽고 기도하고, 무엇을 위해 잡지와 책을 읽는지 이해할 수 없었다. 백 년 전, 아니 삼백 년 전에 그들을 지배하던 정신적 암흑과 자유에 대한 혐오가 아직도 그대로라면, 지금까지 쓰여지고 말해졌던 모든 것들은 도대체 그들에게 어떤 변화를 가져다준 것일까? 평생을 바쳐 집을 지어온 목수가 죽기 직전까지 '화랑'을

'호랑'이라 발음하는 것처럼, 6만 시민들 역시 세대를 갈아가며 진실과 자유에 대해 귀에 못이 박히도록 듣지만 죽는 순간까지 거짓말만 지껄이며, 서로를 괴롭히고, 자유를 두려워하며 적처럼 증오한다.

"내 운명은 이제 결정된 거야." 집에 도착하자 누이가 말했다. "이런 일이 있었는데, 어떻게 내가 거기로 돌아갈 수 있겠니. 아, 얼마나 다행인지. 이제야 마음이 편해졌어."

누나는 침대에 누웠다. 눈썹에는 아직도 눈물이 반짝였지만 표정은 행복했다. 그녀는 깊고 편안히 잠들었다. 정말 편한 마음으로 쉬는 것 같았다. 아주 오랫동안 누나는 편안한 잠을 자보지 못했다!

이렇게 해서 우리는 함께 살기 시작했다. 그녀는 늘 노래를 흥얼거렸고, 만족스럽다고 말했다. 나는 도서관에서 빌렸던 책들을 읽지 않은 채 반납했다. 누이는 늘 미래에 대한 공상에 잠겨 있었기 때문에, 더 이상 차분히 책을 읽을 수 없었다. 내 속옷을 꿰매거나 난로 곁에서 카르포브나 부인을 도울 때도, 누나는 콧노래를 흥얼거리며 자신의 블라디미르에 대해, 그의 지성과 훌륭한 몸가짐과 선량함 그리고 그의 비상한 박식함에 대해 말했다. 나는 그가 마음에 들지 않았지만 누이의 말에 동조했다. 그녀는 일해서 번 돈으로 독립하길 원했고, 건강이 허락한다면 가정교사나

조산원이 되겠다고 했다. 스스로 바닥을 닦고, 빨래도 하겠다고 했다. 태어나지도 않은 뱃속의 아기를 끔찍이 사랑했으며 그녀는 이미 아기의 눈동자며 손이며 웃는 모습을 죄다 알고 있는 것 같았다. 육아에 대한 이야기도 자주 했는데, 누이에게 있어 블라디미르는 이 세상에서 가장 훌륭한 사람이었으므로 그녀의 이야기는 늘 아기가 아버지처럼 매력적이어야 한다는 결론으로 끝났다. 우리의 대화에는 끝이 없었으며 그녀가 말한 모든 것들은 그녀 안에 진실한 기쁨을 일깨워주었다. 때로는 나조차 아무 이유 없이 마음이 즐거워졌다.

누나의 몽상적인 태도는 내게로 옮아왔다. 전혀 책이 손에 잡히지 않았으며 오로지 공상에만 몰두하게 되었다. 저녁마다 피곤한 몸을 이끌고, 손을 주머니에 찌른 채 방을 서성이며 마샤에 대해 말했다.

"누나는 어떻게 생각해요?" 나는 누나에게 물었다. "마샤는 언제쯤 돌아올까요? 내 생각에는 성탄절 전에는 올 것 같은데. 그곳에서 할 일이 뭐가 있겠어요?"

"만약 마샤에게서 아무 소식이 없다면, 그건 곧 돌아온다는 뜻일 거야."

"그래요. 그럴 거예요." 나는 그녀가 절대 돌아오지 않을 거라는 사실을 잘 알고 있었지만 그냥 누나의 말에 맞장구쳤다.

마샤가 너무나 그리웠다. 더 이상 자신을 속일 수 없었기 때문에 다른 사람이 나를 속여주길 바랐다. 누나는 블라고보를 기다렸고 나는 마샤를 기다렸다. 우리는 끊임없이 웃고 떠들었고 그것이 카르포브나 부인의 잠을 방해한다는 것도 몰랐다. 카르포브나 부인은 페치카 위[19]에 누워서 투덜거렸다.

"이른 아침부터 사모바르가 웅웅거리다니, 나쁜 징조야, 나쁜 징조라고."

아무도 우리를 찾아오지 않았으며, 가끔씩 우체부가 블라고보의 편지를 배달하러 왔을 뿐이다. 프로코피는 이따금 저녁에 와서는 그저 말없이 누이를 쳐다보다가 부엌 구석으로 가서 중얼거렸다.

"모든 사람은 자기의 지위에 따르는 규범을 알아야 하고, 그것을 지키지 않는 교만한 자에게는 비운이 따를 뿐이야."

그는 '비운'이라는 말을 좋아했다. 한번은 크리스마스 주간에 시장에 가는데 그가 나를 정육점으로 불렀다. 그는 악수도 청하지 않은 채, 의논할 중요한 문제가 있다고 말했다. 그의 얼굴은 추위와 보드카로 벌게져 있었다. 곁에는 건달 같은 얼굴의 니콜카가 서 있었고, 손에는 피가 흥건한 칼이 들려 있었다.

"당신에게 할 말이 있소." 프로코피가 말했다. "이것은 있을 수

---

19 옛날 러시아아인들은 겨울에 몸을 따뜻하게 하기 위해 난로의 일종인 페치카 위에서 잤다.

없는 일이오. 이 비운에 대해 사람들은 당신이나 나를 결코 좋게 말하지 않는단 말이오. 물론 엄마는 불쌍한 마음에서 당신 누이에게 나가라는 소리를 못 하지만, 난 더 이상 참을 수 없소. 당신네들의 행동은 결코 그냥 보아 넘길 수가 없거든."

나는 그의 말뜻을 이해하고 정육점에서 나왔다. 바로 그날 나와 누이는 레지카의 집으로 이사했다. 마차 부를 돈이 없어 걸어갔다. 나는 등에 짐보따리를 졌고, 누나는 아무것도 들지 않았다. 누나는 거칠게 숨을 내쉬고 기침을 하면서 "이제 거의 다 왔냐"고 연신 물었다.

19

마침내 마샤에게서 편지가 왔다.

"다정한 미사일 알렉세예비치, 선량하고 온순한 미사일. 늙은
도장공이 불렀던 것처럼 당신은 정말 '우리의 천사'예요. 잘 있어
요. 나는 아버지와 함께 전시회를 보러 미국으로 갑니다. 며칠 후
면 나는 바다를 보게 될 거예요. 두베취냐에서 얼마나 먼 곳인지,
생각만 해도 두렵군요! 바다는 멀고 하늘처럼 넓지요. 나는 그곳
으로 자유를 찾아가고 싶어요. 승리의 함성을 지르고 싶을 만큼
가슴이 뛰어요. 내가 너무 횡설수설하지요? 다정하고 착한 미사
일, 나에게 자유를 줘요. 당신과 나를 묶고 있는 이 끈을 잘라줘

요. 당신은 내 존재에 비친 하늘의 빛이었답니다. 그러나 당신의 아내가 된 건 실수였어요. 당신도 인정하겠죠? 그 실수 때문에 괴로워요. 당신 앞에 무릎 꿇고 빌겠어요. 나의 관대한 친구여, 내가 바다를 건너기 전에 전보를 쳐줘요. 당신도 우리의 실수를 인정하고 내 날개를 누르는 유일한 바위를 치워주겠다고 말이에요. 번잡한 일은 아버지께서 처리해주신다고 했고, 형식적인 절차로 당신을 괴롭히는 일 따윈 없을 거예요. 자, 이제 난 완전히 자유지요? 그렇죠?

행복하세요. 하느님이 당신을 축복하실 거예요. 죄 많은 나를 용서해줘요.

난 건강해요. 물 쓰듯 돈을 쓰면서 어리석은 일들을 하고 있어요. 그리고 순간순간 나처럼 나쁜 여자에게 아이가 없는 것이 얼마나 다행인지 하느님께 감사하고 있어요. 나는 가수로 성공했어요. 그건 일시적인 흥미가 아니라 내 정착지이자 쉴 수 있는 은신처랍니다.

다윗 왕에게는 '모든 것은 사라지나니……'라고 쓰인 반지가 있었대요. 우울할 때 그 문구를 생각하면 기운이 나고, 즐거울 때 그것을 떠올리면 우울해진답니다. 나는 유대문자로 이 문구가 쓰인 반지를 샀어요. 이 부적은 나를 여러 유혹에서 지켜준답니다. 모든 것이 다 사라지고, 인생조차 언젠가 끝나는 것이라면 무엇이 필요하겠어요. 아니, 필요하다면 단 한 가지, 자유를 인식하는 것이겠지요. 왜냐하면 인간은 자유로울 때에만 아무것도 필요치 않으니까요. 당신과 나를 엮는 실을 끊어주세요. 당신과 당신 누이를 힘껏 안을게요. 당신의 마샤를 용서해줘요. 그리고 잊어주세요."

또다시 시름시름 앓기 시작한 레지카와 누이는 각자 다른 방에 누워 있었다. 마샤의 편지를 받았을 때 마침 누이는 레지카 옆에서 조용히 책을 읽고 있었다. 매일 저녁 그녀는 레지카에게 오스트롭스키[20]나 고골을 읽어주었고, 그는 한곳을 응시한 채 웃지도 않고 고개만 설레설레 흔들었다. 그러면서 가끔씩 작은 목소리로 중얼거렸다.

"그래, 있을 법하지, 있을 법한 일이라고."

뭔가 망칙한 이야기라도 나오면 그는 남의 불행을 기뻐하는 것처럼 손가락으로 책을 쿡쿡 찌르며 말했다.

"거짓말이지, 거짓말하는 거지!"

그는 작품의 내용과 도덕성 그리고 그 교묘한 구조를 무척 마음에 들어했다. 레지카는 작가에게 감탄하며, 작가를 늘 '그 사람'이라고 불렀다.

20 19세기 러시아 희곡작가.

"그 사람은 어떻게 그리도 이야기를 제대로 짜맞출 수 있을까?"

누나는 더욱 쇠약해졌고, 이제는 책도 한 장 이상 읽어주지 못했다. 레지카는 누나의 손을 잡고 바싹 마른 입술을 달싹거리며 쉰 목소리로 간신히 들릴 정도로 이야기했다.

"의인의 마음은 백묵처럼 희고 곱지만, 죄인의 마음은 경석처럼 시커멓다오. 의인의 마음은 밝은 색의 니스 같지만, 죄인의 마음은 가스로 된 콜타르 같고요. 인간이란 부지런히 일하고, 슬퍼도 하고, 병들어 아프기도 해야 해요. 일도 하지 않고 슬픈 일도 없는 인간은 천국에 갈 수 없거든요. 배부르고, 힘 있고, 떵떵거리고 잘살아서 남에게 빚을 주어 먹고사는 놈들에게는 고통이 기다리고 있을 거요. 그놈들은 결코 천국을 볼 수 없어요. 벌레는 풀을 먹고, 녹은 쇠를 갉아먹고……."

"그리고 거짓말은 마음을 상하게 한다고요." 누이가 웃으면서 말했다.

나는 마샤의 편지를 한 번 더 읽었다. 이때 부엌에 한 군인이 찾아왔다. 그는 매주 두 차례 누군가의 부탁으로 향수 냄새가 나는 차와 프랑스 빵, 들꿩을 가져다주고 있었다. 당시 나는 일거리가 없어 하루 종일 집에 있었다. 이것들을 보내는 사람은 틀림없이 우리가 궁핍한 처지에 있다는 것을 잘 알고 있었다.

나는 누나가 군인과 이야기하면서 즐겁게 웃는 소리를 들었다. 그녀는 누워서 빵을 먹으며 말했다.

"네가 도장공이 되겠다고 했을 때, 나와 아뉴타는 처음부터 네가 바른 선택을 했다는 것을 알고 있었단다. 하지만 그것을 입 밖에 내기가 두려웠어. 도대체 왜 옳다고 생각하는 것을 인정하지 못하는 것일까? 아뉴타 블라고보를 예로 들더라도, 그녀는 너를 사랑하고 아낀단다. 네가 옳다는 것을 잘 알고 있고. 또 나도 여동생처럼 좋아하고 있어. 내가 옳다는 것도 잘 알고, 아마 속으로는 나를 부러워하고 있을 거야. 그러나 왜 아뉴타는 우리를 피하고 두려워하는 것일까?"

누나는 가슴에 손을 얹고 진심 어린 목소리로 말했다.

"아뉴타가 너를 얼마나 사랑하는지 네가 안다면! 아뉴타는 나에게만 자기 감정을 털어놓았어. 그것도 어둠 속에서 아주 조용히……. 이따금 아뉴타는 나를 어두운 오솔길로 데리고 가서 네가 얼마나 소중한 사람인지 속삭였단다. 아뉴타는 너를 사랑하기 때문에 절대 다른 사람과 결혼하지 않을 거야. 너도 그녀가 불쌍하지?"

"응."

"이것들도 다 아뉴타가 보낸 걸 거야. 우스워. 왜 숨기는 걸까? 나도 한때 유치하고 바보 같았지만, 다 버리고 나니까, 이젠 아무것도 두렵지 않아. 마음대로 생각하고, 원하는 것을 말하지. 그래서 지금이 행복해. 아버지와 살 때는 행복이 뭔지조차 몰랐단다. 그렇지만 지금은 여왕과도 내 처지를 바꾸지 않겠어.”

블라고보가 왔다. 박사 학위를 받고 자기 아버지 집에서 살고 있었다. 그는 잠시 쉰 후 페테르부르크로 돌아간다고 했으며, 장티푸스와 콜레라 예방에 대해 공부할 거라고 했다. 유학을 마치고 돌아와 강단에 서고 싶다고 했다. 그는 이미 군의관을 그만두고 서지 옷감 저고리와 폭이 넓은 바지를 입고 근사한 넥타이를 매고 다녔다. 누나는 그의 나비넥타이와 단추, 멋으로 양복 앞 주머니에 꽂고 다니는 붉은 비단 손수건에 감동했다. 어느 날 나와 누이는 할 일이 없고 너무 무료해서 장난 삼아 그의 옷을 세어보았다. 그의 양복은 적어도 열 벌쯤 되었다. 블라고보는 여전히 누이를 사랑했으나, 그는 지나가는 말로라도 누나를 페테르부르크나 외국으로 데리고 간다고 하지 않았다. 나는 누나의 미래가 어떻게 될지 전혀 예측할 수 없었다. 만약 누나가 살아남게 된다면, 아기에게는 무슨 일이 일어날까? 그녀는 끝없이 공상에 잠겨 있을 뿐, 미래에 대해 심각하게 생각하지 않았다. 그녀는 블라고보에게 어디로든 원하는 곳으로 가라고 했다. 누이는 그가 행복하기만 하다면 자신을 버려도 좋다고 생각했다. 그녀는 과거의 추억만으로도 충분한 것 같았다.

블라고보는 올 때마다 누나의 말을 잘 들어주었고, 누이더러 자기가 보는 앞에서 물약을 섞은 우유를 마시라고 했다. 이번에도 마찬가지였다. 그는 그녀의 말을 듣고 나서, 우유 한 잔을 마시라고 강요했다. 방 안에는 크레오소트[21] 냄새가 났다.

"아, 잘했어." 그가 누나에게 컵을 넘겨 받으며 말했다. "말을 너무 많이 해서도 안 돼. 요즘 들어 참새처럼 너무 재잘거렸어. 자, 입 다물라고."

그녀는 웃음을 터뜨렸다. 그는 레지카의 방으로 와서 내 등을 부드럽게 쓰다듬었다.

"좀 어떤가, 노인장?" 그는 레지카에게 허리를 구부리며 물었다.

레지카가 입술을 달싹이며 조용히 말했다. "나리, 감히 드리는 말씀인데요, 우리 모두 하느님 밑에 있고, 언젠가는 죽지 않겠어요. 진실을 말씀드릴게요. 나리, 당신은 천국에 가지 못할 겁니다."

"할 수 없지 뭐." 블라고보가 농담처럼 받아넘겼다. "지옥에도 누군가는 가야 하잖아."

나는 이때 갑자기 뭔가를 깨달았다. 마치 눈앞에 환상이 보이는 것 같았다. 겨울밤이었고, 나는 도살장에 서 있었다. 내 곁에

---

[21] 너도밤나무를 증류하여 만든 유액. 자극이 강한 냄새가 나며 살균 작용과 국소 마취 작용이 있어 진통제나 진정제로 쓰인다.

는 후추술 냄새를 풍기는 프로코피가 있었다. 나는 억지로 눈을 비볐다. 그러자 이번에는 시장에게 가고 있는 내 모습이 보였다. 그런 일은 이전에도 그 이후에도 없었다. 이 이상한 기억은 꿈만 같았고, 나는 신경이 예민해져서 그런 거라고 스스로에게 해명했다. 실제로 도살장에도 갔었고 시장에게도 갔었지만, 왠지 그런 일들이 실제로 있었던 일 같지 않았다.

정신을 차리자, 이미 나는 블라고보와 함께 거리의 가로등 아래에 서 있었다.

"안타까워, 너무 안타까워." 그가 말했다. 눈물이 볼을 따라 흘러내렸다. "자네 누나는 명랑하게 웃고 희망을 버리지 않고 있지만 상태는 절망적이야. 그 레지카라는 노인은 나를 증오하고, 내가 자네 누이에게 몹쓸 짓을 했다고 말하지. 그 말도 일리가 있어. 하지만 나에게도 내 관점이라는 것이 있단 말이야. 나는 나와 자네 누이 사이에 일어난 일을 전혀 후회하지 않아. 모두 사랑해야 한다고. 우리 모두 서로 사랑해야 한다고. 안 그런가? 사랑 없이는 삶도 없어. 사랑을 두려워하며 피하는 자는 자유롭지 못한 자야."

그는 조금씩 다른 주제로 넘어가더니, 페테르부르크에서 호평을 받았다는 자신의 논문과 학문에 대해 이야기했다. 그는 신나게 이야기하면서, 더 이상 누이와 자신의 고통과 나에 대해 아무런 생각도 하지 않았다. 삶이 그에게 손짓하는 것이다. 마샤에겐 미국과 '모든 것은 사라지나니……'라고 새겨진 반지가 있고, 블라고보에겐 논문과 출세가 있었다. 나와 누나만이 예전과 똑같은 상태로 남겨진 것이었다.

그와 헤어지고 나서 나는 다시 가로등으로 돌아와 마샤의 편지를 읽었다. 나는 어느 봄날 아침 마샤가 방앗간으로 나를 찾아와서, 농부의 아낙처럼 반외투를 덮고 누웠던 기억을 떠올렸다. 그리고 어느 날 아침 함께 물속에서 어량을 꺼냈던 일을 떠올렸다. 그때 강가의 버드나무에서 굵은 빗방울이 머리 위로 떨어졌고, 우리는 즐겁게 웃었다.

볼샤야 드보랸스카야 거리에 있는 우리 집은 어두웠다. 나는 전에 하던 대로 담을 넘어 들어가 램프를 찾으려고 부엌으로 살금살금 들어갔다. 아무도 없었으며 난로 곁에는 사모바르가 칙칙 소리를 내며 아버지를 기다리고 있었다. 나는 '이젠 누가 아버지께 차를 따라드릴까?' 하고 생각했다. 나는 램프를 찾아서 예전의 그 별채로 가서 오래된 신문으로 자리를 만들어 누웠다. 벽에 걸려 있는 냄비는 예전처럼 무섭게 노려보고 있었고, 그림자가 흔들리고 있었다. 추웠다. 나는 누나가 금방이라도 저녁식사를 가지고 들어올 것만 같았다. 그러나 누나는 지금 병든 채 레지카의 집에 있었다. 몰래 집에 들어와 차가운 별채에 홀로 누워 있는 자신이 이상하게 느껴졌다. 내 의식은 뒤엉켰고 눈앞에는 온갖 것들이 왔다 갔다 했다.

벨소리가 들렸다. 어릴 때부터 익숙한 소리였다. 전선이 벽을 긁으면 부엌에서 짧고 처량한 벨소리가 들리곤 했다. 아버지가 클럽에서 돌아오셨다. 나는 일어나서 부엌으로 갔다. 가정부 악시냐는 나를 보자 손을 크게 쳐들고 갑자기 울기 시작했다.

"오, 도련님!" 그녀가 조그만 목소리로 말했다. "도련님, 오 하느님!"

그녀는 흥분해서 행주치마를 손에 넣고 구기기 시작했다. 창가에는 딸기와 술이 4분의 1가량 든 병이 걸려 있었다. 나는 목이 말라 그것을 찻잔에 따라 꿀꺽꿀꺽 마셨다. 조금 전에 바닥과 의자를 닦았는지, 부엌에는 말쑥한 가정부의 밝고 깨끗한 부엌에서 날 것 같은 냄새가 나고 있었다. 바로 이 냄새와 귀뚜라미 울음소리 때문에 누나와 나는 어렸을 때 이곳에 와서 동화책을 읽거나 공주놀이를 하곤 했다.

"클레오파트라 아가씨는 어디에 있나요?" 악시냐가 숨을 고르며 조용히 물었다. "아, 도련님, 어떻게 된 일이에요? 사람들이 그러는데, 마님은 페테르부르크로 떠났다면서요?"

그녀는 어머니가 살아 있을 때부터 이 집에 있었으며, 나와 클레오파트라를 돌보고 씻겨주었다. 그녀에게 우리는 아직도 늘 뭔가를 일러주어야 할 아이들이었다. 이 늙은 하녀는 우리 얼굴을 보지 못하는 동안 적적한 부엌에서 홀로 궁리했던 많은 생각들을 털어놓았다. 그녀는 억지로라도 블라고보를 클레오파트라와 결혼시켜야 한다고 했다. 블라고보라는 사람은 조금만 위협해도 될 것이고, 관청에는 편지만 잘 쓰면 첫 번째 결혼을 무효로 해줄 것이라고 했다. 그리고 마샤의 이름으로 되어 있는 두베취냐를 팔아 돈을 내 이름으로 은행에 넣어두라고 했다. 또, 나와 누이가 아버지 발밑에 엎드려서 잘 빌기만 하면, 아마 우리를 용서하실 거라고도 말했다. 마지막으로 성모님께 부지런히 기도드려야 한다는 말도 덧붙였다.

"자, 도련님, 가서 아버님과 이야기를 하세요." 그녀는 아버지의 기침 소리를 듣자 말했다. "자, 가서 아버지께 인사드려요. 죽이시기야 하겠어요."

나는 아버지에게 갔다. 그는 책상에 앉아서 별장의 설계도를 그리고 있었다. 고딕식 창문이 달리고 두꺼운 소방서의 망루 같은 탑이 서 있는, 고집스럽고 조잡한 건물이었다. 나는 서재로 들어가기 전에 잠시 멈추어 서서 그림을 보았다. 왜 아버지에게 찾아왔는지 스스로도 이해할 수 없었지만, 그의 여윈 얼굴과 붉은 목 그리고 벽에 드리워진 그림자를 보자, 아버지의 목에 매달리고 악시냐가 일러준 대로 그의 발밑에 엎드리고 싶은 생각이 간절했다. 그러나 고딕식 창문과 두꺼운 탑이 있는 그 설계도는 내 발걸음을 멈추게 했다.

"안녕하세요." 나는 말했다.

아버지는 잠시 나를 쳐다보았으나 금세 눈을 깔고 다시 설계도를 보았다.

"왜 왔느냐?" 잠시 후 아버지가 물었다.

"누나가 아파요. 곧 죽을 거예요." 나는 착 가라앉은 목소리로 말했다.

"그래?" 아버지가 한숨을 내쉬고, 안경을 벗어서 책상에 올려놓았다. "심은 대로 거두는 법이다." 그는 책상에서 일어나며 말했다. "이 년 전 네가 나를 찾아왔을 때 바로 이 자리에서 나는 너의 그 잘못된 생각을 버려달라고 부탁했다. 기억하겠지? 나는 너에게 의무와 명예와 선조들에 대한 책임, 우리가 성스럽게 지켜왔던 전통이란 것을 일깨우려고 했다. 그때 너는 내 말에 순종했던가? 너는 내 충고를 우습게 여기고 고집스럽게 너의 잘못된 시각을 버리지 않았다. 게다가 그것도 모자라서 네 누이를 끌어들여 그 애에게 도덕과 수치심을 잃어버리게 했다. 이제 너희 둘 다 고통을 맛볼 것이다. 어쩌겠느냐? 심은 대로 거두는 법이니."

그는 방 안을 돌아다니며 이렇게 말했다. 아버지는 내가 잘못을 빌러 왔다고 생각하며 이제나저제나 내가 그간의 잘못에 대해 용서를 구할 것을 기다리고 있었다. 나는 심한 추위를 느끼며 열병에 걸린 듯 몸을 덜덜 떨었다. 그리고 쉰 목소리로 간신히 말했다.

"아버지께서도 이 년 전 제가 바로 이 자리에서 저를 이해해달라고, 우리가 무엇 때문에 살아야 하는지 함께 고민해보자고 애원했던 것을 기억해보세요. 아버지께서는 그때 저에게 조상과 시를 썼다는 할아버지에 대해 말씀하셨지요. 전 지금 당신의 외동딸이 죽어가고 있다고 말씀드리는 거예요. 그런데 또다시 조상과 전통 타령이라니…… 이제 살날도 얼마 남지 않은 그 노령에 아직도 그런 경박한 생각을 하고 계시다니!"

"왜 나를 찾아왔느냐?" 아버지는 경박하다는 내 말에 상처를 입고 날카롭게 되물었다. "저도 모르겠습니다. 저는 아버지를 사랑하고, 우리 사이가 이만큼 멀어진 것이 말할 수 없을 만큼 안타깝습니다. 저는 아직도 아버지를 사랑해요. 그러나 누나는 완전히 아버지와 끝났어요. 누나는 결코 아버지를 용서하지 않을 거예요. 아버지의 이름만 들어도 과거의 혐오스런 기억이 떠오른다고 해요."

"누구 잘못이란 말이냐?" 아버지가 소리쳤다. "이 몹쓸 놈아, 다 네 탓이다!"

"그래요, 제 잘못이라고 해요." 내가 말했다. "그래요, 제가 많은 실수를 했다는 것을 인정합니다. 그러나 우리에게 물려주려는 당신의 그 인생은 왜 그리 지루하고 졸렬한가요? 아버지가 삼십 년 동안이나 지어오신 많은 집들 속에 사는 인간들 중에 왜 제가 보고 배울 만한 사람이 한 명도 없을까요? 이 도시에는 정직한 사람이 단 한 명도 없습니다! 아버지가 지은 그 집들은 이 세상 으로부터 어머니와 딸들을 쫓아내고 아이들을 학대하는, 저주받 아 마땅한 둥지입니다. 불쌍한 우리 어머니!" 나는 절망감에 계 속 말을 이었다. "불쌍한 누나! 집집마다 숨겨진 끔찍한 일들을 모른 척하기 위해서는 술과 카드놀이와 험담으로 자신을 망치거 나, 비열한 짓과 위선을 저지르거나, 아니면 아버지처럼 수십 년 동안 설계도만 그려야겠지요. 이 도시는 수백 년 동안 단 한 명 의 유익한 사람도 배출하지 못했단 말입니다! 단 한 명도요! 당 신네들은 생기 있고 재능 있는 것들을 모두 조금씩 목 졸라 죽이 지요! 장사꾼과 술집과 사무원과 위선자의 도시란 말입니다. 갑 자기 땅속으로 꺼지더라도 아무도 불쌍히 여기지 않을 그런 곳 이요!"

"더 이상 네 말을 듣고 싶지 않다. 이 쓸모없는 놈아!" 아버지 는 책상에서 자를 집어 들었다. "술에 취해서 그런 모습으로 나 를 찾아오다니! 네게 마지막으로 말하마, 부도덕한 네 누이에게 도 전하거라, 너희들은 나에게서 아무것도 받지 못할 것이다. 순종하지 않는 자식들은 내 마음에서 이미 쫓아내버렸고, 그 자식들이 순종하지 않은 대가로 고통을 당한다 할지라도 나는 전혀 불쌍히 여기지 않겠다. 자, 네가 온 곳으로 돌아가거라! 하느님은 너희 같은 자식을 통해 나를 벌주시려고 하시지만, 나는 욥처럼 깨어진 마음으로 이 형벌을 받겠다. 그리고 고통과 끊임없는 일 속에서 위안을 찾겠다. 네 잘못을 인정하고 고칠 때까지 이 집 문지방을 넘을 생각은 하지도 마라. 나는 공정하고, 내가 한 모든 말은 다 너를 위한 것이다. 만약 행복을 원한다면, 지금까지의 내 말을 모두 똑똑히 기억해야 할 게다.”

나는 두 손을 흔들면서 그곳을 나왔다. 나는 그날 밤과 그다음 날 무슨 일이 있었는지 기억하지 못한다.

사람들은 그날 내가 모자도 쓰지 않은 채 큰 소리로 노래를 부르며 거리를 비틀비틀 헤매고 다녔으며, 아이들이 내 뒤를 쫓아다니며 놀렸다고 했다.

“잔돈푼아! 잔돈푼아!”

20

만약 내게 반지를 사고 싶은 생각이 든다면 나는 '아무것도 사라지지 않나니……'라는 문구가 있는 것을 고를 것이다. 나는 어떤 것도 그저 흔적 없이 사라지지는 않으며, 아주 작은 걸음조차도 현재와 미래에 대한 의미를 지닌다고 믿는다.

내가 겪었던 것은 헛되이 사라지지 않았다. 내가 감당해야 했던 불행과 인내는 사람들의 가슴을 울렸고, 이제는 나를 '잔돈 푼'이라고 부르지 않고 조롱하지도 않는다. 상점을 지나갈 때 내게 물을 뿌리는 일도 없다. 사람들은 귀족 출신인 내가 물감통을 들고 다니며 유리를 끼우는 것을 더 이상 이상한 눈으로 바라보지 않는다. 반대로 그들은 흔쾌히 내게 일을 맡겼고, 나는 레지카

다음으로 꽤 실력 있는 십장으로 인정받게 되었다. 레지카는 건강을 회복하고, 예전처럼 사다리도 없이 종각에 서서 칠을 하지만, 젊은 일꾼들을 다룰 만한 힘은 없었다. 그 대신 이제는 내가 거리를 뛰어다니며 일거리를 찾고, 일꾼들을 고용하고 급료를 계산하였고, 높은 이자로 돈을 빌렸다. 나는 얼마 되지 않는 푼돈을 벌기 위해 며칠씩이나 시내를 뛰어다니며 지붕을 이는 장인을 찾는 십장의 역할이 얼마나 어려운 일인지를 알게 되었다. 사람들은 내게 정중하고, 나를 '당신'이라고 부른다. 일하는 집에서는 내게 차를 대접하고, 식사 생각이 있는지 묻곤 한다. 아이들과 아가씨들은 호기심 어린 슬픈 눈길로 나를 바라본다.

시장의 집 정원 정자를 대리석 색으로 칠하고 있을 때였다. 시장이 뜰을 산책하다 정자에 들렀는데 무료했던 그가 내게 말을 걸어왔다. 내가 예전에 시장실에서 그와 만난 적이 있다고 말하자 그는 잠시 내 얼굴을 살펴보더니, 손을 내젓고 입술을 둥글게 말면서 대답했다.

"모르겠는걸!"

나는 늙었고, 말이 없어지고, 무뚝뚝하고, 엄해졌으며 거의 웃지 않았다. 사람들은 내가 레지카와 비슷해졌다고 했고, 예전의 그처럼 나도 역시 쓸데없는 훈계로 젊은 일꾼들을 지루하게 한다고 말했다.

나의 전 아내, 마리야 빅토로브나는 외국에 살고 있었다. 그녀의 아버지 돌쥐코프 씨는 동부의 어느 시에서 철도를 건설하며 영지를 사들이고 있다. 블라디미르도 외국에 있다. 두베취냐는 또다시 체프라코바 부인에게 넘어갔고, 그녀는 이 땅을 돌쥐코프 씨에게 20퍼센트 에누리해서 사들였다. 모이세이는 중절모를 쓰고, 경주용 마차를 타고 도시의 은행에 온다. 사람들 말에 따르면, 그는 빚을 환수하는 형식으로 땅을 사들이며, 두베취냐를 탐내서 그 땅에 대해 끊임없이 캐묻고 다닌다고 했다. 불쌍한 이반 체프라코프는 아무 일도 하지 않고, 그저 술에 절어 도시를 헤매고 다녔다. 한때 나는 그를 우리 일에 끼워주려고 했는데, 그는 잠시 지붕을 칠하고 유리를 끼우는 일에 흥미를 느끼는 듯했다. 심지어 진짜 도장공인 양 니스도 훔치고 웃돈을 요구하기도 했고, 술주정을 부리기도 했다. 그러나 곧 싫증을 내고 두베취냐로 돌아갔다. 나중에 일꾼들이 말하길, 그는 동료들을 충동질해서 모이세이를 죽이고, 자기 어머니의 재산을 훔치려는 계획을 세우기도 했다고 한다.

아버지는 완전히 늙었고 허리도 굽었다. 저녁마다 그는 집 근처를 산책한다. 나는 그의 집에 가지 않는다.

프로코피는 콜레라가 만연했을 때 후추술과 타르로 상인들을 고쳐주고, 물론 그 대가로 돈을 받았다. 나중에 그가 자기 가게에서 의사들을 헐뜯었다는 죄목으로 태형을 받았다는 신문기사를 읽었다. 그의 조수인 니콜카는 콜레라에 걸려 죽었다. 카르포브나 부인은 아직 살아 있으며, 예전처럼 양자인 프로코피를 사랑하며 또 무서워하고 있다. 그녀는 나를 볼 때마다 안타까운 듯이 머리를 흔들고 한숨을 내쉬었다.

"도련님, 머리가 돌아버렸나요!"

평일에는 아침부터 저녁까지 바쁘다. 날씨가 좋은 축제일에는 내 어린 조카딸의 손을 잡고(누이는 아들을 바랐지만 딸을 낳았다) 천천히 묘지로 간다. 그리고 앉거나 혹은 선 채로 소중한 사람이 묻혀 있는 무덤을 오랫동안 바라본다. 나는 조카딸에게 여기 너의 엄마가 누워 계신다고 말한다.

때때로 그곳에서 나는 아뉴타 블라고보를 만난다. 우리는 인사를 나누고 말없이 서 있거나, 클레오파트라와 조카딸에 대한 이야기를 나누거나, 이 땅에서 살아가는 것이 얼마나 쓸쓸한 일인지에 대해 이야기한다. 묘지에서 나온 우리는 말없이 걷는다. 그녀는 되도록 오랫동안 나와 함께 걷기 위해 일부러 천천히 걷는다. 즐겁고 행복한 나의 소녀는 강렬한 대낮의 햇살에 눈을 찌푸리고 웃으면서 아뉴타에게 손을 내민다. 우리는 걸음을 잠시 멈추고는 이 귀여운 소녀를 함께 끌어안아 준다.

그러나 도시에 들어서면 아뉴타 블라고보는 초조한 듯 얼굴이 붉어져서 나와 작별하고, 엄격하고 절도 있는 모습으로 혼자 걸어간다. 어느 누구도 그녀의 이런 모습을 보면, 그녀가 조금 전까지 우리와 함께 걸으며 나의 소녀를 안아주었을 것이라고는 짐작도 하지 못할 것이다.

삼년.

삼년.

1

거리는 아직 어두웠으나 몇몇 집에서 등불을 켜기 시작했고, 거리의 끝 병영 뒤로는 창백한 달이 떠오르고 있었다. 라프테프는 가게의 문가에 앉아서 베드로 바울 성당의 저녁기도가 끝나기를 기다리고 있었다. 그는 율리야 세르게예브나가 저녁기도를 마치고 이곳을 지나갈 때 그녀에게 말을 걸어볼 작정이었으며, 어쩌면 그녀와 함께 지녁 시간을 보낼 수 있을지도 모른다고 기대했다.

그는 벌써 한 시간 반이나 앉아 있었으며, 모스크바의 아파트와 그곳의 친구들, 사환 표트르와 책상 등을 떠올렸다. 그는 어리둥절한 듯 컴컴한 곳에서 미동도 없이 고요한 나무들을 바라보고 있었다. 그는 지금 자신이 사는 곳이 소콜니키의 별장이 아니라 아침저녁으로 소 떼가 지나가고, 구름처럼 먼지가 일어나며, 뿔나팔을 불어대는 한 지방도시에 있는 집이라는 것이 이상하게 느껴졌다. 그는 모스크바 특유의 긴 이야기들을 떠올렸다. 그 자신도 자주 동참하던 이야기였다. 사랑 없이도 살 수 있고, 열정적인 사랑이란 미친 짓이며, 결국 사랑이란 존재하지 않는 것이며, 단지 사랑은 이성에 대한 육체적 이끌림일 뿐이라는 식의 이야기들 말이다. 이러한 것을 회상하며 그는 구슬프게 생각했다. 만약 누군가 지금 그에게 사랑이 무엇이냐고 묻는다면 대답하지 못할 것이라고.

저녁기도가 끝나고 사람들이 나오기 시작했다. 라프테프는 긴장한 채 거뭇거뭇한 사람들의 형체를 주의 깊게 살펴보았다. 주교가 탄 마차가 지나갔고, 종소리도 그쳤고, 종각의 빨강 초록 불빛이 하나 둘 꺼져가고 있었다. 색 전등은 교회 축제가 있을 때마다 하는 장식이었다. 사람들은 창가에 멈추어 서서 대화를 나누거나 천천히 걸어가고 있었다. 마침내 귀에 익은 목소리를 듣자 라프테프의 심장은 거세게 고동쳤다. 그러나 율리야 세르게예브나가 두 명의 부인과 함께 있는 것을 보자 매우 실망했다.

"이럴 수가! 이럴 수가!" 그는 질투심에 차서 중얼거렸다. "안 돼!"

골목으로 돌아서는 순간, 그녀는 함께 걷던 부인들과 작별인사를 하려고 멈췄고, 바로 그때 라프테프를 보았다.

"당신께 가는 길이었습니다." 그가 말했다. "당신 아버지께 드릴 말씀이 있어서요. 집에 계신가요?"

"아마도요." 그녀가 대답했다. "클럽에 가기엔 아직 이른 시간이니까요."

골목길은 정원을 가로지르고 있었으며, 담장에는 보리수가 자라 달빛 아래 넓은 그늘을 드리우고 있었다. 담장과 문은 완전히 어둠 속에 가라앉아 있었다. 근처에서 소곤거리는 여자의 목소리와 애써 참는 듯한 웃음소리가 들렸고, 누군가 아주 조용히 발라라이카[1]를 연주하고 있었다. 건초와 보리수 냄새가 났다. 보이지 않는 여자들의 속삭임과 보리수 냄새 때문에 라프테프는 신경이 곤두섰다. 그는 갑자기 지금 함께 걷고 있는 이 여인을 안고 얼굴과 팔과 어깨에 키스를 퍼부으며 엉엉 울고 싶었고, 그녀의 발아래 엎드려 얼마나 오랫동안 그녀를 기다렸는지 고백하고 싶은 충동에 사로잡혔다. 그녀에게서는 아주 약한 향내음이 났다. 이 향내음은 신을 믿고 저녁기도를 다니고, 순수하고 시적인 사랑을 꿈꾸었던 그의 지난 시절을 떠올리게 했다. 그러나 이 여인이 자신을 사랑하지 않는다는 사실을 알고 난 후, 그가 꿈꾸었던 행복

---

1 목이 긴 세모꼴의 류트.

은 영원히 사라져버린 듯했다.

그녀는 걱정스러운 듯 그의 누이 니나 표도로브나의 건강에 대해 말했다. 두 달 전 그의 누이는 암 덩어리를 들어냈는데, 모두들 병이 재발할 거라고 했다.

"오늘 마침 당신 누이에게 갔었어요." 율리야 세르게예브나가 말했다. "일주일 동안 그녀는 여윈 정도가 아니라 완전히 기운이 빠져버린 것 같더군요."

"그렇지요." 라프테프는 고개를 끄덕였다. "병이 재발한 건 아닌데, 누나는 매일 조금씩 더 약해지고 있어요. 제 눈앞에서 하루하루 꺼져가고 있죠. 도대체 그녀에게 무슨 일이 일어나고 있는 걸까요."

"오, 하느님. 그녀가 얼마나 건강하고 통통했었나요. 볼도 참 발그레했는데!" 잠시 침묵한 뒤 율리야 세르게예브나가 말했다. "사람들은 당신 누이를 모스크바댁이라고 불렀지요. 얼마나 잘 웃었던지요! 축제 때는 평범한 아줌마처럼 옷을 입었지만, 퍽 잘 어울렸어요."

세르게이 보리소비치 의사는 집에 있었다. 그는 뚱뚱했고 얼굴이 붉었으며 무릎 아래까지 내려오는 가운을 입어 다리가 짧아 보였다. 그는 주머니에 손을 넣고 방 이쪽저쪽을 서성이며 낮은 목소리로 "루루루루" 하고 노래 불렀다. 희끗희끗한 수염은 축 늘어졌고, 머리카락은 정돈되지 않았으며, 이제 막 일어난 사람 같았다. 그의 사무실에는 등받이 쿠션이 딸린 소파가 있었고, 방 구석구석에 오래된 책들이 쌓여 있었으며, 책상 밑에는 병들고 더러운 푸들이 앉아 있었다. 사무실은 그 주인처럼 쭈글쭈글하고 푸석한 인상을 주었다.

"라프테프 씨가 아버지를 만나러 오셨어요." 사무실로 들어가며 딸이 말했다.

"루루루루." 그가 목소리를 높여 흥얼거리면서 거실로 와서는 그에게 손을 내밀었다. "무슨 좋은 소식이라도 있소?"

거실은 어두웠다. 라프테프는 손에 모자를 든 채 앉지도 않고, 귀찮게 해서 미안하다고 용서를 구했다. 그는 누이가 밤에 잠을 잘 자려면 어떻게 해야 하며, 왜 그렇게 마르는지 물었다. 그러나 속으로는 오늘 아침과 똑같은 질문을 하는 게 아닌가 하는 생각에 당황하고 있었다.

"대답해주세요." 그가 말했다. "모스크바에서 내과 전문의를 불러와야 하는 게 아닐까요? 어떻게 생각하십니까?"

의사는 한숨을 내쉬고 어깨를 으쓱하더니 두 손으로 알 수 없는 몸짓을 했다.

무시당했다고 여긴 것이 틀림없었다. 그는 매우 성을 잘 내고 소심한 성격이어서 사람들이 자신을 믿지 않고 인정하지 않고 존경하지 않으며, 대중은 자신을 착취하고, 동료조차 그에게 악의를 품고 있다고 생각했다. 그는 항상 자신과 같은 바보는 대중이 밟고 지나가기 위해 만들어진 존재라고 말하며 스스로를 조롱했다.

율리야 세르게예브나는 등불을 켰다. 그녀는 교회에서 돌아와 지쳐 있었다. 창백하고 초췌한 얼굴과 축 늘어진 발걸음이 그녀의 피곤을 말해주고 있었다. 그녀는 쉬고 싶은 듯 소파에 앉아 무릎에 손을 얹고는 생각에 잠겼다.

라프테프는 자신이 미남이 아니라는 사실을 알고 있었다. 자신의 추한 몰골을 뼛속 깊숙이 느끼고 있었다. 그는 키가 작고 말랐으며, 빨간 볼에 벌써부터 대머리가 될 조짐이 보였다. 표정도 거칠었다. 아름답지 않더라도 호감을 주는 우아함이라든가 소박함 같은 것도 전혀 없었다. 여자 앞에서는 수줍어했으며, 지나치게 말이 많거나 부자연스러워지곤 했다. 지금 그는 이 모든 것들 때문에 자신을 경멸하고 있었다. 율리야 세르게예브나가 지루함을 느끼지 않도록 무슨 말이라도 해야 했다. 그러나 무엇에 대해? 또다시 누이의 병에 대해?

라프테프는 의학에 대해 일반적으로 사람들이 말하는 것을 이야기했고, 위생학을 높이 평가했으며, 모스크바에 간이숙소를 세울 계획이며 견적까지 짜놓았다고 말했다. 그의 계획은 노동자들에게 5, 6코페이카의 싼 가격으로 빵과 뜨거운 수프를 대접하고 따뜻하고 보송보송한 잠자리, 신발과 옷을 말릴 수 있는 장소를 제공하는 것이다.

율리야 세르게예브나는 거의 아무 말도 하지 않았다. 그는 이상한 방식으로, 아니 어쩌면 사랑에 빠진 자만의 육감으로 그녀의 생각과 의도를 추측하고 있었다. 만약 그녀가 저녁기도 후에 옷을 갈아입고 차를 마시러 자기 방으로 가지 않는다면, 그것은 오늘 저녁 그녀가 바깥으로 외출하는 것을 의미한다고 생각했다.

"그러나 나는 이 일을 서두르지는 않을 겁니다." 그는 이미 짜증이 나고 속이 탔으나 의사를 바라보며 하던 말을 이어갔다. 의사는 그가 왜 의학과 위생학 이야기를 주절거리는지 의아한 듯 멍하고 의혹에 찬 눈길로 라프테프를 바라보고 있었다. "당분간 실행에 옮길 생각은 없습니다. 저는 모든 일을 시작부터 망쳐버리는 독실한 척하는 모스크바 사람들과 자선가 아씨들의 손에 이 숙소가 넘어가지나 않을까 두렵습니다."

율리야 세르게예브나는 일어나서 라프테프에게 손을 내밀었다.

"죄송해요." 그녀가 말했다. "전 이만 일어나야겠군요. 당신 누이에게 안부를 전해주세요. 안녕히 가세요."

"루루루루." 의사가 흥얼거렸다. "루루루루."

율리야 세르게예브나가 나간 후, 라프테프는 좀 더 있다가 의사와 작별하고 그 집을 나섰다. 스스로에 대해 만족하지 못하며 불행하다고 생각하는 사람은 보리수나 그늘, 구름처럼 거만하고 무정한 자연의 아름다움에서도 천박함을 느끼곤 한다. 달은 이미 높이 떠 있었고, 달 아래로 구름이 지나가고 있었다. 라프테프는 '정말 단순하고 촌스러운 달이군. 구름조차도 초라하고 볼품없어'라고 생각했다. 그는 조금 전 그녀의 집에서 의학과 간이숙소에 대해 말한 것이 부끄러웠고, 내일 역시 오늘처럼 그녀를 만나 이야기해보려고 애쓸 테지만 용기가 부족하여 결국 그녀와 남이라는 사실만을 확인할 거라는 생각에 몸을 떨었다. 내일도 모레도 역시 마찬가지일 것이다. 도대체 무엇 때문에? 이 모든 것은 언제 어떻게 끝날 것인가?

집에 돌아온 그는 누이에게 갔다. 니나 표도로브나는 아직 겉으로는 건강해 보였으며, 강하고 체격이 좋은 여인이라는 인상을 주었다. 하지만 너무 창백한 얼굴 때문에 특히 이렇게 눈을 감고 누워 있을 때는 마치 죽은 사람 같았다. 그녀 옆에는 열 살 된 큰 딸 사샤가 엄마에게 책을 읽어주고 있었다.

"알료사 왔구나." 환자가 조용히 혼잣말처럼 말했다.

사샤와 삼촌 사이에는 이미 오래전부터 교대로 간호를 맡는다는 암묵적인 동의가 있었다. 그가 들어가자 사샤가 책을 덮고 말없이 방에서 나갔다. 라프테프는 책장에서 역사소설을 꺼내어 읽기 시작했다.

　니나 표도로브나는 모스크바에서 태어났다. 그녀와 두 남동생은 퍄트니츠카야 거리의 상인 가정에서 태어나 유년기와 청년기를 보냈다. 유년기는 길고 지루했다. 아버지는 엄했고 세 번씩이나 그녀를 회초리로 때렸다. 어머니는 병을 오래 앓다가 돌아가셨다. 하인들은 더럽고 천박했으며 위선적이었다. 신부와 성직자들이 자주 찾아왔는데 그들 역시 저속한 위선자였다. 술을 마시고 안주로 입가심을 했으며, 그녀의 아버지에게 속 보이는 아부를 했지만 사실 그를 좋아한 것은 아니었다. 남동생들은 다행히 김나지움에 입학할 수 있었지만 니나는 그러지 못했다. 그녀는 글씨도 서투르고 책도 역사소설만 읽었다. 십칠 년 전 스물두 살이던 그녀는 힘끼에 있는 별장에서 지금의 남편인 지주 파나우로프를 만났고, 그와 사랑에 빠져 아버지의 뜻을 어기고 몰래 결혼했다. 파나우로프는 잘생겼지만 약간 뻔뻔스러운 구석이 있었다. 성화聖畵 앞 현수등懸垂燈에서 담뱃불을 붙이고 휘파람을 부는 파나우로프의 모습을 보고 그녀의 아버지는 그를 쓸모없는 놈이라며 무시하기 시작했다. 나중에 사위가 편지로 지참금을 요구하자 노인은 아내가 남긴 털외투와 은 등 여러 가지 물건들과 3만 루블을 시골에 있는 딸에게 보냈다. 하지만 끝까지 그들의 결혼을 축복하지는 않았다. 얼마 후 그는 딸에게 다시 2만 루블을 보냈다. 부부는 돈과 지참금을 생활비로 탕진하고 영지를 팔아 도시로 이주했고, 남자는 시청에 취직했다. 도시에서 그는 또 다른 여자를 얻었으며, 법적으로 인정되지 않는 이 가족과 드러내놓고 살았기 때문에 매일 많은 다툼이 있었다.

니나 표도로브나는 자신의 남편을 숭배했다. 그녀는 남이 읽어주는 역사소설을 들으며 자신이 얼마나 많은 일을 겪었는지, 얼마나 많은 고통을 감내했는지 떠올렸으며, 만약 누군가가 그녀의 삶을 이야기로 엮는다면 대단히 구슬픈 이야기가 될 거라고 생각했다. 가슴에 종양이 생기자 그녀는 자신의 병이 사랑과 가정 문제에서 비롯되었으며, 결국 눈물과 질투가 병상에 드러눕게 만든 거라고 생각했다.

알렉세이 표도로비치는 책을 덮고 말했다.

"겨우 끝났네. 내일은 새로운 책을 시작하도록 해요."

니나 표도로브나가 웃기 시작했다. 그녀는 원래 잘 웃는 성격이었지만, 라프테프는 병 때문에 그녀의 이성이 점점 더 쇠약해져서, 아주 작은 일에도, 또는 아무 이유 없이 웃기 시작했다는 사실을 알고 있었다.

"네가 없을 때 점심 전에 율리야가 왔었어." 그녀가 말했다. "내가 보기엔 율리야는 자기 아버지를 그리 믿지 않더구나. 아버지가 당신을 치료할 거라고 말하면서도 수도사에게 기도를 부탁하는 편지를 써보는 게 어떻겠냐고 하더군. 마을에 수도사가 왔나 보지. 참, 율리야가 양산을 두고 갔어. 내일 그녀에게 전해주렴." 잠시 말을 멈춘 후 그녀가 다시 말했다. "아니지, 정말 끝이 왔을 때는, 의사도 수도사도 아무 소용 없어."

"니나, 왜 밤마다 잠들지 못하죠?" 화제를 돌리기 위해 라프테프가 물었다.

"그냥. 잠을 자지 않는 것뿐이야. 누워서 생각한단다."

"무슨 생각을 하는데요?"

"아이들 생각, 네 생각…… 내 인생에 대한 생각. 알료사, 나는 많은 일을 겪었잖니. 다시 생각만 해도, 그러기만 해도…… 오, 하느님!" 그녀는 웃기 시작했다. "다섯을 낳아서 셋을 땅에 묻다니, 거짓말 같아. 한번은 아이를 낳으려고 하는데, 그리고리 니콜라예비치는 다른 여자의 집에 가 있고, 조산원과 아줌마를 부르러 보낼 사람이 아무도 없었어. 하녀를 찾으러 현관이나 부엌에 가보면 유태인과 구멍가게 주인, 고리대금업자들이 남편을 기다리며 앉아 있었지. 머리는 빙빙 돌고……. 남편은 나를 사랑하지 않아. 직접 말한 적은 없지만. 지금은 많이 진정되고 그 아픔도 잊었지만, 좀 더 젊었을 때는 정말 고통스러웠지. 아, 얼마나 괴로웠는지. 애야! 한번은, 이것도 시골에 있었을 때 일어난 일인데, 그가 어떤 여자와 함께 서 있지 않았겠니. 나는 그 자리에서 집을 나와 발길 닿는 곳 여기저기를 헤맸어. 어떻게 교회 앞까지 가게 됐는지는 모르겠지만, 무릎을 꿇고 기도했어. '성모님!' 밤이 깊었고 뜰에는 달빛이 드리워져 있었지…….”

그녀는 지쳐서 숨을 헐떡이기 시작했다. 조금 쉬고 난 후 동생의 손을 잡고 희미하고 낮은 목소리로 말했다. “알료샤, 넌 참 착하구나. 똑똑하고……. 이렇게 훌륭한 사람이 되다니!”

자정이 되자 라프테프는 누이와 작별하고 방을 나가며 율리야 세르게예브나가 잊고 간 양산을 집어 들었다. 늦은 시간이었지만 식당에서는 남녀 하인들이 차를 마시고 있었다. 정말 엉망이군! 아이들은 자지 않고 아직도 식당에 있었다. 모두들 수군거리느라 불빛이 약해서 곧 꺼질 거라는 것도 알아차리지 못하고 있었다. 어른들도 아이들도 모두 불길한 징조에 겁을 먹고 있었으며, 의기소침한 분위기였다. 현관의 거울이 깨졌고, 사모바르는 매일 쉭쉭거렸으며, 마치 일부러 그러는 듯이 지금도 쉭쉭대고 있었다. 니나 표도로브나가 신을 신으려고 할 때 신발에서 쥐가 튀어나온 적도 있었다. 이 모든 징조가 지닌 끔찍한 의미는 아이들까지도 잘 알고 있었다. 비쩍 마른 금발머리의 큰딸 사샤는 겁에 질리고 슬픔에 잠긴 얼굴로 식탁에 꼼짝 않고 앉아 있었다. 작은딸 리다는 통통한 금발머리의 일곱 살 난 소녀로 언니 옆에 서서 난롯불을 바라보고 있었다.

라프테프는 아래층 자기 방으로 갔다. 천장이 낮은 이 방에서는 제라늄 냄새가 났으며, 항상 더웠다. 거실에는 니나 표도로브나의 남편 파나우로프가 신문을 읽고 있었다. 라프테프는 그에게 고개를 끄덕여주고 맞은편에 앉았다. 둘 다 말없이 앉아만 있었다. 때로 그들은 아무런 말도 하지 않고 저녁 내내 앉아 있기만 했는데, 이런 침묵이 그들을 불편하게 하지는 않았다.

위층에서 소녀들이 밤인사를 하러 내려왔다. 파나우로프는 천천히 두 소녀에게 성호를 그어주었으며, 키스하도록 손을 내주었다. 소녀들은 레베란스[2]를 하고 나서 라프테프에게로 왔다. 그 역시 그녀들에게 성호를 그어주고 키스하도록 손을 내주었다. 이 키스와 레베란스 의식은 매일 저녁 되풀이되었다.

소녀들이 나가자, 파나우로프가 신문을 옆으로 치우며 말했다.

"이 평화로운 도시에서 사는 건 꽤 지루한 일이지! 친애하는 라프테프! 고백하건대." 한숨을 쉬며 그가 말했다. "자네가 마침내 오락거리를 찾았다니 참으로 반갑네."

"무슨 말을 하는 거죠?" 라프테프가 물었다.

"얼마 전 자네가 벨라빈 의사의 집에서 나오는 것을 보았지. 의사 때문에 그 집에 간 건 아닐 테지."

"물론." 라프테프는 얼굴이 붉어졌다.

---

2 무릎을 약간 구부리는 여자의 인사.

"음, 물론이겠지. 그건 그렇고, 대낮에 불을 켜고 찾아봐도 그 자처럼 꼴불견인 사람은 찾아보기 힘들 거야. 자네는 그 영감이 얼마나 천박하고 무능하며 고집 센 작자인지 모를 거야. 자네가 살고 있는 모스크바에서는 이런 지방도시를 여전히 감상적인 시각으로 바라보지. 말하자면 자연 풍경을 보는 시각이나 『안톤 고레미카』[3]의 시각으로 말이야. 내 맹세하지. 낭만이라고는 눈곱만큼도 없고, 있는 것이라고는 오직 야만성과 속물 근성, 혐오감뿐이지. 더 이상 아무것도 없다네. 이곳에 사는 학문의 사제, 즉 인텔리라고 하는 작자들을 보게나. 상상이나 할 수 있겠나? 이 도시만 해도 28명의 박사가 있고, 모두 한재산 벌어서, 자기 소유의 집에서 편안히 살고 있지. 그러나 이곳 주민들은 아직도 옛날처럼 무기력한 상태로 버려져 있단 말일세. 이번처럼 니나에게 대단치 않은 수술을 하는 데도 모스크바에서 내과의사를 불러와야 했네. 여기서는 아무도 그 수술을 맡으려고 하지 않는 거야. 자네는 상상도 못 할 거야. 이 사람들은 아무것도 모르고, 아무것도 이해하지 못하며, 무엇에도 흥미가 없지. 암이 무엇인지 그들에게 물어보라고. 그게 무엇인지, 왜 암이 발생하는지."

파나우로프는 암이 무엇인지에 대해 설명하기 시작했다. 그는 모든 분야에서 전문가인 척했으며 무슨 이야기가 나오든 항상 자

---

3 19세기 러시아 작가 그리고로비치의 소설. 최초로 러시아의 처참한 농노제를 고발했다.

기 방식대로 모든 것을 학문적으로 설명했다. 그는 자기만의 독특한 혈액순환 이론, 화학 이론, 천문학 이론을 가지고 있었다. 그는 천천히 부드럽게 그리고 확신에 차서 말했으며, "당신은 상상도 못 할 테지만"이라고 애원하는 듯한 목소리로 말했다. 눈을 찌푸리고 괴로운 듯 한숨을 내쉬며 왕과 같이 자비로운 미소를 짓는 그의 모습은 그가 자신에 대해 대단히 만족하고 있으며, 오십이라는 자신의 나이를 전혀 생각하고 있지 않다는 것을 보여주고 있었다.

"출출하군요." 라프테프가 말했다. "소금이 들어간 음식이라면 무엇이든 기꺼이 먹을 수 있을 것 같은데요."

"그래? 지금이라도 그렇게 하자고."

잠시 후 라프테프와 파나우로프는 위층 식당에서 함께 저녁식사를 했다. 라프테프는 보드카 한 잔을 마신 후 와인을 마시기 시작했으나 파나우로프는 아무것도 마시지 않았다. 그는 술도 카드놀이도 하지 않았지만, 자신과 아내의 모든 재산을 탕진하고, 많은 빚을 졌다. 그렇게 짧은 기간 동안 그토록 많은 돈을 쓰려면 도박에 미치는 것보다는 천부적 소질과 같은 무엇이 있어야 할 것이었다. 파나우로프는 식도락가이다. 훌륭한 찻잔 세트를 모으고, 식사 시간에 음악을 즐겨 들었으며, 굽실거리는 집사들에게 팁으로 10루블 또는 25루블짜리 지폐를 함부로 뿌리고 다녔다.

그는 온갖 서명 운동, 기금 모금에 참여했으며, 알고 지내는 여자들의 생일날에 빠지지 않고 꽃다발을 보냈다. 찻잔, 찻잔 받침, 셔츠 단추, 넥타이, 지팡이, 향수, 강아지, 앵무새, 일본산 제품, 골동품도 아낌없이 사들였다. 비단 잠옷을 입고, 검은 나무에 자개를 붙인 침대를 썼으며, 나이트가운은 진짜 부하르식으로 만들어진 것이었다. 이 모든 것들에, 그의 표현대로 '돈다발'이 들어가고 있었다.

식사하는 내내 파나우로프는 한숨을 내쉬고 고개를 저었다.

"맞아, 이 세상의 모든 것은 결국 끝이 있는 법이지." 그는 검은 눈을 가늘게 뜨며 조용히 이야기했다. "처남은 사랑에 빠질 테고, 괴로워할 테고, 언젠가는 사랑하는 마음도 식어버릴 테지. 그녀가 처남을 배신할 수도 있어. 왜냐하면 배신하지 않는 여자란 세상에 없으니까. 자네는 고통에 빠져 절망할 테고, 마침내 자네 역시 그녀를 배신하게 될 거야. 그러나 언젠가는 이 모든 것이 추억이 되어 아무렇지도 않게 무심히 말하게 될 날이 올 거야."

피곤한 데다가 약간 술에 취한 라프테프는 파나우로프의 멋진 머리와 잘 다듬어진 검은 수염을 바라보면서 왜 여자들이 이 건방지고 잘난 척하는 미남자를 사랑하는지 이해할 것 같았다.

저녁식사 후 파나우로프는 자신의 또 다른 거처로 갔다. 라프테프는 그를 배웅하러 따라나섰다. 도시를 통틀어 실크해트를 쓰고 다니는 사람은 파나우로프뿐이었다. 회색 담장과 관목 옆을 지나는 그의 우아하고 말쑥한 모습, 실크해트와 오렌지색 장갑이 매번 이상하고도 슬픈 인상을 주었다.

그와 헤어지고 라프테프는 집으로 가는 발걸음을 재촉했다. 달은 아직 밝게 빛나고 있었으며, 땅 위의 지푸라기 하나까지 보였다. 라프테프는 달빛이 모자를 쓰지 않은 그의 머리를 깃털로 쓰다듬듯 애무한다고 느꼈다.

"나는 사랑하고 있다!" 그는 소리 내어 말했다. 갑자기 그는 파나우로프를 쫓아가서 껴안고 용서를 구하고 그에게 많은 돈을 선사한 다음 들판으로 숲으로 옆도 돌아보지 않고 달리고 싶었다.

집에 돌아온 그는 책상 위에 있는 율리야 세르게예브나의 양산을 움켜쥐고 열렬히 키스했다. 양산은 실크로 만들어진 것이었으나, 고무줄로 묶은 낡은 것이었다. 손잡이가 단순한 흰 상아로 만들어진 싸구려 양산이었다. 양산을 펼치자 그 안에서 행복의 향기가 피어오르는 것 같았다.

그는 좀 더 편하게 자리를 잡고 앉아서, 양산을 쥔 채 모스크바에 있는 친구에게 편지를 쓰기 시작했다.

"다정하고 친애하는 코스짜, 자네에게 새로운 소식을 전하네. 나는 또다시 사랑에 빠졌네! '또다시'라고 말하는 것은 육 년 전 내가 모스크바의 한 여배우를 사랑했었기 때문이지. 비록 그녀와 통성명도 못했지만……. 최근 일 년 반 동안은 자네도 알고 있는 젊지도 아름답지도 않은 '그 부인'과 동거를 했지. 아, 다정한 친구여, 어쩌면 난 이렇게도 사랑의 운이 없을까! 난 한 번도 여자들 사이에서 인기를 누린 적이 없다네, 내가 '또다시' 라고 하는 것은 사랑 한 번 겪어보지 못한 채 청춘이 다 흘러가서 34세가 되어서야 처음으로 진실한 사랑을 하게 되었다는 것이 슬프고 부끄럽기 때문이라네. '또다시' 라는 말을 써도 부디 눈감아주게나.

그녀가 어떤 여자인 줄 자네가 안다면! 미인은 아니지만, 또 얼굴도 크고 대단히 말랐지만, 미소 지을 때 그 얼굴에 떠오르는 착한 표정이란! 말할 때는 노래를 부르는 듯 방울 소리가 난다네. 그녀는 나와 이야기하려 하지 않고, 나 또한 그녀를 잘 모르지만, 그녀 곁에 있으면 지혜와 높은 열정을 간직한 매우 드물고도 범상치 않은 존재를 느낀다네. 그녀는 독실한 신자야. 자네는 그녀의 이러한 성정이 나를 얼마나 감동시키고, 얼마나 아름다워 보이는지 상상조차 할 수 없을 거야. 이 점에 관해서는 자네와 끝없이 논쟁할 준비가 되어 있다네. 자네가 옳아, 자네가 옳다 치자고. 그러나 난 그녀가 교회에서 기도하는 것이 좋아. 그녀는 시골 처녀지만 모스크바에서 공부했고, 우리의 모스크바를 사랑하며, 옷도 모스크바풍으로 입는다네. 난 이런 점에서 그녀를 사랑하고 또 사랑하고 있어. 눈썹을 찌푸리며, 사랑이 무엇인지, 어떤 사람

을 사랑할 가치가 있고, 또 어떤 이를 사랑해서는 안 되는지, 내
게 긴 연설을 하러 자리에서 일어나는 자네의 모습이 눈에 보이
는 것 같네.

내 누이가 자네의 안부인사에 고맙다고 전해달라고 했네. 누나
는 코스탸 코체보이라는 사람을 대학입학 준비반에 넣기 위해 동
분서주했던 일을 지금도 회상한다네. 글쎄, 아직도 자네를 불쌍
한 코스탸라고 부른다니까. 그녀의 기억 속에 자네가 아직도 고
아 소년으로 남아 있기 때문이지. 자, 불쌍한 고아여, 난 사랑에
빠졌다네. 이것이 아직 비밀일 동안에는 자네도 알고 있는 '그
녀'에게는 이야기하지 말아주게. 내 생각에 이 문제는 저절로 해
결될 거야, 아니면, 톨스토이가家의 집사가 말하는 대로 어떻게
든 풀리겠지……."

편지를 다 쓰고 나서 라프테프는 침대에 누웠다. 피곤해서 눈
이 저절로 감겼지만, 잠은 오지 않았다. 거리의 소음이 잠을 방해
하는 것 같았다. 거리에서 소들을 내모는 뿔나팔 소리가 들려왔
고, 새벽예배를 알리는 종소리가 울렸다. 마차가 삐걱거리며 지
나갔고, 시장으로 가는 아낙의 목소리가 울려 퍼졌다. 참새는 계
속 짹짹거렸다.

2

유쾌하고 축제 분위기가 나는 아침이었다. 10시경에 갈색 옷을 입고 머리를 곱게 다듬은 니나 표도로브나가 부축을 받으며 거실로 나왔다. 그녀는 거실을 거닐다가 열린 창문가에 섰다. 활짝 웃는 그녀를 보자 예전에 그녀의 얼굴을 성안聖眼이라고 부르면서 그녀를 통해 러시아 축제를 화폭에 담고 싶어했던 술주정뱅이 화가가 생각났다. 아이들과 하인들 심지어는 동생 알렉세이 표도로비치와 니나 자신까지도 병이 완쾌되고 있다는 확신이 들었다. 소녀들은 까르륵 소리를 지르며 삼촌을 쫓아다녔고, 집 안은 시끌벅적했다.

사람들이 문병을 왔고, 성병聖餠을 가져와서는 오늘 거의 모든 교회에서 그녀를 위한 기도를 드렸다고 전했다. 그녀는 이 도시의 자선가였으며 사람들은 그녀를 사랑했다. 그녀의 동생 알렉세이가 주저하지 않고 쉽게 돈을 나누어주었던 것처럼 그녀 역시 별생각 없이 자선행위를 했다. 니나 표도로브나는 가난한 학생들을 위해 기부했고, 노파들에게는 차와 설탕과 잼을 나누어주었고, 부유하지 못한 색시들을 아름답게 단장시켜주었고, 신문을 볼 때에는 누군가가 도움을 바라고 있지 않은지, 비참한 누군가에 대한 기사가 없는지 살펴보았다.

지금 그녀는 한 묶음의 쪽지를 들고 있는데, 이것은 그녀의 도움을 바라는 사람들과 가난한 이들이 식료품 가게에서 사들인 물품 목록이었다. 상인은 그녀에게 82루블을 청구했다.

"이것 좀 보렴! 마구 사들였구나. 정말 양심도 없는 사람들이야!" 그녀는 쪽지에 적힌 보기 흉한 자신의 필체를 간신히 알아보며 말했다. "이게 말이 되니? 82루블이라니! 누가 주나 보라지!"

"제가 오늘 지불하지요." 라프테프가 말했다.

"왜? 왜?" 니나 표도로브나가 놀랐다. "매달 내가 너와 표도르로부터 250루블씩 받는 것만으로 이미 충분해. 신이여, 이들에게 가호를." 그녀는 하인들이 듣지 못하게 조용히 덧붙였다.

"전 한 달에 2,500루블을 쓰는걸요." 그가 말했다. "누나, 제가 한 번 더 이야기하는데요, 누나는 저나 표도르 형처럼 돈을 쓸 권리가 있어요. 꼭 기억하세요. 아버지의 자식이라곤 우리 삼남매뿐이고 3코페이카가 있으면 1코페이카는 응당 누나의 몫이에요."

니나 표도로브나는 이 말을 이해하지 못했고, 마치 대단히 어려운 숙제를 푸는 듯한 표정을 지었다. 돈에 대한 그녀의 태도는 매번 라프테프를 걱정시키고 당황하게 만들었다. 그는 누이가 동생에게 차마 말하지 못하는 빚을 지고 있어서 홀로 마음고생을 하는 것이 아닌가 의심했다.

발소리와 힘겨운 숨소리가 들렸다. 언제나처럼 머리를 빗지 않고 부스스한 모습을 한 의사가 층계를 올라오고 있었다.

"루루루루." 그는 흥얼거렸다. "루루루루."

의사와 마주치지 않기 위해 라프테프는 식당을 통해 아래층으로 내려갔다. 지금 마주치면 아무 이유 없이 다시 그의 집으로 가는 일이 어려울 것 같아서였다. 게다가 파나우로프의 표현에 따르면 이 '꼴불견인 작자'와 만나는 것은 그리 유쾌한 일도 아니었다. 바로 그런 이유 때문에 지금껏 율리야 세르게예브나와 거의 만나지 못하고 있었다. 지금 율리야 세르게예브나에게 양산을 돌려주러 간다면 그녀와 단둘이 만날 수 있을 터였다. 그의 심장은 너무 기뻐서 움츠러드는 듯했다. 어서 빨리! 어서 빨리!

　그는 양산을 들고 매우 초조해하며 사랑의 날개를 달고 날아갔다. 거리는 더웠다. 잡초와 엉겅퀴로 뒤덮인 넓은 정원에는 스무 명가량의 소년들이 공을 차고 놀고 있었다. 아이들은 보기 흉한 오래된 세 채의 별채—의사는 해마다 수리하고 싶어했지만, 이내 포기해버리곤 했다—에 살고 있는 하숙인과 기술공의 자식들이었다. 크고 건강한 목소리들이 쨍쨍하게 울려 퍼졌다. 저 멀리 한 편에서는 현관 옆에 율리야 세르게예브나가 뒷짐을 지고 서서 아이들이 노는 광경을 지켜보고 있었다.

　"안녕하세요?" 라프테프가 인사했다.

　그녀가 돌아보았다. 여태껏 그녀의 무관심하거나 냉정한, 또는 어제처럼 피곤해하는 모습만 보아왔는데, 오늘 그녀의 표정은 공놀이하는 소년들처럼 생기 있고 민첩했다.

　"보세요, 모스크바에서는 절대로 이렇게 즐겁게 놀지 않지요." 그녀가 그에게 다가오며 말했다. "하긴 그곳에는 이렇게 큰 뜰도 없지요. 뛰어놀 곳이 없어요. 아버지는 지금 막 당신 집으로 가셨는데……." 그녀가 아이들을 쳐다보며 덧붙였다.

　"알고 있습니다. 난 아버님을 만나러 온 게 아니라 당신을 보러 왔어요." 라프테프는 전에 미처 느끼지 못했던, 오늘 새롭게 그의 눈앞에 열린 듯한 그녀의 젊음에 감탄하며 말했다. 금목걸이가 걸린 그녀의 가늘고 흰 목도 처음 보는 듯했다. "난 당신을 보러 온 것입니다…….” 그는 되풀이하여 말했다. “누이가 양산을 보냈어요. 어제 당신이 두고 갔지요.”

그녀는 양산을 받기 위해 손을 내밀었으나 그는 양산을 다시 자기 가슴 쪽으로 끌어당겼다. 그는 어제 저녁 양산을 폈을 때 느꼈던 그 달콤한 황홀감을 떠올린 듯 더 이상 열정을 자제하지 못하여 말했다.

“부탁입니다. 이걸 내게 주십시오. 당신에 대한 추억…… 우리가 서로 알고 지낸 추억으로 남기고 싶습니다. 너무나 멋진 양산이에요.”

“가지세요.” 그녀는 얼굴이 붉어졌다. “그러나 전혀 멋지지 않아요.”

그는 무슨 말을 해야 할지 몰라 아무 말 없이 기쁨에 젖은 표정으로 그녀를 바라보았다.

“이런, 제가 당신을 이런 더위 속에 계속 밖에 세워두고 있었네요.” 잠시 침묵한 뒤 그녀가 크게 웃으며 말했다. “안으로 들어가시죠.”

“혹시 당신을 방해하는 건 아닌지요?”

현관으로 들어갔다. 율리야 세르게예브나는 비둘기색 꽃장식이 달린 흰 옷을 입었는데, 사각사각 옷 소리를 내며 위층으로 올라갔다.

"저를 방해하다니요, 있을 수 없는 일이에요." 그녀는 층계에 멈추어 서며 말했다. "전 아무 일도 하지 않는걸요. 아침부터 저녁까지 늘 휴일이랍니다."

"당신이 하는 말을 잘 못 알아듣겠어요." 그녀에게 다가가며 그가 말했다. "제가 자란 환경에서는 여자나 남자나 할 것 없이 모두 매일 일만 했죠."

"만약 아무 일도 하지 않으면요?" 그녀가 물었다.

"노동이 반드시 필요한 환경에서 인생을 설계해야지요. 일하지 않고서는 순결하고 즐거운 삶도 있을 수 없어요."

그는 또다시 양산을 가슴에 끌어안고 자신의 목소리도 의식하지 못한 채, 자기 자신에게조차도 놀라운 말을 꺼내기 시작했다.

"당신이 내 아내가 되어준다면, 모든 것을 다 줄 거요. 모든 것을……. 당신을 위해서라면 난 어떠한 희생도 치를 수 있습니다."

그녀는 몸을 떨고, 놀라움과 두려움에 가득 차서 그를 바라보았다.

"무슨 말씀을, 무슨 말씀을 하시는 거예요!" 그녀의 안색이 창백해졌다. "그건 불가능해요. 정말이에요. 죄송해요."

그녀는 옷자락을 사각거리며 재빨리 층계를 올라가서는 문 뒤로 숨어버렸다.

라프테프는 이러한 행동이 무엇을 의미하는지 깨달았고, 그의 가슴속에 타오르던 등불은 순식간에 꺼져버렸다. 라프테프는 타인에게 호감을 받지 못하고 무시와 냉대를 당하는 사람이 느끼는 수치심과 모욕감을 맛보며 그 집에서 나왔다.

'모든 것을 다 주겠다니.' 그는 무더운 날씨에 집으로 가는 길에서 그가 했던 사랑의 고백을 곰곰이 되새겨보며 스스로를 조롱했다. '모든 것을 다 줄 거요라니…… 완전히 장사꾼 같군. 너의 모든 것이 도대체 누구에게 필요하단 말이냐!'

조금 전에 한 모든 이야기들이 속이 메슥거릴 정도로 바보스럽게 느껴졌다. 왜 그가 자란 환경에서는 모두가 예외 없이 일만 한다고 거짓말을 했는가? 왜 나무라는 듯한 어조로 순결하고 즐거운 인생에 대해 말했을까? 모두 유치하고 지루한 겉치레였다. 모스크바식의 겉치레일 뿐이었다. 그러나 곧 라프테프는 중형을 선고받은 범죄자들이나 느낄 법한 될 대로 되라는 식의 감정이 들었다. 그는 다행스럽게도 이미 모든 상황이 끝났으며, 끔찍했던 불확실성도 이제 더 이상 존재하지 않으며, 이제 하루 종일 기다리면서 마음 졸이고 매달릴 필요가 없어졌다고 생각했다. 이제 모든 것이 명확해졌다. 행복에 대한 모든 기대를 버리고, 소망과 희망 없이, 기다리지도 꿈꾸지도 않겠다고 생각했다. 이제는 더 이상 쩔쩔매기도 지겨운 이 지루함을 없애기 위해 뭔가 내 일이

아닌 남의 일을 하고, 나의 행복이 아닌 남의 행복을 누려보겠다
고 생각했다. 그러다가 점점 노년이 다가오고, 마지막엔 죽음을
맞을 것이다. 그러면 더 이상 아무것도 필요치 않게 될 것이다.
그는 이미 모든 것에 무심해졌고, 그 무엇도 원하지 않았으며, 그
저 차갑게 사리판단을 할 뿐이었다. 그러나 그의 얼굴, 특히 눈
밑은 왠지 무거웠고, 이마는 고무처럼 팽팽하게 긴장되어 있었
다. 금방이라도 눈물이 쏟아질 것 같았다. 그는 온몸에 나른함을
느끼며 침대에 누웠고, 오 분 후에 이미 깊이 잠들어 있었다.

3

라프테프의 갑작스러운 청혼으로 율리야 세르게예브나는 고민에 빠졌다.

그녀는 라프테프를 잘 알지 못했고, 그와 알게 된 것도 우연이었다. 그는 부유했고, 모스크바에 있는 유명한 '표도르 라프테프와 그의 아들들'이라는 회사의 주인이었다. 또한 매우 진지하고 현명해 보이며, 병든 누이로 인해 고심하고 있었다. 그녀는 그가 자신에게 아무런 관심도 없다고 생각했고, 자신도 그에게 무관심했다. 그런데 층계에서 무턱대고 사랑을 고백하다니, 그 초라하고도 환희에 찬 얼굴이란…….

그의 청혼은 너무나 돌발적인 것이어서 그녀를 당황하게 했지만, 그녀가 당황한 진짜 이유는 그의 입에서 튀어나온 '아내'라는 단어와 자신이 청혼을 거절했다는 그 사실 자체에 있었다. 그녀는 자기가 무슨 말을 했는지 이미 잊어버렸지만, 거절할 때 느꼈던 격정과 불쾌한 감정의 뒤끝은 오래도록 사라지지 않았다. 솔직히 그는 마음에 들지 않았다. 머슴 같은 외모에 재미있는 사람도 아니었다. 거절 말고는 달리 대답할 길도 없었지만, 마치 뭔가 실수한 것처럼 내내 마음이 편치 않았다.

"오, 하느님. 방에도 들어가지 않고, 층계에서 사랑을 고백하다니." 그녀는 머리맡에 걸린 성화 쪽으로 몸을 돌리며 실망스러운 듯이 말했다. "전에는 관심도 없더니, 무슨 일로 그렇게 갑자기……."

홀로 남겨지게 되자 그녀의 불안은 시간이 갈수록 더해졌고, 혼자서는 무거운 마음을 도저히 감당할 수 없었다. 누구에게든 털어놓고, 잘 처신했다는 말을 들어야 할 것 같았다. 그러나 이야기할 만한 사람이 없었다. 어머니는 이미 오래전에 돌아가셨고, 아버지는 괴짜라서 진지한 대화를 나눌 만한 상대가 못 되었다. 아버지의 변덕스럽고 상처받기 쉬운 성격과 이해할 수 없는 몸짓 때문에 율리야는 그를 쭉 피해오고 있었다. 아버지는 언제나 자신에 대한 말만 했다. 기도 시간에도 그녀는 완전히 솔직해질 수 없었다. 도대체 신에게 무엇을 빌어야 할지 몰랐기 때문이다.

사모바르를 내왔다. 율리야 세르게예브나는 매우 창백하고 피곤하며 무기력한 모습으로 식당에 들어가 차를 끓여서—이것은 그녀의 의무 가운데 하나였다—찻잔에 따랐다. 세르게이 보리소비치는 무릎 아래까지 내려오는 긴 가운에 붉은 얼굴과 빗지 않은 머리를 하고 두 손을 주머니에 찌른 채 마치 우리 안에 갇힌 짐승처럼 마음 내키는 대로 방 안을 서성거리고 있었다. 책상에 멈추어 서서 맛있게 차를 마시고 다시 또 걸어다니며 무슨 생각엔가 잠겼다.

"오늘 라프테프 씨가 제게 청혼을 했어요." 율리야 세르게예브나의 얼굴이 붉어졌다.

의사는 무슨 말인지 알아듣지 못한 듯 그녀를 빤히 쳐다보았다.

"라프테프?" 그가 물었다. "파나우로프 씨 아내의 동생?"

그는 딸을 사랑했다. 분명 그녀는 조만간 그를 홀로 남겨두고 시집을 가겠지만, 그는 될 수 있으면 그런 생각을 하지 않으려고 했다. 그는 외로움이 두려웠으며, 이 큰 집에 홀로 남게 되면 중풍에 걸릴 거라고 생각했다. 그러나 그는 자신의 생각을 솔직히 말하지 않았다.

"뭐, 대단히 기쁘구나." 그는 어깨를 으쓱했다. "진심으로 축하한다. 내게서 벗어날 수 있는 행운의 기회가 생겼구나. 그래 난 널 충분히 이해한다. 늙고 병들고 멍청한 아비 곁에서 산다는 건 네 나이에는 분명 괴로운 일이었을 거야. 난 널 아주 잘 이해해. 만약 내가 좀 더 빨리 죽어주었더라면, 만약 악마들이 날 좀 더 빨리 잡아갔더라면 모두 기뻐했을 텐데. 정말 축하한다. 축하하고말고."

"거절했어요."

딸의 대답에 의사의 마음은 순간 가벼워졌지만, 한번 내뱉기 시작한 말들은 이미 멈출 수 없었다.

"놀랍구나. 어떻게 지금까지 나를 정신병원에 감금하지 않았는지 정말 놀라워! 왜 내가 정신병자복이 아닌 이 가운을 입고 있지? 난 아직도 신과 선을 믿는 멍청한 이상주의자지. 요즘 세상에 이래도 미친놈이 아닌가? 내 정직과 진심에 대해 사람들이 어떻게 대했지? 나를 돌로 쳐죽이고, 내 위로 말을 타고 달린 것이나 마찬가지야. 가까운 친지들마저 내 목을 깔아뭉개려고 했지. 귀신은 뭐 하나, 어서 이 늙은 등신이나 데려가지."

"아버지와는 도저히 인간적인 대화를 나눌 수 없군요!" 율리야가 말했다.

그녀는 자리에서 벌떡 일어섰고, 지난날의 분노까지 되새기며 자기 방으로 가버렸다. 그러나 얼마의 시간이 지나자 그녀는 다시 아버지가 가엾게 느껴졌고, 그가 클럽으로 갈 때 아래층까지 배웅해주었다. 날씨가 좋지 않았고, 뜰에는 바람이 세차게 불었다. 문은 바람에 흔들리고 있었고, 현관의 촛불은 사방에서 부는 바람으로 꺼질 듯했다. 율리야는 위층으로 올라가 창문과 문에 모두 성호를 그었다. 바람은 울부짖었으며, 누군가 지붕 위로 걸어다니는 것 같았다. 그녀는 지금처럼 적적하고 외로워본 적이 없는 것 같았다.

그녀는 스스로에게 물었다. 그의 용모가 마음에 들지 않는다는 이유만으로 청혼을 거절한 것이 정말 잘한 일일까? 물론 이 사람을 사랑하지도 않았고, 그와의 결혼은 행복과 결혼생활에 대해 꿈꾸어왔던 모든 것으로부터 영영 이별을 고하는 일이 될 것이었다. 그러나 정녕 그녀가 꿈꾸고 사랑하게 될 그 사람을 만날 수 있는 것일까? 그녀는 벌써 스물한 살이었다. 이 도시에 마땅한 신랑감은 없었다. 그녀는 알고 있는 모든 남자들을 떠올려보았다. 관리들, 교사들, 장교들. 그들 중 몇은 이미 결혼했으나 그들의 단순하고도 지루한 결혼생활은 끔찍한 것이었다. 다른 사람에게는 관심도 가지 않았으며, 모두 영리하지도 도덕적이지도 않았다. 그저 평범할 뿐이었다.

라프테프는 일단 모스크바 사람이고, 대학을 졸업했으며 프랑스어도 할 줄 알았다. 그가 사는 수도에는 현명하고 고결하며 위대한 사람들이 많이 살고 있으며, 화려하고 아름다운 극장과 음

216

악회, 뛰어난 재단사와 맛있는 과자가 있었다. 『성경』에도 부인
은 자신의 남편을 사랑해야 한다고 쓰여 있고, 소설에서도 사랑
은 큰 의미를 갖지만, 모두 과장된 게 아닐까? 사랑 없이 가정을
꾸린다는 것이 불가능할까? 흔히 말하지 않는가. 사랑은 곧 사라
지고, 서로에 대한 익숙함만이 남을 뿐이며, 결혼생활의 진짜 목
적은 사랑이나 행복에 있는 것이 아니라 자식들을 기르고 가정을
꾸려가는 의무에 있다고 말이다. 아마 『성경』에 나온 남편에 대
한 아내의 사랑은 가까운 사람에 대한 애정과 존경과 관용을 말
하는 것인지도 모른다.

밤이 되자 율리야 세르게예브나는 정성껏 저녁기도문을 읽었
다. 그러고 나서 무릎을 꿇고 가슴에 손을 얹고 램프의 불빛을 바
라보며 애절하게 말했다.

"지혜를 주소서, 성모님. 주님, 가르쳐주소서."

그녀는 여태까지 가난하고 초라한 노처녀들을 많이 보아왔다.
그녀들은 한때 자기에게 청혼한 남자들을 거절했던 것을 쓰디쓰
게 후회하고 있었다. 그녀에게도 똑같은 일이 벌어지지 않을까?
그녀도 수녀원에 가거나 가난한 사람들을 돕는 간호사가 되는 건
아닐까?

그녀는 가슴과 자신의 주위에 성호를 그은 후 옷을 갈아입고
침대에 누웠다. 갑자기 복도에서 날카롭고도 구슬픈 종소리가 들

렸다.

"아, 하느님!" 종소리 때문에 온몸에 소름이 돋았다. 그녀는 지방도시에서의 삶이란 아무 일도 일어나지 않는 단조롭고도 어딘지 모르게 불안한 것이라고 생각했다. 계속 여기 산다면 끊임없이 몸을 부르르 떨며, 무엇인가를 경계하고, 화내고, 늘 뭔가를 잘못한 기분으로 살아야 할 것이다. 결국 신경은 다 망가질 것이고, 나중에는 이불 밖으로 나오는 것조차 두려워할지 모른다.

삼십 분 후 또다시 날카로운 종소리가 들렸다. 하인은 이미 잠든 것 같았다. 율리야 세르게예브나는 자리에서 일어나 촛불을 켰다. 그리고 하녀를 욕하며 옷을 입기 시작했다. 옷을 입고 내려갔을 때 하녀는 이미 현관문을 닫고 있었다.

"주인어른께서 오셨나 했는데 환자였어요." 하녀가 말했다.

율리야 세르게예브나는 방으로 돌아와 장 속에서 카드를 꺼냈다. 잘 섞은 후에 제일 밑에 있는 카드 한 장을 뽑아 카드가 붉은색이면 '네', 즉 라프테프의 결혼 신청을 승낙할 거라고 생각했고, 만약 검은색 카드가 나오면 '아니오'였다. 카드는 10점짜리 스페이드였다.

검은색 카드를 본 그녀는 안심하고 잠들었지만, 아침이 되자 다시 고민에 휩싸였다. 원한다면 운명을 바꿀 수도 있는 기회였다. 그녀는 고민 때문에 지쳐서 녹초가 되었고 몸이 좋지 않았다.

정오가 되기 전 옷을 차려입은 율리야는 니나 표도로브나의 집
으로 갔다. 라프테프를 보고 싶었던 것이다. '어쩌면 오늘은 그
가 멋있어 보일지도 몰라. 어쩌면 지금까지 내가 잘못 보았을지
도 모르잖아……'

맞바람이 불고 있어 걷기가 힘들었다. 그녀는 두 손으로 모자
를 잡고 간신히 걸었으며, 먼지 때문에 아무것도 보지 못했다.

4

　누이의 방에서 뜻밖에 율리야 세르게예브나를 보게 되자, 라프테프는 또다시 사랑받지 못하는 자의 비참한 심정을 느꼈다. 어제 그런 일이 있었음에도 불구하고 이렇게 누이를 찾아오고 아무렇지도 않게 자신과 대면하다니, 그는 그녀가 자신을 무시하거나 보잘것없는 존재로 여기고 있다고 생각했다. 그러나 창백한 얼굴과 검게 변한 눈 밑, 자신을 바라보는 슬프고도 미안한 눈길을 보자 그녀 역시 괴로워하고 있음을 알 수 있었다.

　그녀는 몸이 좋지 않았다. 십 분 정도 앉아 있다가 작별인사를 했고 나가면서 라프테프에게 말했다.

　"집까지 데려다주시겠어요? 알렉세이 표도로비치 씨."

그들은 모자를 붙잡고 말없이 걸었다. 그는 그녀 뒤에서 걸으며 바람을 막아주려고 했다. 골목에 들어서자 바람이 불지 않았고, 그들은 나란히 걸었다.

"제가 어제 상냥하지 못했다면 용서해주세요." 그녀의 목소리는 곧 울 것처럼 떨렸다. "너무 힘들어요! 밤새 한숨도 못 잤어요."

"난 잘 잤는걸요." 라프테프는 그녀를 보지 않고 말했다. "그러나 잘 잤다고 해서 기분이 좋았다는 건 아닙니다. 내 삶은 산산조각이 났고, 너무 불행합니다. 어제 당신에게 거절당한 뒤, 난 마치 취한 사람 같았어요. 가장 힘든 말은 어제 이미 다 했으니, 이젠 수줍어하지 않고 말할 수 있습니다. 난 누이보다도 더, 돌아가신 어머니보다 더 당신을 사랑합니다. 누이와 어머니 없이도 살 수 있고, 또 그렇게 살아왔지만 당신 없이 산다는 것은…… 내게 있어 그건 의미 없는 거지요. 난 그렇게 할 수 없습니다……."

그러고 나서 그는 평소처럼 그녀의 생각을 점치기 시작했다. 그는 그녀가 어제의 대화를 계속하고 싶어하며, 이러한 목적으로 집까지 데려다달라고 부탁했으며, 바로 그래서 지금 그를 집으로 데려가고 있다는 것을 잘 알고 있었다. 그러나 그녀가 거절 외에 도대체 무엇을 더 보탤 수 있단 말인가? 무슨 새로운 생각이 떠올랐을까? 그녀의 눈길, 미소 그리고 그와 함께 걸으면서 그녀가 취하는 머리와 어깨 동작 등 모든 것을 보건대, 여전히 그녀는 그를 사랑하지 않으며, 그는 그녀에게 있어 남일 뿐이었다. 그녀는 무슨 말을 더 하고 싶은 것일까?

세르게이 보리소비치는 집에 있었다.

"잘 오셨소, 당신을 보게 되어 기쁘군. 표도르 알렉세이비치." 그는 그의 이름과 부칭을 바꿔 부르며 말했다. "와주어서 기쁘오, 진심으로 기쁘오."

이전에 그는 이렇게 상냥하지 않았다. 라프테프는 의사가 어제 일을 알고 있다고 생각하자 기분이 상했다. 그는 거실에 앉았다. 초라하고 저속한 장식과 조잡한 그림들이 걸려 있는 거실이었다. 안락의자와 레이스가 달린 램프가 있기는 했지만 마치 사람이 살지 않는 넓은 헛간 같았다. 아마도 이런 거실에서 안락함을 느끼는 자는 이 의사 같은 사람뿐일 것이다. 다른 방은 거의 두 배가 더 컸으며, 의사는 그 방을 홀이라고 불렀다. 그 방에는 마치 무도 연습실처럼 의자들만 있었다.

라프테프는 거실에서 의사와 함께 누이에 대해 이야기했다. 이때 한 가지 의심이 그의 마음을 괴롭혔다. 혹시 율리야 세르게예브나가 그의 청혼을 받아들인다고 말하기 위해 누이를 찾아오고, 그를 여기까지 데리고 온 것이 아닐까? 아, 얼마나 끔찍한 일인가? 그러나 더 끔찍한 일은 그가 이런 의심을 한다는 것이다. 그는 어제 이 두 부녀가 오랫동안 의논한 결과, 아마 다투기도 했겠지만, 부유한 남자의 청혼을 거절한 것은 경솔한 짓이라는 결론에 도달했을 거라고 생각했다. 그럴 때 부모들이 하는 말이 들리는 것 같았다.

"그래, 너는 그를 사랑하지 않겠지. 그러나 잘 생각해봐라, 대신 네가 얼마나 부자가 될 수 있는지!"

의사는 왕진 준비를 했다. 라프테프는 그와 함께 나가려고 했으나, 율리야 세르게예브나가 그를 잡았다.

"당신은 좀 더 머물러주세요. 부탁이에요."

그녀는 지쳤고, 상심했으며, 자신을 이렇게 타이르고 있었다. 단지 맘에 들지 않는다는 이유만으로 훌륭하며 착하고 자신을 사랑해주는 남자의 청혼을 거절하는 것은 벌 받을 만한 일이다. 젊음은 어차피 사라질 테고, 미래에 뭐 하나 특별한 희망이 보이는 것도 아니지 않은가. 그 결혼으로 우울하고 지루하고 공허한 삶을 바꿀 수 있다면, 그런 상황에서 청혼을 거절하는 것은 미친 짓이며, 변덕이고, 신을 거역하는 일이다, 라고.

의사가 나갔다. 그의 모습이 멀어지자, 율리야는 갑자기 라프테프 앞으로 다가왔다. 그녀는 매우 창백한 얼굴로 단호하게 말했다.

"어젯밤 오랫동안 생각했어요, 알렉세이 표도로비치. 당신의 청혼을 받아들이겠습니다."

그는 허리를 굽히고 그녀의 손에 키스했으며, 그녀 역시 어색하게 그의 머리에 차가운 입술을 댔다. 그는 이 사랑의 고백에 가장 중요한 것, 즉 그녀의 사랑이 빠졌으며, 필요없는 말들만 가득하다고 생각했다. 그는 소리를 지르고 뛰어나가서 곧장 모스크바로 가고 싶어졌으나, 그의 곁에 가까이 서 있는 그녀가 너무나 아름다워, 돌연 열정이 그를 압도했다. 그는 이제 곰곰이 따지기에 너무 늦었다는 생각이 들었고, 열렬히 그녀를 안았다. 그는 그녀를 '너' 라고 부르며, 무슨 말인가를 중얼거렸고 그녀의 목과 볼, 머리에 키스했다.

그녀는 그의 애무를 두려워하면서 창문 쪽으로 물러섰다. 그 둘은 이미 후회하기 시작했고, 당황하여 스스로에게 물었다.

'왜 이런 일이 일어났지?'

"제가 얼마나 불행한지 당신이 아신다면!" 그녀는 두 손을 꼭 잡으며 말했다.

"왜죠?" 그는 그녀 곁으로 다가가 역시 두 손을 꼭 잡았다. "제발, 왜 그런지 말해주세요. 부탁입니다. 진실을, 진실만을 말해주세요!"

"신경 쓰지 마세요." 이렇게 말한 후 그녀는 억지로 웃었다.

224

"약속하겠어요. 진실하고 충실한 아내가 될게요. 오늘 저녁에 와
주세요."

그는 누이 곁에 앉아 역사 소설을 읽으며, 이 모든 것을 다시
생각해보았다. 그는 순결하고 속 깊은 자신의 마음에 속되게 답
했다는 데 모욕감을 느꼈다. 사랑 없이 오직 돈을 보고 그의 청혼
을 받아들인 거라고 생각했다. 즉, 자신이 가진 것들 중에서 그가
가장 덜 중요하다고 생각했던 것에 가장 큰 의미를 둔 것이다. 율
리야 세르게예브나는 순결하고 신을 믿는 사람이었다. 그래서 돈
같은 것은 전혀 염두에 두지 않는다고 생각할 수도 있었다. 그러
나 그녀는 그를 사랑하지 않았고, 나름대로의 계산이 있었다. 이
계산이 무의식적인 것이라 해도 계산은 계산인 것이다. 라프테프
는 의사의 속물적인 집이 역겨웠고, 의사도 초라하고 기름진 구
두쇠로, 오페레타 〈코르네빌 종루〉에 나오는 가스파르 같았으며,
율리야라는 이름도 저속하게 느껴졌다. 그는 애정도 없는 그녀가
거의 남이나 다름없는 그와 함께 결혼식장에 걸어들어가는 모습
을 상상해보았다. 그는 이 결혼만큼이나 진부한 위로로 자신을
달래고 있었다. 수천 명의 남녀가 이렇게 결혼하고 있으며, 시간
이 지나 율리야가 그를 더 잘 알게 되면, 어쩌면 그를 사랑하게
될지도 모른다고 스스로를 위로했다.

"로미오와 줄리엣!" 그는 책을 덮으며 웃었다. "니나, 나는 로

미오예요. 나를 축하해줘요. 오늘 율리야 벨라비나에게 청혼했습니다."[4]

니나 표도로브나는 동생이 농담을 하는 거라고 생각했으나, 곧 눈치를 채고 울음을 터뜨렸다. 별로 마음에 들지 않는 소식이었던 것이다.

"할 수 없지, 축하한다." 그녀가 말했다. "그런데 왜 이렇게 갑자기?"

"아니요, 갑작스러운 게 아니에요. 3월부터 끌어왔던 일이죠. 단지 누나가 눈치채지 못했을 뿐이에요. 누나 방에서 3월에 그녀를 처음 만났을 때부터, 그녀에게 반해 있었어요."

"난 네가 우리처럼 모스크바에서 자란 여자와 결혼할 줄 알았어." 니나 표도로브나가 잠시 침묵한 뒤 말했다. "우리와 같은 계급의 아가씨가 더 편할 텐데. 물론 제일 중요한 건 네 행복이지. 그게 가장 중요한 거야. 나의 그리고리 니콜라예비치는 나를 사랑하지 않아. 물론 그걸 감출 수도 없고. 넌 우리가 어떻게 사는지 알지. 물론, 어떤 여자라도 너의 선한 성품과 지혜를 사랑할 거야. 하지만 율리야는 대학을 나왔고 귀족 출신이야. 그녀에게는 지혜와 선한 성품만으로는 부족해. 그녀는 젊지만, 알료사 너는 이미 젊지도 않고 미남도 아니잖니."

<hr>

[4] 줄리엣은 러시아어 발음으로 율리야다.

마지막 말의 어감을 약화시키기 위해, 그녀는 그의 볼을 쓰다 듬으며 말했다.

"넌 잘생기지는 않았지만, 좋은 사람이야."

그녀는 너무 흥분을 해서 볼에 연한 홍조까지 돌았다. 그녀는 신이 나서 동생에게 성화로 축복해도 되는지 물었다. 그녀는 누나인 동시에 어머니나 다름없는 사람이었다. 그녀는 울적한 동생에게 결혼식은 남들이 흉보지 못하게 화려하고 즐겁게 치러야 한다고 우겼다.

그 후 그는 하루에 서너 번씩 벨라빈 씨 댁에 약혼자로서 드나들었으며, 사샤와 교대하여 누나에게 역사 소설을 읽어줄 만한 짬이 없었다. 율리야는 거실과 아버지의 방에서 멀리 떨어진 자신의 두 방에서 그를 맞이했으며, 이 방은 대단히 그의 마음에 들었다. 벽은 어두웠고, 구석에는 성화를 놓아두는 제단이 있었으며, 좋은 향기와 램프기름 냄새가 났다. 그녀는 가장 구석진 방에서 살았으며, 그녀의 화장품과 침대는 칸막이로 가려져 있었다. 책장 문 안에는 초록색 커튼이 쳐져 있었고, 카펫 위를 걸어다녔으므로 발소리도 전혀 들리지 않았다. 이것을 보고 그는 그녀가 내성적인 성격이며, 평화롭고 고독한 생활을 즐긴다고 판단했다. 그녀는 아직까지 집에서 애 취급을 받고 있어서 돈이 없었고, 나들이를 나갈 때 단돈 1코페이카도 없다는 사실에 종종 당황했다.

옷과 책을 사라고 아버지가 조금씩 돈을 주기는 했지만 일 년에 100루블이 넘지 않았다. 그녀의 아버지조차도 수중에 돈이 거의 없었다. 그에게는 많은 환자들이 있었지만 매일 저녁 클럽에서 카드놀이를 하면서 번번이 돈을 잃기만 했기 때문이다. 게다가 그는 상호신용조합에서 빌린 돈으로 집을 사서 세를 주었으나, 하숙인들은 정직하게 집세를 내지 않았다. 그러나 그는 집을 상대로 하는 이런 거래가 이득을 많이 남긴다고 우겼다. 그는 딸과 함께 사는 집을 저당으로 잡게 하고 그 돈으로 황무지를 사서, 또 다시 담보로 하기 위해 2층짜리 큰 건물을 짓기 시작했다.

라프테프는 안개 속을 헤매는 것처럼 살았다. 그는 자신이 아니라 마치 자신의 쌍둥이인 것처럼 느꼈으며, 예전에는 감히 엄두도 내지 않았을 그런 많은 일들을 했다. 그는 세 번 정도 의사와 함께 클럽에 가서 그와 저녁을 먹고, 집 짓는 데 쓰라고 돈을 건네주었다. 파나우로프의 또 다른 집에도 갔다. 어느 날 파나우로프가 그를 초대했고, 그는 깊이 생각하지 않고 승낙했다. 그를 맞이한 것은 서른다섯 살 정도 되어 보이는 부인이었다. 그녀는 키가 크고 말랐으며, 머리가 약간 희끗희끗하고 눈썹이 검은 것이 러시아인이 아닌 것 같았다. 그녀의 얼굴은 하얗게 분가루로 얼룩져 있었고, 느끼하게 웃었다. 그녀가 갑자기 그의 손을 잡았을 때 하얀 팔에 걸려 있던 팔찌가 짤그랑 소리를 냈다. 라프테프는 그녀가 그렇게 웃는 것은 자신의 불행을 남에게, 그리고 자기 스스로에게 숨기고 싶어서일 거라고 생각했다. 그는 사샤와 닮은 다섯 살, 세 살 먹은 두 소녀를 보았다. 점심으로 우유수프와 차가운 송아지고기, 초콜릿을 내왔다. 음식은 달짝지근하고 맛이 없었지만, 대신 식탁 위에는 금 포크, 고추와 콩이 담긴 병, 화려한 장식의 양념그릇, 금으로 만든 후추병 등이 번쩍거리고 있었다.

우유수프를 먹고 나자 라프테프는 이 집에 식사하러 온 것이 얼마나 분별없는 짓이었는지를 깨달았다. 부인은 당황하고 있었다. 그녀는 이를 보이며 내내 웃었고, 파나우로프는 사랑에 빠지는 현상과 왜 그런 일이 일어나는지를 학문적으로 설명했다.

"이것은 하나의 전기적 현상일 뿐이야." 그는 부인에게 몸을 돌리며 프랑스어로 말했다. "모든 사람의 피부에는 전기가 흐르는 미세한 전깃줄이 깔려 있어. 자신의 전류와 유사한 전류가 흐르는 사람을 만나면, 그때 바로 사랑이라 부르는 감정을 느끼는 거지."

라프테프가 집으로 돌아오자, 누이가 어디에 다녀오는 것인지 물었다. 그는 우물쭈물 아무 대답도 하지 못했다.

결혼식 전까지 내내 그는 환상 속에 있는 것 같았다. 그의 사랑은 날이 갈수록 강해지고, 그에게 있어 율리야는 시적이고 고상해 보였지만, 둘 사이의 사랑은 여전히 없었다. 적나라하게 말하자면, 그는 산 것이고 그녀는 팔린 것이었다. 때로 그는 고민에 빠진 채 스스로에게 물었다. '차라리 도망쳐버릴까?' 그는 밤마다 잠들지 못했고 친구에게 보냈던 편지에서 '그 부인'이라고 불렀던 여자와 모스크바에서 어떻게 대면해야 될지, 아버지나 형처럼 답답한 사람들이 그의 결혼과 그녀에게 어떤 태도를 보일지 생각하고 또 생각했다. 그는 아버지가 율리야와 처음 만나는 자리에서 그녀에게 거친 말이라도 하지 않을까 마음 졸였다. 표도르 형은 최근 좀 이상해졌다. 그는 건강의 중요성, 병이 심리 상태에 미치는 영향 내지는 종교에 대해 이러쿵저러쿵 늘어놓은 긴 편지를 보냈으며, 모스크바와 가게에 대해서는 일언반구도 없었다. 이 편지 때문에 라프테프는 애가 탔고, 형의 성격이 점점 이상하게 변해간다고 생각했다.

결혼식은 9월, 베드로 바울 성당에서 거행되었으며, 바로 그날 젊은 부부는 모스크바로 떠났다. 라프테프와 긴 치맛자락의 검은 옷을 입고 이미 처녀가 아닌 완연한 부인 티가 나는 그의 아내는 니나 표도로브나와 작별인사를 했다. 환자의 얼굴은 씰룩거렸으나 말라버린 두 눈에서는 눈물 한 방울 떨어지지 않았다. 그녀가 말했다. "만약 내가 죽으면, 신이여, 제발 그런 일을 허락지 마소서, 우리 아이들을 키워주렴."

"물론, 약속드릴게요!" 율리야 세르게예브나가 대답했다. 그녀
또한 입술과 눈꺼풀이 바르르 떨렸다.

"10월에 올게요." 라프테프는 마음이 찡해져서 말했다. "누나,
꼭 완쾌하세요."

그들은 독립된 쿠페[5]를 타고 갔다. 둘 다 어색하고 우울했다.
그녀는 모자도 벗지 않고 구석에 앉아서 조는 척했다. 그는 그녀
맞은편에 앉아서 여러 가지 생각에 초조했다. 아버지 생각, '그
부인' 생각, 모스크바의 아파트가 율리야의 마음에 들지, 여러 생
각들이 머릿속에 가득했다. 자신을 사랑하지도 않는 아내를 힐끗
힐끗 쳐다보면서 그는 착잡한 마음으로 생각했다. '도대체 왜 이
런 일이 일어났을까?'

5 유럽식 열차의 칸막이가 되어 있는 객실.

5

라프테프 일가는 모스크바에서 술 장식, 끈, 레이스, 단추 같은
잡화물을 도매로 취급하고 있었다. 총매상은 연간 2백만 루블에
달했으나 순이익이 어느 정도인지는 노인 외에 아무도 몰랐다.
아들들과 점원들은 30만 루블 정도 될 거라고 추측했으며, 노인
이 섣부르게 돈을 빌려주지만 않았더라도 10만 루블 정도는 더
되었을 거라고 말했다. 최근 십 년 동안 돈으로 받을 수 없는 어
음이 1백만 루블이었고, 지배인은 이 이야기가 나오면 교활하게
눈을 꿈벅거리며 이해할 수 없는 말을 중얼거렸다.

"이 시대가 그렇게 가르친 결과입죠."

대부분의 거래는 시내의 상가나 가게 건물에서 이루어졌다. 가

게로 들어가는 문은 뜰에 있었는데, 그곳은 항상 음침했고 가죽 냄새가 났으며 짐 싣는 말들이 말굽으로 아스팔트길을 두드리곤 했다. 겉으로는 대단히 초라한 그 철문을 통과하면 철창이 달린 작은 창으로만 햇볕이 비치는 방이 나왔다. 벽은 서리로 인해 암갈색으로 변했고, 탄필로 잔뜩 낙서가 되어 있었다. 방의 왼편에는 감옥 같은 창문이 달린 좀 더 크고 깨끗한 방이 있었는데, 그곳에 청동으로 된 벽난로와 책상 두 개가 있었다. 이곳은 사무실이고, 여기서부터 2층 본관으로 향하는 좁은 돌계단이 있었다. 2층 본관은 꽤 컸지만 어둡고 낮은 천장에 많은 짐들, 왔다 갔다 하는 인간들로 인해 비좁아서 처음 오는 사람에게는 아래층의 두 방과 유사한 인상을 주었다. 위층의 사무실 선반에도 꾸러미와 종이 상자들이 즐비했는데, 상자들은 그냥 아무렇게나 질서 없이 쑤셔 박혀 있었다. 만약 여기저기 종이로 둘둘 싼 꾸러미 틈새에서 진홍색의 실이나 붓, 술 장식이 삐져 나오지만 않았다면, 이곳에서 무엇을 파는지 전혀 알 수 없었을 것이다. 이 구겨진 종이 두루마리와 상자들을 보면 도대체 이것들을 팔아서 어떻게 수백만 루블의 매상을 올린다는 것인지, 어떻게 이런 가게에 손님을 제외하고도 하루 쉰 명이 넘는 사람들이 일을 보러 온다는 것인지 믿어지지 않을 것이다.

다음 날 정오, 모스크바에 도착한 라프테프가 가게에 갔을 때는 하물 운반인이 물건을 포장하며 너무 시끄럽게 상자를 두드리고 다니는 바람에 첫 번째 방과 사무실에 있던 사람들은 그가 들어오는지도 몰랐다. 낯익은 우체부가 편지 다발을 손에 들고 층계를 내려오고 있었는데, 그 역시 시끄러운 소음에 얼굴을 찌푸리며 그를 지나쳤다. 아래층에서 그를 처음으로 맞은 사람은 형 표도르 표도로비치였다. 그들은 너무 닮아서 쌍둥이라고 해도 믿을 정도였다. 자신과 꼭 닮은 형을 볼 때마다 라프테프는 끊임없이 자신의 외모를 떠올리곤 했다. 라프테프는 작은 키에 붉은 볼, 적은 머리숱, 약해 빠진 가는 다리의 이 매력 없고 지적이지도 못한 형을 바라보며 속으로 생각했다. '내가 저렇게 생겼단 말인가!'

"너를 만나서 정말 기쁘구나!" 표도르가 동생에게 키스하고, 그의 손을 꼭 잡으며 말했다. "매일매일 너를 학수고대하며 기다렸어. 아우야, 네가 결혼했다는 편지를 받자마자 호기심에 죽을 지경이었어. 게다가 네가 무척 그리웠다. 생각해봐. 반년 동안이나 만나지 못했잖아. 자, 어땠어? 니나는 안 좋니? 많이?"

"대단히 안 좋아요."

"다 하느님의 뜻이지." 표도르가 한숨을 내쉬었다. "그래, 제수씨는? 아마 미인이겠지? 벌써부터 정이 가는걸. 그녀는 내게 제수씨잖니. 모두 잘해줄 거야."

라프테프는 오래전부터 눈에 익은 아버지 표도르 스테파노비치의 넓고 뼈가 앙상한 등을 보았다. 노인은 상품진열대 옆의 의자에 앉아서 손님과 이야기하고 있었다.

"아버지, 하느님이 기쁨을 선사하셨습니다!" 표도르가 외쳤다. "동생이 돌아왔어요."

표도르 스테파노비치는 키가 크고 대단히 튼튼한 몸집을 가지고 있어서 여든의 나이와 주름살에도 불구하고 아직도 건장한 모습을 유지하고 있었다. 그는 무겁고 탁하고 마치 술통처럼 가슴에서 울리는 베이스 톤으로 말했다. 그는 턱수염을 깎고 군인식의 짧은 수염을 길렀으며 담배를 피웠다. 또 더위를 잘 타서, 가게에서도 집에서도 항상 큼직한 범포로 만든 윗도리를 입고 다녔다. 얼마 전 백내장을 제거한 노인은 시력이 나빠져서 더 이상 일은 하지 않고, 이런저런 잔소리를 하며 잼을 넣은 차를 마실 뿐이었다.

라프테프는 허리를 굽혀서 그의 손과 입술에 키스했다.

"오랫동안 뵙지 못했습니다요, 나리." 노인이 말했다. "오랫동안. 음, 결혼을 축하해야겠지? 그래, 축하한다."

그리고 그는 키스를 하도록 입술을 내밀었다. 라프테프는 허리를 굽혀 키스했다.

"자, 네 아씨도 모시고 왔겠지?" 노인은 대답도 기다리지 않고, 손님 쪽을 바라보며 말했다. "지금 아버지께 알려드리는데, 저는 이러이러한 아가씨와 결혼합니다. 늘 이런 식이지. 아버지한테 축복과 충고를 구하는 법이 없다고. 이제는 자기 마음대로 결정하지. 나는 마흔이 넘어 결혼했지만, 아버지의 발밑에 엎드려 조언을 구했단 말이야. 지금은 그런 것을 찾아볼 수도 없어."

노인은 아들의 결혼을 기뻐했지만, 아들을 다정하게 대한다든지 자신의 기쁨을 겉으로 드러내는 것을 진중하지 못한 일이라고 생각했다. 그의 목소리와 말하는 태도 그리고 '아씨'라는 말은 라프테프가 가게에서 항상 느끼곤 했던 불쾌한 감정을 상기시켰다. 소소한 일들이 지난날 그를 붙잡아두고 금식일의 음식만을 먹였던 과거를 상기시켰다. 그는 요즘도 소년들을 붙잡아서 피가 날 정도로 때리고 있으며, 이 소년들이 자라서 같은 짓을 되풀이할 거라는 것을 알고 있었다. 오 분 정도 가게에 머물자 그는 욕을 잔뜩 먹고 코를 얻어맞은 듯한 기분이 들기 시작했다.

표도르는 손님의 어깨를 툭 치고 동생에게 말했다.

"자, 알료샤, 소개한다. 탐보프에서 우리를 먹여살리는 그리고리 티모페이치야. 현대 젊은이들의 모범이라고 할까. 벌써 예순이 다 되었는데 아직 갓난쟁이가 있단 말이야."

점원들은 웃음을 터뜨렸으며, 창백한 얼굴의 마른 노인인 손님도 함께 웃었다.

"자연이란 일반적인 법칙을 초월하는 것이지." 상품진열대 뒤에 서 있던 지배인이 말했다. "들어갔던 대로 나오는 거지."

지배인은 쉰 살 정도 된 키 큰 남자로 검은 턱수염에 안경을 끼고, 귀에는 연필을 꽂고 있었으며 언제나 빙 둘러 말하는 버릇이 있어 자신의 생각을 명확치 않게 표현했다. 그의 교활한 미소로 볼 때 그가 자신의 말에 뭔가 특별하고 미묘한 뉘앙스를 부여하고 있다는 것을 알 수 있었다. 그는 자기식으로 이해하는 어려운 문어체 단어를 써서 말을 복잡하게 만들길 좋아했으며, 일반적인 단어조차도 원래의 뜻과는 다른 뜻으로 이해하곤 했다. 예를 들어 '빼고'라는 단어가 있다. 그는 어떤 생각을 강하게 주장하고, 다른 이들이 그의 의견에 동조하기를 원할 때, 오른손을 앞으로 쭉 뻗고 말했다. "빼고!"

가장 놀라운 일은 점원들과 손님들이 그의 의중을 정확히 이해한다는 것이다. 그의 이름은 이반 바실리에비치 포차트킨이고 카쉬라 태생이었다. 그는 라프테프를 칭찬하며 말했다. "당신의 용기 덕분입니다. 여자의 마음이란 샤밀[6]과 같거든요."

가게에서 또 다른 중요한 인물로 마케이체프라는 사람이 있었다. 그는 뚱뚱하고 몸집이 좋았으며 금발이지만 정수리가 벗어졌

___

6 19세기 중반 체첸의 유명한 용사로, 그를 잡기가 대단히 어려웠다고 한다. 그래서 사로잡기 어려운 여자의 마음을 샤밀에 비유한다.

으며 볼수염이 나 있었다. 그는 라프테프에게 다가가서 정중하게
축하하며 조용히 말했다.

"신이 당신 아버님의 기도를 들으셨습니다."

그다음 다른 점원들이 그를 축하하러 다가왔다. 그들은 모두
유행에 따라 옷을 입었고, 점잖고 교양 있는 사람의 외양을 하고
있었다. 그들은 러시아어의 o와 g를 라틴어의 g처럼 발음하였으
며, 거의 세 단어마다 한 번씩 s로 끝맺었기 때문에 "잘 사시길
바랍니다"라는 축하인사를 빨리 하면, 마치 공중에서 가는 채찍
으로 후려치는 듯한 소리가 났다.[7]

라프테프는 곧 지루해져서 집으로 돌아가고 싶었으나 일어날
수 없었다. 예의상 적어도 두 시간 정도는 머물러야 했다. 그는
상품 판매대에서 물러나서 마케이체프에게 여름이 무사히 지났
는지, 뭔가 새로운 소식이 없는지 물어보았고, 지배인은 눈도 똑
바로 보지 못한 채 공손하게 대답했다. 회색 점퍼를 입고 머리를
깎은 소년이 라프테프에게 차받침도 없이 찻잔을 내왔다. 얼마
후 다른 소년이 옆을 지나가며 상자에 걸려 넘어질 뻔하자 점잖
을 빼던 마케이체프가 갑자기 냉혈한 같은 무서운 얼굴로 소년에
게 악을 썼다. "잘 보고 다니란 말이다!"

점원들은 젊은 주인이 결혼해서 돌아온 것을 기뻐했으며 호기

238

심 어린 눈으로 그를 훔쳐보았다. 그들은 라프테프 옆을 지날 때마다 그에게 뭔가 기분 좋은 말을 공손하게 건네야 한다고 생각했다. 그러나 라프테프는 이 모든 것이 다 위선이며 그를 두려워하기 때문에 아부하는 것이라고 생각했다. 그는 십오 년 전의 한 점원을 잊을 수가 없었다. 정신병을 앓던 그 점원은 어느 날 속옷 하나만 걸치고 거리로 뛰쳐나가 창문에 주먹질을 하며 자신이 학대받고 있다고 소리 질렀다. 그의 병이 나았을 때 사람들은 오랫동안 그를 놀렸고, 그가 ‘착취자들’을 ‘악취자들’이라고 잘못 말했던 것을 두고두고 이야기했다.

라프테프 일가의 가게에서 일하는 점원들은 대단히 어렵게 살았으며, 주변 가게들의 평판도 옛날부터 그랬다. 그러나 가장 나쁜 것은 표도르 스테파노비치 노인이 자기 일꾼들에 대해 ‘아시아식 정책’을 쓰고 있다는 것이었다. 어느 누구도 노인의 총애를 받는 포차트킨과 마케이체프가 얼마를 받는지 몰랐다. 그들은 보너스와 연간 3,000루블을 받았으나, 노인은 그들에게 7,000루블씩 지불하는 척했다. 보너스는 매년 모든 일꾼들에게 지불되었으나 이 역시 비밀스럽게 주어졌다. 그러므로 적게 받은 자는 자존심 때문에 많이 받은 척했다. 소년들은 언제 그들을 점원으로 정식 고용해줄지 알지 못했다. 일꾼들은 주인이 자기들에 대해 어떻게 생각하는지 전혀 짐작하지 못했다. 무엇 하나도 명확히 금지된 것이 없었기 때문에 일꾼들은 무엇이 허락되는지, 무엇이 금지되는지도 알지 못했다. 결혼하지 말라는 말도 없었으나 아무도 결혼하지 않았다. 자신의 결혼이 주인의 기분을 상하게 해서 혹시 일자리라도 잃을까 봐 두려웠던 것이다. 그들은 친구에게 놀러 갈 수도 있었지만, 매일 저녁 9시가 되면 벌써 문이 닫히고 아침마다 주인은 그들 모두를 의심스러운 듯 노려보고 혹시 술냄새가 나지 않는지 시험해보았다. "자, 숨을 내쉬어보라고!"

축제마다 일꾼들은 아침 일찍 예배에 참석해서, 교회에서 주인이 그들 모두를 잘 볼 수 있도록 서 있어야 했다. 금식일은 철저히 지켰다. 주인의 명명일이나 그 식구들의 명명일 같은 잔칫날에는 선물을 사기 위해 누가 얼마의 돈을 냈는지를 기록한 쪽지와 함께 단 과자나 앨범을 가져와야 했다. 그들은 퍄트니츠카야에 있는 집의 아래층이나 별채에 살았는데, 한 방에 서너 명씩 살았다. 식사 때에는 각자 앞에 접시가 있었음에도 불구하고, 한 대접에서 퍼먹었다. 만약 식사 도중 주인이 들어오면 모두 일어섰다.

라프체프는 몇몇 구식 교육을 받은 일꾼들만이 진정 그를 은인으로 생각하지, 나머지는 모두 그를 '적' 또는 '악취자'로 간주할 거라고 생각했다. 반년이나 집을 비운 후에 돌아왔는데도 아무것도 변한 게 없었다. 새로운 것이 있다 해도 좋은 징조는 아니었다. 표도르 형은 이전에는 조용하고 매우 섬세하며 늘 생각에 잠긴 사람이었으나, 지금은 대단히 분주하고 활동적인 사람처럼 연필을 귀에 꽂고 가게 안을 뛰어다니며 손님들의 어깨를 툭툭 치고 소년들에게 소리 질렀다. "친구!" 표도르는 새로운 역할을 연기하는 듯했으나, 알렉세이에게는 이전의 형 같지가 않았다.

노인장의 목소리는 끊임없이 울렸다. 무료한 그는 손님들을 붙잡고 어떻게 살아야 하며, 어떻게 일해야 하는지 설교하려 들었다. 그럴 때마다 꼭 자신을 예로 들었다. 이런 식의 자기 자랑이나 모든 것을 다 아는 듯하고 남을 억누르는 듯한 어조를 라프테프는 벌써 십오 년 전, 아니 이십 년 전부터 들어왔다. 노인은 자신을 사랑했다. 그의 말을 듣고 있노라면, 그가 죽은 그의 아내와 친척들을 행복하게 해주었고, 자식들에게는 많은 것을 주고, 점원과 일꾼들에게는 좋은 일을 하고, 모든 이웃들은 그의 선행에 탐복해서 그를 위해 신에게 기도한다는 것이었다. 그가 하는 모든 일은 다 훌륭하다는 식이었다. 만약 일이 잘 풀지지 않으면, 그건 단지 노인과 상의하지 않았기 때문이었고, 그의 조언 없이는 어떤 일도 제대로 될 수 없다고 믿고 있었다. 교회에서도 그는 항상 가장 앞줄에 앉아 성직자가 뭔가 잘못한다고 생각되면, 그들에게까지 핀잔을 주었다. 이때 노인은 신이 그를 사랑하기 때문에, 그가 하는 행동 역시 신을 기쁘게 할 것이라고 확신했다.

2시가 되자 가게는 더욱 바빠졌고 노인장 혼자 계속 꿍얼대고 있었다. 라프테프는 무료하게 서 있기 뭐해서, 한 여공으로부터 레이스를 받고 그녀를 돌려보냈다. 그 후 그는 손님들과 볼고그라드에서 온 상인들의 이야기를 듣고, 점원에게 일 처리를 하도록 지시했다.

"뜨뵤르도, 베지, 아즈, 르쮜, 이쮀, 뜨뵤르도!"[8]라는 소리가 사방에서 들렸다. 이곳에서는 알파벳 문자가 상품 번호와 가격을 의미했다.

가게를 나설 때 라프테프는 형에게만 인사했다. "내일 처와 함께 퍄트니츠카야로 갈게요. 미리 말씀드리는데요, 만약 아버지께서 처에게 한마디라도 거칠게 하시면, 전 일 분도 그곳에 있지 않겠어요."

"결혼했는데도 넌 전혀 변하지 않았구나." 표도르는 한숨을 내쉬었다. "애야, 노인에게는 좀 더 자상할 수 없겠니. 그러니까 내일 11시쯤을 말하는 거지? 기다리마. 아침예배를 끝내자마자 오거라."

"전 아침예배 같은 건 하지 않습니다."

"그래도 마찬가지야. 기도도 하고 아침식사도 같이 할 수 있도록 11시를 넘기지 말거라. 제수씨에게 안부와 키스를 전해다오.

---

8 이것은 모두 러시아 알파벳의 옛날 이름이다. 아즈:A, 베지:V, 이쮀:I, 르쮜:R, 뜨뵤르도:T.

네 처를 좋아하게 될 것 같아." 표도르는 진심으로 말했다. "네가 부럽구나." 그가 소리쳤을 때 알렉세이는 벌써 계단을 내려가고 있었다.

'왜 형은 소심하게 자꾸 몸을 움츠리는 걸까? 마치 벗고 있기라도 한 것처럼.' 라프테프는 니콜스카야 거리를 걸으면서 형에게 일어난 변화를 이해하려고 노력했다. '사랑하는 아우야, 하느님이 은혜를 베푸셨다, 기도하자꾸나라는 둥 말도 예전과는 다르고. 흥, 셰드린의 유다[9] 같군.'

---

[9] 유다는 살티코프 셰드린의 작품 『골로블료프가의 사람들』의 등장인물 가운데 한 사람으로, 겉으로는 친절하게 보이나 속으로는 교활한 위선자를 대표한다.

6

　다음 날 일요일 아침 11시, 그는 아내와 함께 한 마리의 말이 끄는 경마차를 타고 퍄트니츠카야로 갔다. 그는 표도르 스테파노비치가 무슨 괴이한 행동을 하지 않을까 불안하여 진작부터 불쾌해져 있었다. 남편 집에서 이틀 밤을 보낸 후 율리야 세르게예브나는 이미 자신의 결혼이 실수이며, 만약 남편과 살아야 할 곳이 모스크바가 아니라 다른 도시였다면 이 끔찍한 실수를 견디지 못할 거라 생각했다. 모스크바는 그녀의 마음을 빼앗았다. 그녀는 이 도시의 거리와 집, 교회들이 너무나 마음에 들었다. 멋진 썰매에 값비싼 말을 매고 아침부터 저녁까지 모스크바를 돌아다니며 차가운 공기를 들이마시면 그녀는 자신이 그렇게까지 불행하다는 생각은 들지 않았다.

얼마 전에 회칠을 한 흰색의 이층집 옆에서 마부가 말을 세우더니 오른쪽으로 돌리기 시작했다. 모두가 기다리고 있었다. 문 옆에는 새 외투를 입고 높은 장화와 덧버선을 신은 문지기와 두 명의 순경이 서 있었다. 거리의 한가운데부터 문까지, 뜰에서부터 현관문까지 깨끗한 모래가 뿌려져 있었다. 문지기는 모자를 벗고, 순경은 거수경례를 했다. 현관에 진지한 얼굴을 한 표도르가 마중을 나왔다.

"제수씨. 만나게 되어 반갑습니다." 그는 율리야의 손에 키스했다. "환영합니다."

그는 그녀의 손을 잡고 계단을 올라가서, 모여 있는 남녀 무리를 지나 복도를 걸어갔다. 현관 역시 어둡고 향내가 났다.

"저희 아버지를 소개해드리겠습니다." 무덤과 같은 웅장한 정막 속에 표도르가 입을 열었다. "존경하는 노인장, pater familias[10], 저희 아버지입니다."

큰 홀에는 아침예배를 위해 준비된 탁자가 있었고 그 옆에는 표도르 스테파노비치와 사제모를 쓴 신부 그리고 보제補劑가 기다리고 있었다. 노인은 율리야에게 불쑥 손을 내밀더니 아무 말도 하지 않았다. 모두 조용했다. 율리야는 당황했다.

---

10 가장家長을 뜻하는 라틴어.

신부와 보제는 법복을 입기 시작했다. 말향抹香과 석탄 냄새가 나고 불꽃이 튀는 향로를 가져왔다. 촛불을 켰다. 집사들은 발끝을 세워 홀로 들어와서 두 줄로 벽에 섰다. 조용했으며 기침 소리조차 들리지 않았다.

"주여. 축복하소서." 보제가 시작했다.

아침예배는 아무것도 빠트리지 않고 성대히 치러졌으며, 예수님과 성모님께 바치는 두 개의 찬미가를 읽었다. 성가대는 악보에 있는 부분만 불렀으나, 그것도 매우 길었다. 라프테프는 아내가 당황하고 있다고 느꼈다. 찬미가를 읽고, 성가대가 3중창의 〈주여, 자비를 베푸소서〉를 여러 가지 화성和聲으로 부를 때, 그는 이제라도 노인이 고개를 돌려 성호도 제대로 그을 줄 모르냐는 등 잔소리를 할 것 같아 마음을 졸였다. 그는 짜증이 나기 시작했다. 도대체 무엇 때문에 이 많은 사람들이 여기에 있으며, 왜 신부와 성가대까지 불러야 했단 말인가. 모든 것이 너무나 장사꾼식이었다. 그러나 그녀가 노인과 함께 성경에 머리를 숙이고 몇 번씩이나 무릎을 꿇었다 일어나는 것을 보고 라프테프는 이 의식이 그녀의 마음에 든 것 같아 안심이 되었다.

아침예배가 끝나갈 무렵 만세의식[11]을 할 때 신부는 노인과 알렉세이에게 십자가에 몸을 기대게 했으며, 율리야가 다가오자 손

---

11 교회에서 행해지는 의식에서는 다음 왕실의 장수를 빌며 만세를 불렀다.

246

으로 십자가를 감싸며 무언가 할 말이 있다는 표시를 했다. 사람들은 성가대에게 노래를 그치라고 손을 흔들었다.

"선지자 사무엘은," 신부가 말하기 시작했다. "하느님의 명령에 따라 베들레헴에 도착했습니다. 그런데 그 도시의 장로들이 부들부들 떨며 그에게 물었습니다. '선지자여, 당신이 이곳에 온 것은 평화를 주기 위해서입니까?' 선지가께서 대답했습니다. '평화를 주기 위해서입니다. 저는 하느님의 말씀을 듣기 위해서 이곳에 왔습니다. 세례를 받고 오늘 저와 함께 기뻐하십시오.' 하느님의 여종 율리야, 우리 역시 그대가 이 집에 온 것이 평화를 주기 위해서인지 묻고자 합니다."

율리야는 흥분으로 얼굴이 빨개졌다. 다 끝난 후 신부는 그녀에게 십자가에 몸을 기대게 하고, 완전히 다른 어조로 말하기 시작했다.

"이제 표도르 표도로비치를 결혼시켜야겠군요. 때가 되었지요."

다시 성가대가 노래를 부르자, 사람들은 움직이기 시작했으며 웅성거렸다. 감동한 노인은 눈물이 글썽글썽한 눈으로 율리야에게 세 번 키스했으며, 그녀의 얼굴에 성호를 긋고 말했다.

"여기는 너의 집이란다. 나 같은 노인에게는 아무것도 필요없단다."

점원들은 축하의 말과 무슨 말을 더 했으나, 성가대가 너무 크게 노래 부르는 바람에 아무것도 제대로 들리지 않았다. 그 후 아침식사를 했고 샴페인을 마셨다. 그녀는 노인 옆에 앉았다. 노인은 그녀에게 따로 사는 것은 좋지 않으니 한 집에서 살아야 하고, 분열과 반목은 결국 파산을 불러온다고 말했다.

"돈은 내가 모으고, 애들은 오직 쓰기만 한다우." 그가 말했다. "이제 너희들이 나와 함께 한 집에 살며 돈을 모으려무나. 나도 쉴 때가 되었다."

율리야의 눈앞에는 계속 표도르가 왔다 갔다 했다. 그는 그녀의 남편과 매우 닮았지만 그보다는 좀 더 민첩하고 더 낯을 가렸다. 그는 그녀 곁에서 부산히 움직이며 자주 그녀의 손에 키스했다.

"제수씨, 우리는 평범한 사람들입니다." 그가 이 말을 할 때 그의 얼굴에는 홍조가 올랐다. "우리는 평범하게 러시아식으로, 기독교인으로서 살지요."

집으로 돌아오는 길에 라프테프는 모든 일이 무사히 잘 끝났으며 예상 밖으로 아무 일도 일어나지 않아 매우 만족한 채 아내에게 말했다.

"당신, 아마 우리 아버지처럼 어깨가 넓고 체격이 큰 사람에게 나와 표도르처럼 왜소하고 키 작은 아이들이 태어난 게 이상하지? 맞아, 하지만 어찌 보면 당연한 일이야. 아버지는 45세였을 때 어머니와 결혼하셨는데, 그때 어머니의 나이는 불과 17세였어. 어머니는 아버지 옆에서는 늘 안색이 창백하고 몸을 떠셨지. 니나 누나가 제일 먼저 태어났는데, 그때는 어머니가 비교적 건강하셨을 때였어. 그래서 누나가 우리보다 튼튼하게 태어난 거야. 나와 표도르는 어머니가 끊임없는 불안으로 이미 완전히 지쳐버린 상태이셨을 때 태어났어. 다섯 살도 되기 전부터 아버지에게 훈계를 들었던 게 떠올라. 쉽게 말하면, 나를 때리신 거지. 아버지는 매질을 하고 귀를 잡아당기고 머리를 쥐어박았어. 아침에 눈을 뜨자마자 나는 언제나 오늘 또 매를 맞게 될까 하고 생각했어. 나와 표도르는 마음 놓고 놀거나 장난칠 수 없었어. 우리는 아침예배와 저녁기도에 가야 했고 신부와 수도승의 손에 키스해야 했고 집에서는 찬미가를 읽어야 했지. 당신은 신앙이 깊으니 이 모든 것들을 기꺼이 하지만, 난 종교가 두려워. 교회 옆을 지날 때면 어린 시절이 생각나서 오싹해지곤 해. 여덟 살이 되던 해, 나를 가게로 데려가서 일을 시키기 시작했어. 그때부터 난 여느 소년처럼 일을 해야 했고, 물론 고달팠어. 매일 맞았거든. 중학교에 들어간 후에는 점심까지 공부하고, 점심 이후부터 저녁까지는 가게일을 도왔어. 스물두 살 되던 해 대학에서 야르쩨프를 만나게 될 때까지 그렇게 일을 했지. 그는 나보고 아버지 집에서 나오라고 설득했어. 야르쩨프는 나에게 정말 좋은 충고를 많이 해주었어. 그래, 맞아." 라프테프는 스스로의 생각에 만족해서 웃음을 터뜨렸다. "지금 야르쩨프한테 가볼까. 그 사람은 정말 훌륭한 친구라고! 그가 얼마나 기뻐할까!"

7

11월의 어느 토요일 안톤 루빈슈타인이 지휘하는 심포니 오케
스트라 연주가 있었다. 극장 안은 사람들로 북적거렸고 더웠다.
라프테프는 기둥 뒤에 섰고, 그의 아내와 코스탸 코체보이는 앞
3열과 4열에 앉아 있었다. 막간 휴식시간이 시작되자마자 뜻밖
에도 한 '부인'이 그의 곁을 스쳐 지나갔다. 폴리나 니콜라예브나
라수디나였다. 결혼 후 그는 그녀와 마주치게 되는 것을 두려워
했다. 그녀가 그를 드러내놓고 똑바로 바라보자 그는 그녀에게
아직 한 번도 변명하려고 하지 않았으며, 그저 친구로서라도 두
세 줄의 편지조차 쓰지 않았다는 것을 기억했다. 그녀로부터 숨
으려고 했던 것이다. 그는 부끄러워서 얼굴이 붉어졌다. 그녀는

갑자기 그의 손을 꼭 쥐고 물었다.

"야르쩨프를 보셨나요?"

그러고는 대답을 기다리지도 않고, 성큼성큼 앞으로 걸어갔다. 마치 누군가가 그녀를 뒤에서 밀기라도 하는 것처럼.

그녀는 대단히 마르고 못생겼고 코가 길었다. 그녀는 항상 피곤에 찌들어 지친 얼굴이었으며, 눈을 뜨고 넘어지지 않는 것만도 힘겨운 듯한 인상을 주었다. 하지만 그녀의 눈은 아름답고 검었으며, 영리하고 선하며 진실된 표정을 가지고 있었다.

그녀의 몸짓은 딱딱하고 거칠었다. 그녀는 남의 이야기를 들을 줄도 또 조용히 이야기할 줄도 몰라서 그녀와 이야기하는 것은 쉬운 일이 아니었다. 그녀를 사랑하는 것은 고통스러운 일이었다. 때로는 라프테프와 함께 있을 때, 그녀는 두 손으로 얼굴을 가리며 오랫동안 큰 소리로 웃었고, 사랑이 그녀에게 있어서 인생 최고의 가치는 아니라고 우겼다. 그녀는 17세 소녀인 양 키스하기 전에는 방 안의 모든 불을 끌 것을 요구했다. 하지만 그녀는 벌써 30세였다. 그녀는 교사와 결혼했으나 오래전부터 남편과 별거 중이었고, 음악 레슨과 4중주 연주로 간신히 생계를 이어가고 있었다.

9번 심포니가 시작되자 그녀는 또다시 마치 우연인 양 그의 곁을 지나갔다. 그러나 기둥 뒤에 서 있던 많은 남자들 때문에 그녀는 더 이상 앞으로 나아갈 수 없었다. 라프테프는 작년에도 또 그 이듬해에도 그녀가 입고 다녔던 빌로드 외투를 보았다. 장갑은 새것이었고, 부채도 새것이었으나 싸구려였다. 그녀는 차려입기를 좋아했으나 옷을 입을 줄 몰랐고, 여기에 돈 쓰는 것을 아까워했다. 늘 단정치 못하고 흉하게 입고 다녀서 그녀가 레슨을 하러 급하게 걸어가는 것을 보면, 출가한 지 얼마 되지 않은 수도승인 줄로 착각할 정도였다.

관중은 박수를 치며, 앙코르를 외쳤다.

"오늘 저녁 당신은 나와 함께 있어야 해요." 폴리나 니콜라예브나가 라프테프에게 다가와 엄한 표정으로 말했다. "함께 나가서 차를 마셔요. 듣고 있어요? 나는 지금 당신에게 요구하는 거예요. 당신은 내게 많은 신세를 졌으니까, 이런 작은 일을 거절할 도덕적 권리가 없다고요."

"그러지." 라프테프는 동의했다.

연주가 끝나자 관중은 연주가들을 무대로 끝없이 다시 불러냈다. 관중은 자리에서 일어나서 아주 천천히 극장을 나가기 시작했다. 그러나 라프테프는 아내에게 말하지 않고 떠날 수는 없어서 문가에 서서 그녀를 기다렸다.

"미치도록 차가 마시고 싶군요." 라수디나가 불평했다. "가슴이 타는 것 같아요."

"여기서도 실컷 마실 수 있잖아." 라프테프가 말했다. "식당으로 가지."

"하지만 식당 같은 데 뿌리고 다닐 만한 돈이 없는 걸요. 내가 장사꾼 마누라도 아니고."

그는 그녀에게 청혼했었지만 그녀는 전에도 여러 번 했던 말, 즉 자신은 연약하고 아름다운 여성이라는 범주 속에 속하지 않으며, 남자들의 지배를 필요로 하지 않는다는, 길고도 지겨운 말을 늘어놓으며 그의 청혼을 받아들이지 않았던 것이다.

그와 이야기하면서도 그녀는 사람들을 두리번거리며 쳐다보았고, 아는 사람들과 인사도 했다. 그녀와 게리에 교수 수업[12]을 같이 들었던 친구들이나 음악학교 친구들, 제자들이었다. 그녀는 잡아채듯이 그들의 손을 움켜잡았다. 그런 다음 그녀는 열병에라도 걸린 것처럼 몸을 떨고 어깨를 흔들며 끔찍하다는 듯이 라프테프를 바라보며 조그만 목소리로 말했다.

"누구와 결혼했죠? 이 정신나간 사람, 눈은 어디에 두고? 그 멍청하고 초라한 여자에게서 도대체 무엇을 발견했죠? 난 당신의 재능과 심성 때문에 당신을 사랑했어요. 하지만 그 도자기 인형 같은 여자에게 필요한 건 당신의 돈뿐이라고요!"

---

12 제정 러시아 시대 여성은 일반학교에서 교육받을 수 없었으므로 몇몇 교수들이 여성을 위해 강좌를 개설했다.

"그만해, 폴리나." 그는 애원하는 목소리로 말했다. "내 결혼에 대해 당신이 말할 만한 것들을 이미 내 자신에게 여러 번 되풀이했다고. 나를 더 이상 아프게 하지 말아줘."

검은 옷을 입은 율리야 세르게예브나가 나타났다. 그녀는 아침 예배 후 시아버지가 선물로 준 브로치를 달고 있었다. 율리야에게는 '수행원들'이 뒤따르고 있었다. 코체보이와 두 명의 낯익은 의사, 장교 한 명과 교복을 입은 키쉬라는 성의 뚱뚱한 남자였다.

"코스탸와 가도록 하지." 라프테프가 아내에게 말했다. "난 나중에 들어갈게."

율리야는 고개를 끄덕이고 가버렸다. 폴리나 니콜라예브나는 신경질적으로 몸을 움츠리면서 그녀의 뒤를 눈으로 좇았다. 그녀의 시선은 혐오감과 증오, 고통으로 가득했다.

라프테프는 불쾌한 변명, 거친 말이 오고간 후에 이어질 다툼과 눈물을 예감하고 그녀의 집에 가는 것을 꺼렸다. 그는 레스토랑에서 차를 마시자고 했다. 그러나 그녀는 "아니요, 아니요, 우리 집으로 가요. 레스토랑이란 말은 꺼내지도 마세요"라고 잘라 말했다.

그녀는 레스토랑을 좋아하지 않았다. 담배 연기와 남자들의 호흡으로 공기가 오염되어 있다고 믿었기 때문이다. 그녀는 모든 남성들에게 선입견을 가지고 대했으며, 어느 순간 그들이 자기를 덮칠지도 모른다고 생각했다. 게다가 술집이나 레스토랑에서 틀어주는 음악이 두통이 나도록 짜증스럽다고 했다.

자선모임에서 나오며 그들은 라수디나가 사는 사벨로프스키 사거리의 오스토젠카로 가는 마차를 잡았다. 라프테프는 가는 동안 줄곧 그녀에 대해 생각했다. 사실, 그는 그녀에게 많은 신세를 졌다. 그녀는 친구 야르쩨프에게 음악론을 가르쳤는데, 처음 그녀를 만난 것은 친구의 집에서였다. 그녀는 아무 사심 없이 그를 열렬히 사랑했으며, 그와 만나면서도 음악레슨을 하며 녹초가 될 때까지 일했다. 그녀 덕분에 그는 예전에는 전혀 무관심하던 음악을 이해하고 사랑하게 되었다.

"차 한 잔을 준다면 왕국의 반을 내줄 텐데!" 그녀는 감기에 걸리지 않도록 머프로 입을 가리고, 탁한 목소리로 말했다. "나는 레슨을 다섯 개나 해요, 애들이 너무 멍청하고 부산스러워서 분통이 터져 죽겠어요. 악마에게나 잡혀가라지! 게다가 언제까지 이 일을 해야 할지 알 수도 없고, 난 완전히 지쳐버렸어요. 300루블만 모으면, 모든 일을 내던지고 크림으로 갈 거예요. 해변에 누워서 산소를 꿀꺽꿀꺽 삼킬 거예요. 바다에 가고 싶어요. 아, 바다에 너무 가고 싶어요!"

"당신은 아무 데도 가지 못할 거요." 라프테프가 말했다. "첫째, 당신은 전혀 돈을 모으고 있지 않고, 둘째, 당신은 인색하니까. 용서하시오, 내 다시 말하지. 아무런 할 일이 없어서 당신에게 음악을 배우는 그 쓸모없는 자들에게 받은 푼돈으로 300루블을 모으는 것이 당신 친구들에게 그 돈을 꾸는 것보다 덜 모욕적이라고 생각하시오?"

"내겐 친구란 없어요!" 그녀가 화가 나서 말했다. "그리고 그런 바보 같은 소리는 하지 말아요. 내가 속한 노동자 계급에게는 한 가지 특권이 있지요. 자신의 정조관념을 똑바로 인식하는 것, 장사치에게 돈을 꾸지 않고 그들을 경멸할 권리 말이에요. 아니오, 당신은 저를 매수할 수 없어요! 난 율리야가 아니란 말이에요."

라프테프는 마부에게 돈을 지불하지 않았다. 이렇게 하면 이미 여러 번 들은 성화를 또 듣게 될 것을 알았기 때문이다. 돈은 그녀가 냈다.

그녀는 한 외로운 부인의 아파트에서 가구와 식탁이 딸린 방 하나를 빌려 살고 있었다. 그녀의 큰 베케로프 로얄 피아노는 볼샤야 니키츠카야 거리에 있는 야르쩨프의 집에 당분간 놓아두기로 했고, 그녀는 매일 그 집으로 피아노를 치러 갔다. 그녀의 방에는 덮개를 씌운 안락의자, 하얀 여름 시트가 깔린 침대, 주인의 꽃이 놓여 있었으며, 벽에는 석판화가 걸려 있었지만, 이 방의 주인이 한때 교육을 받았던 여자라는 사실을 일깨워줄 만한 것이라고는 아무것도 없었다. 화장 도구도 책도 없었으며, 심지어 책상도 없었다. 그녀는 집에 돌아오자마자 곧장 잠자리에 들고, 아침에 일어나자마자 곧 집을 나서는 것 같았다.

하녀가 사모바르를 내왔다. 폴리나 니콜라예브나는 차를 끓였다. 그녀는 아직도 몸을 떨며—방 안은 추웠다—9번 심포니에서 노래 불렀던 가수를 욕했다. 피곤에 지친 그녀의 눈꺼풀이 감겼다. 그녀는 차 한 잔을 마시고, 두 번째 또 세 번째 차를 마셨다.

"당신은 이제 유부남이군요." 그녀가 말했다. "하지만 걱정하지 말아요, 실망하지 않을 테니까. 당신을 내 가슴에서 지우는 일 정도는 할 수 있다고요. 단지 당신이 다른 모든 남자들처럼 여자의 현명함이나 지적 능력이 아닌 육체나 아름다움, 젊음…… 뭐 이런 것들을 원했다는 사실, 당신이 그런 쓰레기 같은 작자였다는 게 불쾌하고 씁쓸할 따름이에요!" 그녀는 누군가를 흉내 내듯 콧소리를 내면서 웃음을 터뜨렸다. "젊음이라! 당신에게는 순결이 필요했군요, Reinheit! Reinheit!¹³" 그녀는 안락의자에 등을 댄 채 큰 소리로 웃었다. "Reinheit!"

그녀가 웃음을 멈추었을 때, 그녀의 눈은 울어서 붉어졌다.

"최소한 당신은 행복하겠죠?" 그녀가 물었다.

"아니."

"그녀는 당신을 사랑하나요?"

---

13 '순결'이라는 뜻의 독일어.

"아니."

흥분한 라프테프는 자신이 불행하다고 느끼며 일어나서 방 안을 걷기 시작했다.

"아니." 그가 다시 말했다. "폴리나, 당신이 알고 싶다면 말해 주지. 난 대단히 불행해. 어떻게 하라고! 바보 같은 짓을 이미 해 버렸고, 이젠 되돌릴 수 없는 거야. 마음 편하게 생각해야지. 그녀는 사랑 없이 결혼했지, 바보같이. 계산이 있었을지도 모르지만, 본인 스스로 의식하지는 않았을 거야. 하지만 지금은 자신의 실수를 깨닫고 괴로워하고 있지. 다 알고 있다고. 밤에는 나와 잠자리를 같이하지만 낮에는 함께 있는 것을 피하고 다른 소일거리나 친구들을 찾지. 나와 있는 것이 창피하고 두려운 거야."

"하지만 당신으로부터 돈은 받겠죠?"

"폴리나, 바보 같군!" 라프테프가 소리쳤다. "그녀가 내게서 돈을 받는 이유는 돈이 있건 없건 그녀에겐 마찬가지기 때문이야. 그녀는 정직하고 순수한 사람이야. 그녀가 나와 결혼한 것은 아버지로부터 벗어나고 싶어서였어. 그게 전부였어."

"당신이 가난하더라도 그녀가 당신과 결혼했을 거라고 확신하나요?" 라수디나가 물었다.

"확신할 수 있는 건 아무것도 없소." 라프테프는 우울하게 말했다. "아무것도. 난 아무것도 이해할 수 없소. 제발 폴리나, 이에 대해서는 더 이상 이야기하지 맙시다."

"당신은 그녀를 사랑하세요?"

"미칠 듯이……."

침묵이 흘렀다. 그녀는 네 잔째 차를 마셨지만, 그는 방 안을 돌아다니며 지금 아내는 의료인클럽에서 저녁식사를 하고 있을 거라고 생각했다.

"무엇 때문인지도 모르면서 사랑할 수 있나요?" 이렇게 묻고 라수디나는 어깨를 움츠렸다. "아니에요. 당신 안의 동물적인 욕망이 그렇게 시키는 거죠! 당신은 취했어요! 당신은 아름다운 육체와 순결에 취한 거라고요! 나가요, 더러워요! 그녀에게 가버리라고요!"

그녀는 그에게 손을 내저었고, 그의 모자를 집어서 그에게 던졌다. 그는 아무 말 없이 털외투를 걸치고 나왔다. 그러나 그녀는 현관으로 뛰어나와 몸을 떨며 그의 어깨에 매달려서 흐느꼈다.

"그만 해요, 폴리나. 됐어요!" 그는 말했다. 그는 그녀의 손가락을 풀려고 했으나 그럴 수 없었다. "진정해요. 제발!"

그녀는 눈을 감았고 창백했다. 그녀의 긴 코는 죽은 사람처럼 불쾌한 납색이었고, 라프테프는 여전히 그녀의 손을 풀 수 없었다. 그녀는 정신을 잃었다. 조심스럽게 그녀를 안아서 침상에 눕히고 깨어나기를 기다리며 십 분 정도 앉아 있었다. 그녀의 손은 차가웠고, 맥박은 약했다.

"집으로 돌아가세요." 눈을 뜨며 그녀가 말했다. "가세요. 그렇지 않으면 또 울게 될 거예요. 내 자신을 추슬러야지요."

그녀의 집을 나온 그는 친구들이 기다리고 있는 의료인클럽으로 가지 않고 바로 집으로 향했다. 가는 내내 그는 꾸짖듯이 자신에게 질문을 던졌다. 왜 자신을 그토록 사랑하는, 사실상 거의 아내이자 여자친구와 다름없던 이 여인을 두고 다른 여인과 가정을 꾸렸을까? 그녀는 그에게 애착을 갖는 유일한 사람이었다. 그런 것을 따지지 않더라도, 이 영리하고 도도하고 노동에 지친 여자에게 행복과 안식처와 평화를 주는 것이 진정 고결하고 가치 있는 일이 아니었을까? 아름다움, 젊음, 행복에 대한 요구가 과연 그에게 가당키나 한 것이었을까? 행복이란 있을 수 없는 것이며, 마치 형벌이나 비웃음처럼 벌써 석 달째 그를 우울하고 의기소침한 상태로 붙들고 있는 것이다. 신혼은 이미 지났지만 그는 우습게도 자신의 아내가 어떤 사람인지 알지 못한다. 그녀는 학교 친구들과 아버지에게는 다섯 장이나 되는 긴 편지를 쓰고, 무엇에 대해 쓸지도 쉽게 생각해냈지만 그와 나누는 이야기라곤 오직 날씨나 식사하라는 말뿐이었다. 라프체프는 잠들기 전 그녀가 오랫동안 기도하고, 십자가와 성화에 키스하는 모습을 곁눈질하며 증오심에 불타 속으로 생각했다. '홍, 기도를 하는군, 무엇에 대해 기도하는 거지? 무엇에 대해?' 잠자리에서 그녀를 안으면서도 값을 치른 물건을 다루는 것뿐이라고 생각했다. 그는 마음속으로 그녀와 자신을 모욕하려 했지만 이것은 도리어 끔찍했다. 그녀가 혈기왕성하고, 대담하며, 죄 많은 여자라고 쳐도 그녀가 가진 젊음과 신앙심과 유순한 성품과 순결하며 깨끗한 눈이란……. 아직 약혼녀였을 때에는 그녀의 신앙심이 그를 감동시켰지만, 이제는 그녀의 굳어버린 시각과 주장이 진실을 보는 데 방해가 되는 장막처럼 느껴졌다. 그의 가정생활은 벌써부터 고통의 연속이었다. 극장에서 아내가 나란히 앉아 한숨을 내쉬거나 큰 소리로 웃을 때, 그는 그녀가 혼자만 즐기며 그와 자신의 감정을 나누고 싶어하지 않는다고 생각하며 괴로워했다. 그녀는 그의 모든 친구들과 잘 지냈고, 그들은 이미 그녀가 어떤 사람이라는 것을 파악하고 있었다. 그러나 그는 아무것도 알지 못하며 침울하고 말없이 그녀를 질투했다.

집에 도착한 라프테프는 가운을 걸치고 슬리퍼를 신은 후 소설을 읽기 위해 서재에 앉았다. 아내는 집에 없었다. 그러나 삼십 분이 지나지 않아 누군가 현관에서 초인종을 눌렀고, 문을 열기 위해 달려가는 표트르의 발소리가 거칠게 울렸다. 율리야가 돌아왔다. 그녀는 추위로 얼굴이 빨개진 채 서재로 들어왔다.

"프레스냐에 큰불이 났어요." 그녀가 숨을 헐떡이며 말했다.

“대단한 불이에요. 콘스탄틴 이바노비치와 그곳에 다녀올게요.”

“좋을 대로!”

그녀의 두 눈이 건강하고 신선하며, 아이처럼 겁을 집어먹은 것을 보고 라프테프의 마음이 편안해졌다. 그는 삼십 분가량 책을 더 읽다가 잠자리에 들었다.

다음 날 폴리나 니콜라예브나는 언젠가 라프테프에게 빌렸던 두 권의 책과 그의 편지, 사진 전부를 가게로 보냈다. 그리고 여기에는 한 줄의 글이 적힌 쪽지가 있었다. “이것으로 끝이에요!”

8

10월 말경 니나 표도로브나의 병이 재발했다. 그녀는 급속히 여위었고 얼굴도 변했다. 심한 고통에도 불구하고 그녀는 자신이 완쾌되고 있다고 생각했으며, 매일 건강할 때처럼 옷을 입었으나 하루 종일 그 옷을 입은 채로 침대에 누워 있었다. 죽음이 다가왔을 무렵 그녀는 무척 말수가 많아졌다. 그녀는 누운 채로 괴롭게 숨을 몰아쉬면서 가만가만 이야기했다. 그러던 어느 날 갑작스럽게 죽음을 맞이했다.

그날은 달이 밝고 하늘이 맑은 저녁이었다. 거리에는 깨끗한 눈 위로 마차들이 달렸고, 그 소리가 방까지 들렸다. 니나 표도로브나는 침대에 누워 있었고, 더 이상 교대해줄 사람이 없는 사샤가 옆에서 졸고 있었다.

"부칭[14]은 생각나지 않네." 니나 표도로브나가 조용히 말했다. "이름은 이반이었고, 성은 코체보이였어. 가난한 관리였지. 대단한 술주정뱅이고. 천국에 가 있겠지. 우리에게 자주 찾아왔었고, 매달 우리는 그에게 1푼트[15]의 설탕과 8분의 1파운드의 차를 내주었지. 어떨 때는 돈도 주고. 그래, 그 후 사고가 생겼어. 코체보이가 심하게 술을 마시고 보드카에 녹아서 죽어버렸지. 일곱 살 먹은 아들 혼자 남겨진 거야. 우리는 그를 데려다가 가게 점원들의 숙소에 숨겼어. 일 년을 그렇게 살았고, 아버지도 눈치채지 못하셨지. 마침내 아버지도 그를 보셨지만, 손을 한 번 내젓고는 아무 말씀도 하지 않으셨지. 고아인 코스탸가 아홉 살이 되었을 때, 나는 이미 색시가 되어 있었어. 그 아이를 여러 김나지움에 데리고 갔지만 어디에서도 그를 받아주지 않았어. 아이는 울음을 터뜨렸고, '바보, 왜 우는 거야?'라며 달랬지. 라즈굴랴이에 있는 제2 김나지움에서 다행히도 그 아이를 받아줬어. 그 아이는 매일 아침 퍄트니츠카야에서 라즈굴랴이까지, 라즈굴랴이에서 퍄트니츠카야까지 걸어다녀야 했지. 알료샤는 그 애의 학비를 대고 …… 하느님이 보살펴주셔서 아이는 공부를 잘했고 또렷한 청

---

14 러시아 이름은 성, 이름, 부칭 세 부분으로 되어 있는데, 부칭은 아버지의 이름에서 따온다.
15 1푼트는 약 0.41킬로그램에 해당한다.

년으로 성장했지. 이제는 모스크바에서 변호사를 한다지. 알료샤의 친구야. 그렇게 훌륭한 공부를 하다니. 이것 봐, 이렇게 사람을 얕보지 않고 집안의 식구로 받아들인 거야. 이제 그도 우리를 위해서 기도해주겠지…… 그래……."

니나 표도로브나는 점점 작은 목소리로 띄엄띄엄 말하더니, 얼마 후 잠시 말이 없다가 갑자기 몸을 일으켜 앉았다.

"아, 별로 기분이 안 좋아…… 안 좋아, 마치……." 그녀가 말했다. "하느님, 자비를 베푸소서. 아, 숨을 쉴 수가 없어!"

사샤는 엄마가 오래 살지 못하리라는 것을 알았지만, 갑자기 그녀의 얼굴이 변하는 것을 보자, 마지막임을 직감하고는 겁을 집어먹었다.

"엄마, 그러지 마세요!" 그녀가 울었다. "그러지 마세요!"

"부엌으로 가서 아버지를 불러오도록 사람을 보내라. 너무 안 좋구나."

사샤는 방마다 뛰어다니며 하인을 불렀지만 아무도 없었다. 식당에는 리다 혼자서 옷을 입고 베개도 베지 않은 채로 자고 있었다. 사샤는 신발도 신지 않고 마당을 가로질러 거리로 뛰어나갔다. 대문 뒤 벤치에 유모가 앉아서 스케이트 타는 사람들의 모습을 바라보고 있었다. 스케이트장이 있는 강에서는 군악이 들려왔다.

"유모, 엄마가 죽어가요!" 사샤가 울며 말했다. "아빠를 모셔와야 해요!"

유모는 위층의 침실로 가서 환자를 보고는 그녀의 손에 불이 켜진 양초를 쥐여주었다. 사샤는 두려움에 질려 이리저리 왔다 갔다 했고, 아무에게나 아버지를 불러달라고 매달렸다. 그러나 곧 외투와 목도리를 걸치고는 거리로 뛰쳐나갔다. 아이는 하인들로부터 아버지에게 다른 아내와 두 명의 딸이 있으며, 지금은 그들과 함께 바자르나야 거리에 산다는 것을 들어서 알고 있었다. 사샤는 울었다. 그녀는 낯선 사람을 무서워했다. 대문 왼쪽으로 뛰어나갔다가 눈구덩이에 빠져서 몸이 꽁꽁 얼어버렸다.

그녀는 텅 빈 마차를 보았지만 부르지 않았다. 마부가 자신을 교외로 끌고 가서 가진 것을 모두 빼앗은 후에 묘지에 버릴지도 모른다고 생각했다. 하녀가 차를 마실 때 소녀에게 그런 이야기를 했던 적이 있었다. 소녀는 지쳐서 울며 걷고 또 걸었다. 바자르나야 거리에 다다르자 그녀는 파나우로프 씨가 어디에 사는지 물어보았다. 어떤 낯선 부인이 사샤에게 자세히 설명해주었으나, 그녀가 전혀 이해하지 못하는 것을 보고, 직접 손을 잡고 현관이 있는 단층집으로 데리고 갔다. 문은 열려 있었다. 사샤는 현관과 복도를 뛰어서 마침내 밝고 따뜻한 방 안까지 왔다. 사모바르 뒤에 아버지가 앉아 있었고, 부인과 두 명의 여자아이가 있었다. 그러나 사샤는 한마디도 할 수 없었고, 흐느껴 울기만 했다. 파나우로프는 사샤를 보고 대번에 무슨 일인지 알아차렸다.

"엄마 상태가 좋지 않으신 모양이구나?" 그가 물었다. "아가야, 말해봐라. 엄마가 좋지 않으신 거지?"

불안해진 그는 마차를 불렀다.

집에 도착했을 때 니나 표도로브나는 쿠션에 싸인 채로 손에 촛대를 쥐고 앉아 있었다. 얼굴은 어두웠고 눈은 감겨 있었다. 침실 문가에서 유모, 요리사, 하녀, 농부 프로코피와 낯선 몇몇 가난한 사람들이 웅성거리고 있었다. 유모는 사람들에게 무언가를 귓속말로 지시했으나, 아무도 그녀의 말을 알아듣지 못했다. 방 구석의 창문 옆에는 창백하고 졸린 리다가 엄마를 시무룩하게 쳐다보며 서 있었다.

파나우로프는 니나 표도로브나를 보자 신경질적으로 얼굴을 찌푸리고 그녀의 손에서 양초를 빼앗아 장 속으로 던져버렸다.

"끔찍하군!" 그의 어깨가 떨렸다. "니나, 누워야 한다오." 그는 다정하게 말했다. "자, 눕구려."

그녀는 힐끗 그를 쳐다보았으나 알아보지는 못했다.

그녀는 눕혀졌다.

신부와 의사 세르게이 보리소비치가 도착했을 때, 하녀는 벌써부터 마구 십자가를 그었고, 니나 표도로브나가 마치 죽기라도 한 것처럼 "하느님, 마님께 평안한 안식을 허락해주세요"라고 말했다.

"도대체 이게 무슨 일이람!" 거실로 들어오며 생각에 잠긴 의사가 말했다. "아직 젊고, 마흔도 안 됐는데."

어린 소녀들의 큰 울음소리가 들렸다. 창백한 파나우로프는 눈물 젖은 눈으로 의사에게 다가가서 약하고 지친 목소리로 물었다.

"제발 도와주십시오. 모스크바에 전보를 쳐주십시오. 전 전혀 감당할 수 없습니다."

의사는 잉크를 가져와서 딸에게 다음과 같은 전보를 썼다. "파나우로바 부인 저녁 8시 운명하심. 남편에게 전달 바람. 드보랸스카야 집이 빚으로 넘어감. 9,000루블 더 갚아야 함. 경매는 12일. 놓치지 말길."

9

　라프테프는 스타르이 피멘에서 멀지 않은 말라야 드미트로프카에 살고 있었다. 큰 집 말고도 그는 배심원 대리인 친구 코체보이를 위해서 뜰에 2층짜리 별채를 빌렸다. 라프테프가의 사람들은 그의 성장을 쭉 지켜보았기 때문에, 모두 그를 그냥 코스탸라고 불렀다. 이 별채 앞에는 또 다른 2층짜리 별채가 있는데, 거기에는 다섯 딸을 둔 프랑스인 부부가 살고 있었다.

　날씨는 영하 20도 정도였다. 창문은 서리로 덮였다. 코스탸는 아침에 깨어나서 걱정스러운 얼굴로 무슨 약인가를 열다섯 방울 마시고, 책 선반에서 아령을 두 개 집어 체조를 했다. 그는 키가 크고, 대단히 말랐으며, 불그스레한 콧수염을 기르고 있었다. 그러나 그의 외모에서 가장 눈에 띄는 것은 비정상적으로 긴 다리였다.

양복 상의를 입고 사라사로 된 바지를 긴 장화 속에 집어넣은 중년의 농부 표트르가 사모바르를 가져와서 차를 끓였다.

"오늘은 날씨가 매우 좋습니다요, 콘스탄틴 이바노비치." 그가 말했다.

"그렇군, 좋은 날씨야. 이보게, 자네와 나의 인생이 그리 신바람 나지 않는 게 좀 유감이군."

표트르는 예의상 한숨을 내쉬었다.

"애들은 좀 어떻지?" 코스탸가 물었다.

"목사님은 아직 오지 않으셨습니다. 알렉세이 표도로비치 씨가 직접 아이들을 돌보고 계십니다."

코스탸는 창문에서 서리가 덮이지 않은 부분을 발견하고, 비노클[16]을 통해 프랑스 가족이 사는 쪽을 바라보기 시작했다.

"아무것도 안 보이는데." 그가 말했다.

이때 아래층에서는 알렉세이 표도로비치가 사샤와 리다와 함께 성경 공부를 하고 있었다. 소녀들이 모스크바의 이 별채 아래층에서 가정교사와 함께 살기 시작한 지 한 달 반이 되었으며, 일주일에 세 번 시립학교의 선생님과 성직자가 그들을 찾아왔다.

16 망원경.

사샤는 신약을 배우고 있었고, 리다는 얼마 전 구약을 시작했다. 지난 시간에 리다는 아브라함까지 반복해야 하는 숙제를 받았다.

"아담과 이브에게는 두 아들이 있었다." 라프테프가 말했다.

"그렇지. 자, 그들의 이름이 무엇이지? 기억해보렴!"

리다는 여전히 뾰로통해서 책상을 노려보며 아무 말도 하지 않고 입술만 달싹거렸다. 손위의 사샤는 그녀의 얼굴을 바라보며 속상해했다.

"잘 알고 있지 않니? 긴장하지 말거라." 라프테프가 말했다. "자, 아담의 아들들의 이름이 뭐였지?"

"아벨과 카벨." 리다가 중얼거렸다.

"카인과 아벨이겠지." 라프테프가 말했다.

리다의 볼에 눈물이 흘렀으며 책 위로 방울져 떨어졌다. 사샤도 눈을 아래로 깔고 얼굴이 붉어져 금방이라도 울 것 같았다. 라프테프는 가엾어서 한마디도 할 수 없었으며 속울음이 목구멍으로 솟구쳐 올라왔다. 그는 책상에서 일어나 담배를 피웠다. 이때 위층에서 코스탸가 손에 신문을 들고 내려왔다. 소녀들은 일어나서 그를 쳐다보지도 않고 레베란스를 했다.

"제발, 코스탸, 이 애들을 좀 봐줘." 라프테프가 그에게 부탁했다. "나도 울어버릴 것 같아. 그리고 점심 전에는 가게에도 다녀와야 하고."

“좋아.”

알렉세이 표도로비치는 나갔다. 대단히 진지한 얼굴을 한 코스탸는 이마를 찌푸리고 책상 앞에 앉아서 성경을 자기 쪽으로 끌어당겼다.

“뭐에 대해서 이야기하고 있었지?” 그가 물었다.

“리다는 노아의 홍수에 대해서는 알아요.” 사샤가 말했다.

“노아의 홍수에 대해? 좋아, 그렇다면 노아의 홍수에 대해서 떠들어볼까. 노아의 홍수에 대해 말해보자.” 그는 책에서 노아의 홍수에 대한 간략한 개요를 눈으로 훑어보고 말했다. “한 가지 알아두어야 할 것은, 이 책에 나오는 그런 홍수는 사실 없었다는 거야. 노아라는 사람도 없었고. 예수 탄생 몇천 년 전에 이 지구 위에는 엄청난 홍수가 있었고, 여기에 대해서는 여러 유대인들의 책뿐 아니라 다른 고대 민족들, 예를 들어 그리스인, 셈족, 인도인들의 책에도 나와 있지. 그러나 어떤 홍수든지 지구를 수장시킬 수는 없는 거야. 평원은 물로 덮였을지 모르지만 산은 남았지. 이 책을 정 읽고 싶다면 읽어도 좋지만, 완전히 믿지는 마라.”

리다가 또다시 눈물을 흘렸다. 그러더니 돌아서서 갑자기 큰 목소리로 울기 시작했다. 코스탸는 당황하여 벌떡 자리에서 일어났다.

“집에 갈래.” 아이가 말했다. “아빠랑 유모한테 갈래.”

사샤도 울기 시작했다. 코스탸는 위층의 자기 방으로 가서 율리야 세르게예브나에게 전화했다.

"아이들이 다시 울고 있소. 어떻게 해볼 수도 없다오."

율리야 세르게예브나는 숄을 걸치고 큰 집에서 뛰어나와 아이들을 달랬다.

"숙모를 믿어요, 믿으라니까." 그녀는 아이들을 차례로 껴안으며 다정한 목소리로 말했다. "너희 아버지는 오늘 오실 거야, 전보를 보내셨단다. 너희 엄마 일은 정말 안됐구나. 나도 슬퍼. 가슴이 메는구나. 그러나 어쩌겠니? 신의 뜻을 거역할 수는 없는 거란다!"

아이들이 울음을 멈추자 그녀는 아이들을 따뜻하게 입혀서 마차에 태웠다. 처음에는 말라야 드미트로프카 거리로 갔다가 스트라스트느의 거리를 거쳐 트베르스카야 거리로 갔다. 이베르스카야 교회를 지날 때는, 그 앞에 멈추어서 양초를 꽂은 후 무릎을 꿇고 기도했다. 돌아오는 길에는 필립포프에게 들러서 해바라기씨가 든 금식일용 양고기를 샀다.

라프테프 일가는 2시가 넘어서 점심식사를 했다. 식사 시중은 표트르가 했다. 이 표트르란 사람은 낮에는 우체국으로 가게로 또는 코스탸를 위해 지방 재판소로 뛰어다니며 온 가족의 시중을 들었다. 저녁마다 그는 담배를 말았고, 밤에는 누가 올 때마다 문을 열러 나갔으며, 새벽 4시가 되면 벌써 난로를 피우기 시작했다. 아무도 그가 언제 잠드는지 알지 못했다. 그는 셀쳐 탄산수[17] 코르크 마개 따는 것을 대단히 좋아했으며, 물 한 방울 흘리지 않고 이 일을 조용하고 거뜬하게 해냈다.

"다 잘 되겠지." 코스탸는 수프를 마시기 전에 보드카를 한 잔 하면서 말했다.

율리야 세르게예브나는 처음에 코스탸가 마음에 들지 않았다. 그의 낮은 목소리, '발로 차서 내쫓았다', '낯짝을 갈겨버린다', '돼지 새끼', '차나 끓여와라' 따위의 말이나 술잔을 마주친 후 잔을 앞에 두고 불평하고 우는소리를 하는 버릇이 그녀에게 매우 속되게 보였다. 그러나 차츰 알아가면서, 그에게 편안함을 느꼈다. 그는 솔직했으며, 저녁마다 그녀와 자그마한 목소리로 이런저런 이야기들을 즐겨했다. 그녀에게 라프테프나 야르쩨프와 같은 친구들에게조차 숨겨왔던 자작 소설을 읽어보라고 주기도 했다. 그녀는 그 소설을 읽고 그를 실망시키지 않기 위해 칭찬했는데, 유명한 작가가 되는 것이 꿈이었던 그는 그녀의 칭찬에 마냥 기뻐했다. 그는 시골과 지주의 농장에 대한 소설만 썼으나 정작 자신은 친구의 별장에 갈 때 어쩌다 몇 번 시골을 본 것과 볼로코람스크에 재판 관계로 갔던 것이 농장에 간 유일한 경험이었

17 독일의 셀쳐 마을에서 나는 탄산수.

다. 그는 부끄러운 듯이 애정 표현은 피했고 대부분 자연 묘사에 치중했다. 이때도 그는 변덕스러운 산의 윤곽, 진기한 구름의 모양, 비밀스러운 화음의 조화와 같은 표현을 즐겨 사용했다. 그의 소설은 여태껏 출판된 적이 없지만, 그는 이것을 검열 탓으로 돌렸다.

변호사 업무는 적성에 맞았지만, 그는 자신의 주업은 변호사가 아니라 소설가라고 생각했다. 그는 자신에게 섬세하고 예술가적인 소양이 있어서 늘 예술을 지향하게 된다고 생각했다. 그는 노래도 못 부르고, 악기도 연주하지 못하며, 전혀 음감도 없었으나 모든 심포니와 필하모닉 연주회에 참석하고 자선음악회를 직접 개최하며 가수들과 잘 알고 지내고 있었다.

점심시간에 이야기가 오갔다.

"정말 기가 막히는군!" 라프테프가 말했다. "표도르가 또 나를 궁지로 밀어놓는군! 글쎄, 우리 회사 백주년이 언제인지 알아봐야 한다는군. 귀족들과 흥청거리기 위해서. 그 말을 아주 진지하게 하더란 말야. 형 어떻게 된 거 아니야? 솔직히, 걱정스러워."

그들은 표도르에 대해서, 또 요즘은 무슨 체하는 것이 유행이라는 등의 이야기들을 했다. 표도르는 상인도 아니면서 전형적인 상인처럼 보이려고 애쓰고 있었다. 아버지가 후원자로 있는 학교의 선생이 월급을 타러 오면, 그는 목소리와 걸음걸이조차 돌변하여 선생에게 자신이 마치 직장 상사인 것처럼 굴었다.

점심식사 후에 할 일이 없어서 그들은 서재로 갔다. 퇴폐파의 예술가들에 대해서, 소설 『오를레앙의 처녀』에 대해 이야기했다. 코스탸는 그 소설의 긴 독백 부분을 읽었다. 그는 자신이 에르몰로바야를 매우 그럴듯하게 흉내 냈다고 생각했다. 다음 그들은 빈트[18]를 하기 시작했다. 소녀들은 별채에 있는 자기 방으로 가지 않고 한 의자에 함께 앉아서, 창백하고 구슬픈 얼굴로 혹시 아빠가 오지 않을까 하고 거리의 소음에 귀를 기울이고 있었다. 저녁마다 어둠 속에서나 촛불 아래서나 소녀들은 향수에 젖어 있었다. 카드놀이를 하면서 오가는 이야기, 표트르의 발소리, 벽난로의 장작 불꽃이 튀는 소리에 소녀들은 신경이 예민해졌고, 불꽃을 바라보고 싶어하지 않았다. 이제 저녁마다 울지는 않았지만, 마음속은 답답했고 무거웠다. 엄마가 돌아가셨는데도 어떻게 이야기를 하고, 웃을 수 있는지 이해할 수 없었다.

"비노클로 오늘은 무엇을 들여다봤지요?" 율리야 세르게예브나가 코스탸에게 물었다.

"오늘은 아무것도 못 봤어요. 어제는 그 프랑스 노인이 샤워를 했다오."

7시에 율리야 세르게예브나와 코스탸는 말르이 극장에 갔다.

---

18 카드놀이의 일종.

라프테프는 아이들과 함께 집에 남았다.

"너희 아버지가 오실 때가 되었는데." 시계를 보면서 그가 말했다. "분명, 기차가 연착되는 걸 거야."

소녀들은 추위에 떠는 새끼 짐승처럼 서로에게 바싹 붙어서 조용히 의자에 앉아 있었다. 그는 방 안을 돌아다니다가 초조한 듯 시계를 보았다. 집 안은 고요했다. 9시가 다 되어서 누군가가 벨을 눌렀다. 표트르가 문을 열러 나갔다.

낯익은 목소리를 듣자, 소녀들은 소리를 지르고 흐느끼며 현관으로 뛰쳐나갔다. 파나우로프는 화려한 외투를 입고 있었고, 그의 수염은 서리에 하얗게 뒤덮여 있었다.

"자, 자." 그가 중얼거렸으며, 사샤와 리다는 울며 웃으며 아버지의 차가운 손과 모자와 외투에 입을 맞추었다. 사랑을 받는 데 익숙한 이 잘생긴 남자는 피곤해했고, 천천히 소녀들을 안아주고 나서 사무실로 가서 손을 비비며 말했다.

"난 잠시 들른 것이라네. 내일 페테르부르크로 가야 해. 내 직장을 다른 도시로 옮겨주기로 약속을 받았거든."

그는 드레스덴 호텔에 묵었다.

10

야르쩨프 이반 가브릴로비치는 라프테프의 집에 자주 들렀다. 그는 건강하고 튼튼한 사람이었고, 검은 머리에 현명하고 호감 가는 인상의 소유자였다. 그러나 최근 살이 찌기 시작해서 인상과 체격이 이상해졌다. 머리까지 싹둑 깎아버려서 인상이 더 험악해졌다. 대학 시절 큰 키와 뛰어난 체력 때문에 학생들은 그를 술집의 '어깨'라고 불렀다.

그는 라프테프 형제와 함께 문과대학을 마치고, 자연과학대학에 입학하여 화학으로 석사학위를 받았다. 그는 대학에 남지 않고 두 여학교와 평민학교에서 화학과 과학사를 가르치고 있었다. 그는 자기 학생들 특히 여학생들에게 감탄해 마지않으며 대단한 세대가 자라고 있다고 말하곤 했다. 화학 외에도 그는 집에서 사회학과 러시아 역사를 공부하고 있으며, '야' 라는 사인을 붙인 소논문을 신문과 잡지에 종종 실었다. 그가 생물학이나 동물학에 대해 이야기할 때면 사학자와 비슷한 인상을 풍겼고, 역사적인 문제에 대해 논할 때면 과학자와 같은 인상을 주었다.

라프테프 일가와 가까운 사람으로 키쉬라는 사람도 있었는데, 그는 '만년 학생' 이라는 별명을 갖고 있었다. 그는 삼 년간 의대에 다니다가 수학과로 옮겼으나 매 학년 유급을 당해 이 년씩 다녔다. 그의 아버지는 지방의 약사였는데 매달 그에게 40루블씩 송금했다. 그의 어머니는 아버지 몰래 10루블씩을 더 보내왔는데, 이 돈이면 그는 충분히 먹고살 뿐 아니라, 심지어는 폴란드산 해리 모피가 있는 칼, 장갑, 향수, 사진(그는 자주 사진을 찍어서 자신의 사진을 아는 사람들에게 주었다)과 같은 사치도 누릴 수 있었다.

깔끔하고 약간 벗어진 머리에 귀 근처에 금빛 수염이 조금 나 있는 그는 겸손하고, 언제나 남을 도와줄 용의가 있는 사람이었다. 그는 항상 남의 일로 분주했다. 불쌍한 사람을 돕기 위해 기부자 명단을 들고 다니고, 아는 부인을 위한 표를 사기 위해 이른 아침부터 극장의 매표창구에서 떨고 있거나 누군가의 부탁으로 꽃다발을 주문하러 가기도 했다. 그에 대해서 사람들은 늘 이렇게 말했다. "키쉬가 다녀오겠지." "키쉬가 할 거야." "키쉬가 사줄 거야." 대부분의 경우 그는 남의 부탁을 제대로 이행하지 못했다. 이 때문에 친구들은 그에게 짜증을 내거나, 사다 달라고 했던 물건 값을 지불하는 것도 잊었다. 그러나 그는 아무 말도 하지 않았고, 곤경에 처해도 한숨만 내쉴 뿐이었다. 그는 아주 기뻐하거나 아주 슬퍼하는 일도 없었으며 그의 이야기는 늘 길고 지루했으며, 그가 스스로 재치 있다고 생각했던 말은 전혀 그렇지 않았으므로 오히려 모든 이들의 실소를 자아냈다. 어느 날 웃겨보려는 생각에 그는 표트르에게 말했다. "표트르, 자넨 갑상어[19]가 아니란 말일세." 이 말을 듣자 모두가 웃었으며, 그 스스로도 성공적으로 익살을 부렸다는 만족감에 오랫동안 웃었다. 교수의 장례식이라도 있을 때면 그는 언제나 횃불을 든 사람들과 함께 앞장서서 걸었다.

야르쩨프와 키쉬는 보통 저녁에 차를 마시러 왔다. 만약 주인이 극장이나 음악회에 가지 않으면 그들은 저녁식사 전까지 머무르며 차를 마셨다. 2월의 어느 날 저녁, 식당에서는 이런 이야기가 오갔다.

"예술작품이란, 심각한 사회적 문제의식을 담고 있을 때에만 가치와 유용성이 있다고 생각해요." 코스탸가 화가 난 듯 야르쩨

---

19 갑상어는 러시아어로 '아세트르'이며, 표트르와 비슷하게 발음된다.

프를 노려보며 말했다. "만약 작품 속에 농노제도에 대한 반발이 그려져 있거나 작가가 상류계급의 속물성에 대항한다면, 그러한 작품은 위대하고 쓸모 있는 거라고 볼 수 있지요. 아, 그녀가 그를 사랑하게 되었지만, 그녀를 향한 그의 감정은 이미 식어버렸던 것이다, 이런 식의 소설들은 내 장담하건대 다 쓸데없어요. 악마나 물어가버리라지."

"저도 당신과 같은 생각이에요, 콘스탄틴 이바노비치." 율리야 세르게예브나가 말했다. "사람들은 연애 장면이나 배신, 이별 뒤의 만남만 이야기하죠. 정말 다른 이야기는 생각할 수 없는 건가요? 병들고 불행하고 가난에 지친 많은 사람들은 이런 이야기를 읽기만 해도 속이 울렁거릴 거예요."

라프테프는 아직 스물두 살도 안 된 젊은 아내가 저토록 심각하고 차갑게 사랑에 대해 논하는 것이 불쾌했다. 그는 그녀가 왜 그렇게 행동하는지 짐작할 수 있었다.

"시가 자네들이 중요하다고 여기는 문제를 해결하지 못한다면," 야르쩨프가 말했다. "기술이나 치안, 금융법에 관한 책이나 논문을 읽어보지그래. 도대체 왜 로미오와 줄리엣에서 사랑 대신 교육의 자유, 교도소의 위생 상태가 나와야 하지? 그런 이야기들은 관련된 논문이나 지침서에서 찾을 수 있는데."

"아저씨, 너무 극단적이시군요!" 코스탸가 말했다. "우리는 세

익스피어나 괴테와 같은 문호에 대해 이야기한 게 아니잖아요. 우리는 수백 명의 재능 있는 또는 평범한 작가들에 대해 이야기한 거라고요. 그들이 사랑 타령을 집어치우고 대중에게 지식과 인문사상을 전달하는 사명에 종사했다면, 더 많은 이득을 가져다주었을 거라는 거죠."

키쉬는 콧소리를 내며 분명치 않은 발음으로 그가 얼마 전에 읽은 중편소설의 내용을 이야기했다. 그는 천천히 자세하게 이야기했다. 삼 분이 지나고, 오 분이 지나고, 십 분이 지나도 그의 이야기는 계속되었다. 아무도 그가 무엇에 대해 이야기하는지 이해하지 못했다. 그의 얼굴은 점점 무표정해지고 눈빛은 흐릿해졌다.

"키쉬, 좀 빨리 말해봐요." 율리야 세르게예브나가 참지 못하고 말했다. "들어주기 힘들어요."

"그만둬요, 키쉬!" 코스탸가 그에게 소리쳤다.

모두가 웃었고, 키쉬도 웃었다.

표도르가 도착했다. 얼굴이 울긋불긋해진 그는 서둘러서 인사하고, 동생을 데리고 서재로 갔다. 최근 들어 그는 사람들이 모이는 장소를 피했고, 오직 한 사람씩만 만나려고 했다.

"젊은이들은 저기에서 웃게 내버려두고, 우리는 여기서 속을 터놓고 이야기하자." 그는 램프에서 좀 떨어진 깊은 의자에 앉으며 말했다. "아우야, 우리 오랫동안 보지 못했지. 얼마 동안이나 가게에 들르지 않았니? 벌써 일주일이네."

"가게에서 제가 할 일이 없는걸요. 사실대로 말하자면, 노인장도 지겹고."

"물론 너와 나 없이도 가게는 잘 돌아갈 테지만, 무언가 일을 해야 하지 않겠니? 속담처럼, 땀을 흘려야 빵도 먹을 수 있다. 신은 노동을 사랑하신다."

표트르가 쟁반에 차를 담아서 가져왔다. 표도르는 설탕을 넣지 않고 차를 마셨으며, 한 잔 더 가져다달라고 했다. 그는 차를 많이 마셨고, 하루 저녁에 열 잔이라도 마실 수 있었다.

"애야," 그가 일어서서 동생에게 다가오며 말했다. "어렵게 생각하지 말고 시의원에 입후보해보는 게 어때? 우리는 너를 시의원에서 부시장으로까지 밀어줄 수 있어. 그 후에는 더 크게 될 수도 있고. 너는 현명하고, 교육도 받았고, 페테르부르크에서도 너를 인정하고 불러줄 거야. 요즘은 구의원이나 시의원이 되는 것이 유행이란다. 애야, 생각해봐, 쉰이 되기도 전에 넌 3등관이 되어 어깨에 훈장을 달게 될 거라고."

라프테프는 아무 대답도 하지 않았다. 그는 3등관이나 훈장을 원하는 사람은 바로 표도르 자신이라는 것을 알아차렸고, 무슨 대답을 해야 할지 몰랐다.

형제는 묵묵히 앉아 있었다. 표도르는 시계를 열어 보고는 오랫동안, 아주 오랫동안 시곗바늘의 움직임을 관찰이라도 하려는 듯 잔뜩 긴장하여 시계를 들여다보았다. 라프테프는 그의 표정이 이상하다고 생각했다.

저녁식사 시간이 되었다고 알려왔다. 라프테프는 식당으로 갔으나 표도르는 서재에 그냥 남아 있었다. 논쟁은 이미 끝났으나, 야르쩨프는 강의하는 교수처럼 떠들고 있었다.

"기후와 에너지, 취미와 연령이 다르기 때문에 사람들 사이의 평등이란 물리적으로 불가능한 거야. 그러나 교양 있는 사람이라면 이 불평등을 무해하게 할 수 있지. 마치 사람이 늪이나 곰을 정복한 것처럼 말이야. 어떤 학자가 고양이와 쥐, 매, 참새를 훈련시켜서 한 접시에서 같이 먹이를 먹게 만들었지. 교육도 이럴 수 있다고 믿어야 해. 삶은 계속 앞으로 나아갈 거고, 문화는 거대한 진보를 거듭하고 있지. 분명히 언젠가 현재의 공장 노동자 제도가 터무니없이 느껴질 날이 올 거라고. 하녀를 개와 바꿨던 농노제에 대해 지금 우리가 생각하고 있는 것처럼 말이야."

"금세 그렇게 되진 않을걸요, 절대 안 되죠." 코스탸가 비웃듯 말했다. "로트쉴트가 금이 쌓인 지하실을 쓸모없다고 여길 때쯤이나 가능할까. 그때까지 노동자들은 어깨를 쭈그리고 허기에 지쳐 있겠지요. 아니 아저씨, 기다리는 것이 아니라 싸워야 하는 것이지요. 만약 고양이가 쥐와 한 접시에서 먹이를 먹는다면, 아저씨는 고양이가 의식적으로 그렇게 한다고 생각하시나요? 웃기는 소리죠. 고양이는 억지로 강요당한 거라고요."

"나와 표도르는 부자야. 우리 아버지는 자본가이고 백만장자지. 즉, 우리를 상대로 싸워야 한다고 말하는 건가!" 라프테프는 손바닥으로 이마를 비볐다. "나를 상대로 싸워야 한다고! 도저히 이해할 수 없군! 난 부자지만, 돈이 도대체 내게 무엇을 주었지? 권력이 내게 무엇을 해주었지? 내가 도대체 어떤 면에서 자네보다 행복하다는 거지? 나의 어린 시절은 고통스러웠고, 돈도 나를 매질로부터 구해주지 못했어. 니나가 아팠을 때도, 죽어갈 때도, 내 돈은 그녀를 도와주지 못했어. 나를 사랑하지 않는 사람들에게 1억 루블을 던진다 해도 나를 사랑해달라고 강요할 수 없단 말이야."

"대신 당신은 좋은 일을 많이 하실 수 있잖아요." 키쉬가 말했다.

"무슨 좋은 일! 어제 당신은 어떤 수학자를 위해서 내게 일자리를 부탁했지요. 믿어주시오. 내가 그에게 할 수 있는 것이라고는 당신이 그에게 해줄 수 있는 것만큼이나 아주 작다오. 돈을 줄 수도 있지만, 그건 그가 원하는 것이 아니라오. 언젠가 나는 가난한 바이올린 연주가를 위해 유명한 음악가에게 자리를 부탁했었지. 그가 대답하길 '당신은 음악가가 아니기 때문에 그런 부탁을 내게 하는 것이죠' 라고 했지. 나도 똑같은 대답을 해주겠소. 당신은 한 번도 부자인 적이 없었기 때문에, 그런 부탁을 내게 쉽게 하는 것이오."

"왜 갑자기 유명한 음악가와 비교하는 거죠? 도저히 이해할 수 없군요!" 율리야 세르게예브나는 얼굴이 붉어졌다. "여기서 왜 갑자기 유명한 음악가 이야기가 나오는 거냐고요!"

그녀의 얼굴은 증오로 부들부들 떨렸으며, 감정을 숨기기 위해 눈을 내리깔았다. 남편뿐 아니라 책상 주변에 앉은 모두가 그녀의 동요를 눈치챘다.

"도대체 왜 유명한 음악가 이야기를 하시는 거죠!" 그녀는 조용히 반복했다. "가난한 사람을 돕는 것보다 더 쉬운 일은 없다고요!"

침묵이 흘렀다. 표트르가 들꿩요리를 가져왔으나 아무도 그 요리에는 손대지 않았고, 모두 샐러드만 먹었다. 라프테프는 그가 무슨 말을 했는지 이미 기억하지는 못했지만, 그들에게 불쾌했던 것은 그의 말이 아니라 그가 대화에 참여한 사실 그 자체였음을 똑똑히 느끼고 있었다.

저녁식사 후 그는 서재로 갔다. 예민해진 탓에 심장의 박동 소리까지 들렸다. 그는 또다시 모욕적인 이야기가 흘러나오지는 않는지 홀 쪽으로 귀를 기울였다. 또 다른 논쟁이 시작되고 있었다. 얼마 후 야르쩨프가 피아노에 앉아서 감정에 호소하는 듯한 로망스를 불렀다. 그는 무슨 일이든 잘했다. 노래도 잘 부르고, 악기도 다룰 줄 알았으며, 마술도 했다.

"여러분은 마음대로 하세요. 하지만 저는 집에 있고 싶지 않네요." 율리야 세르게예브나가 말했다. "어디로든지 가야겠어요."

교외에 나가기로 결정한 그들은 키쉬에게 상인 클럽에 가서 삼두마차를 불러오라고 지시했다. 라프테프가 교외에 나가는 일을 좋아하지 않았고, 또 때마침 그의 형도 와 있었기 때문에 그들은 라프테프에게는 함께 가자고 권하지 않았다. 그러나 라프테프의 생각은 달랐다. 그는 자신이 있으면 그들이 지루해할 것이며, 이 젊고 유쾌한 집단에서 자신만 쓸모없는 사람이기 때문이라고 생각했다. 그는 너무나 우울하고 참담하여 울고 싶어졌다. 그는 사람들이 자신을 무례하게 대하고, 돈만 많은 아둔한 남자라서 무시한다고 생각하니 기쁘기까지 했으며, 만약 오늘 밤에라도 아내가 그의 가장 가까운 친구와 부정을 저지르고, 그를 혐오스럽게 바라보며 이 사실을 고백한다면 더 기쁠 것 같았다. 그는 그녀 때문에 가까운 학생들을 비롯하여 배우와 가수, 야르쩨프 심지어는 길 가다 마주치는 사람들까지 질투했다. 그는 그녀가 사실은 정숙하지 못한 아내이며, 외도하는 모습이 발각되어 음독 자살이라

도 하기를, 그리하여 이 끔찍한 악몽으로부터 영원히 작별을 고
할 수 있게 되길 강렬히 원하고 있었다. 표도르는 큰 소리를 내며
꿀꺽꿀꺽 차를 마시고 있었다. 그러나 곧 그도 나갈 준비를 했다.

"우리 그 노인장 말이야, 분명 흑내장이 있어." 그가 털외투를
입으며 말했다. "거의 보지 못하신다니까."

라프테프도 털외투를 입고 밖으로 나왔다. 형을 스트라스트느
이 거리까지 바래다주고는 마차를 잡아 타고 레스토랑 '야르'로
갔다.

'이런 것을 두고 가정의 행복이라고 한단 말이지!' 그는 자신
을 비웃었다. '이것이 사랑이란 말이지!'

그는 이가 딱딱 부딪혔으나 이것이 질투인지 다른 무엇인지는
몰랐다. '야르'에서 그는 음유시인의 노랫소리를 들었다. 그는 할
말을 준비한 것도 아니었다. 아내를 만나게 되면 그저 초라하고
어색하게 웃고 말 것이며, 모두가 어떤 감정으로 그가 이곳에 왔
는지 알아차릴 거라고 확신했다. 전기 조명, 큰 음악 소리, 여자
들의 분 냄새, 곁을 지나치는 부인들의 시선이 그를 괴롭혔다. 그
는 각각 분리된 방 안에서 무슨 일이 벌어지고 있는지 엿보고 엿
들으려고 기웃거렸다. 그리고 음유시인이나 이곳에 있는 부인들
처럼 자기 자신 역시 저속하고 굴욕적인 역할을 하고 있다는 생
각이 들었다. '야르'에서 나온 그는 '스트렐나'로 갔지만 그곳에

서도 찾는 이들을 아무도 만나지 못했다. 돌아오는 길에 다시 '야르'에 들렀을 때, 시끄러운 소리를 내며 삼두마차가 그를 뒤쫓아왔다. 술 취한 마부가 소리를 질렀고, 바로 그때 야르쩨프가 호탕하게 웃어대는 소리가 들려왔다.

라프테프는 3시가 넘어서야 집에 돌아왔다. 율리야 세르게예브나는 벌써 침대에 누워 있었다. 그녀가 아직 잠들지 않았다는 것을 눈치채고, 그는 그녀에게 다가가서 따지듯 말했다.

"당신의 혐오감과 증오심은 이해해. 하지만 다른 사람들이 있을 때는 나에게 좀 더 관대하게 대해줄 수도 있지 않은가? 당신 감정을 좀 숨길 수도 있었지 않았느냐 말이오."

그녀는 침대에 앉아서 다리를 내려뜨렸다. 램프의 불빛 아래 그녀의 눈은 크고 검어 보였다.

"미안해요." 그녀가 말했다

흥분과 떨림 때문에 그는 한마디도 할 수 없었고, 그저 그녀 앞에 묵묵히 서 있었다. 그녀 또한 몸을 떨며 죄지은 사람처럼 앉아서 그의 말을 기다리고 있었다.

"너무나 고통스럽군!" 마침내 그가 머리를 감싸 쥐고 말했다. "지옥이 따로 없어, 미쳐버릴 것 같아!"

"전 편한 줄 아세요?" 그녀가 떨리는 목소리로 물었다. "하느님만이 아실 거예요. 제가 어떤 기분인지."

"당신은 이미 반년 동안이나 내 아내였어, 그렇지만 당신의 마음속엔 사랑이란 눈곱만큼도 없고, 희망도 빛도 없어. 왜 나와 결혼했지?" 라프테프가 절망적으로 물었다. "도대체 왜? 어떤 악마가 널 내 품으로 밀었지? 뭘 원했던 거지? 뭘 원했던 거냐고!"

그녀는 그가 죽이지 않을까 경악하여 그를 바라보았다.

"내가 마음에 들었나? 나를 사랑했나?" 그가 숨을 헐떡이며 말했다. "그렇지 않았어! 그럼 왜? 왜? 말해봐! 왜?" 그가 소리쳤다. "그놈의 돈! 저주스런 돈 때문에!"

"하느님께 맹세코 그건 아니에요!" 그녀가 소리치고 가슴에 성호를 그었다. 그녀는 모욕감으로 몸을 움츠렸고, 그는 처음으로 그녀의 울음소리를 들었다. "하느님께 맹세하건대, 절대 아니에요!" 그녀가 말했다. "돈에 대해 생각해본 적 없어요. 돈 따위는 필요없어요. 그저 전 당신의 청혼을 거절하는 것이 바보 같은 행동이라고 생각했어요. 전 당신과 제 인생을 망치게 될까 봐 두려웠어요. 그렇지만 이젠 제 실수 때문에 고통받고 있어요. 견딜 수 없이 고통스러워요!"

그녀는 슬프게 흐느꼈고, 그는 그녀가 얼마나 고통스러운지 깨닫고 무슨 말을 해야 할지 몰라 카펫 위에서 그녀 앞에 무릎을 꿇고 앉았다.

"됐어, 됐다고." 그가 중얼거렸다. "내가 당신을 슬프게 한 것은 당신을 미치도록 사랑하기 때문이야." 그는 갑자기 그녀의 발에 키스하고 강렬하게 두 발을 안았다. "사랑의 한 점 불꽃이라도!" 그가 중얼거렸다. "자, 내게 거짓말을 해봐, 거짓말을 해보라고! 실수였다고 하지 말아줘!"

그녀는 계속 울었고, 그는 그녀가 자신의 애무를 그녀의 실수에 대한 피할 수 없는 결과로 간신히 참아내고 있다는 느낌을 받았다. 그녀는 그가 키스했던 발을 마치 새처럼 자신 쪽으로 끌어당겼다. 그런 그녀가 가엾게 느껴졌다.

그녀는 누워서 머리까지 이불을 푹 뒤집어썼고, 그도 옷을 벗고 누웠다. 아침이 밝자 그들은 서로 당혹스러움을 느꼈으며 무슨 말을 해야 할지 알지 못했다. 그는 그녀가 자신이 키스했던 쪽의 발로는 불안정하게 걷는다고 생각했다.

점심식사 전에 파나우로프가 작별인사를 하러 왔다. 율리야는 갑자기 고향에 다녀오고 싶었다. 집을 떠나서 가정생활로부터, 이 어색함으로부터, 현명하게 처신하지 못했다는 이 끊임없는 자책에서 벗어나 한숨 돌리며 쉬고 싶었다. 점심식사를 하면서 그녀는 파나우로프와 함께 고향으로 가서 다시 돌아오고 싶어질 때까지 아버지 집에서 이삼 주 정도 묵고 오겠다고 말했다.

11

　그녀와 파나우로프는 독립된 쿠페를 잡았다. 그는 아스트라한 가죽[20]으로 만든 이상한 모양의 모자를 쓰고 있었다.

　"그래요, 페테르부르크는 내 기대만큼은 아니었어요." 그는 띄엄띄엄 한숨을 쉬어가며 말했다. "많은 약속들을 하지만, 확실한 건 아무것도 없다오. 이봐요, 난 치안판사를 지냈고, 조정위원회의 상임의원이자 의장이었고, 시장의 자문관이기도 했단 말이오. 조국에 봉사할 만큼 봉사했고, 이 정도면 주목받을 권리는 있다고 생각했는데, 다른 도시로 옮겨가는 것만큼은 정말 어렵군."

　파나우로프는 눈을 감고 고개를 흔들었다.

---

20 아스트라한 지방에서 나는 갓 태어난 새끼 양의 털가죽.

"나를 인정하지 않는단 말이오." 그는 졸린 듯이 말했다. "물론, 난 천재적인 행정가라고 할 수는 없지만 대신 몸가짐이 바르고 정직한 사람이오. 요즘 기준으로 보건대 이 정도도 드물지 않겠소? 여자들을 살짝 유혹한 일도 있었지만, 후회하고 있소. 하지만 러시아 정부에 대해서만은 난 늘 신사였단 말이오. 됐소. 이 얘기는 그만하지." 그는 눈을 뜨며 말했다. "당신에 대해 이야기합시다. 왜 갑자기 친정에 가고 싶어졌지요?"

"남편과 사이가 좀 틀어졌어요." 율리야가 그의 모자를 보며 말했다.

"그렇지, 그는 좀 이상한 사람이오. 라프테프가의 사람들은 다 어딘가 이상하지. 당신 남편은 그래도 괜찮은 편이지만, 그의 형 표도르는 완전히 바보지."

파나우로프는 한숨을 내쉬고 진지하게 물었다.

"당신, 정부情夫는 있소?"

율리야는 놀라서 그를 쳐다보고 웃음을 터뜨렸다.

"무슨 말씀을 하시는 거예요?"

10시가 넘어 큰 역에 정차하자 그들은 기차에서 내려 함께 저녁식사를 했다. 기차가 다시 출발하자 파나우로프는 외투와 모자를 벗고 율리야 옆에 나란히 앉았다.

"당신은 아주 아름답소. 이 말을 꼭 하고 싶었소." 그가 말했다. "이런 식의 비유를 해서 미안하오만, 당신은 막 소금을 친 오이 같소. 그런 오이에서는 여전히 온실 냄새가 나지만, 약간의 소금과 회양풀 냄새가 나는 법이죠. 당신은 화려하고 매력적이고 우아하오. 만약 우리의 이 기차여행이 오 년 전에만 있었어도……." 그가 한숨을 쉬었다. "당신의 숭배자 중 하나가 되는 것을 즐거운 의무로 받아들였을 텐데. 하지만 애석하게도 지금 난 퇴물이라오."

그는 슬픈 듯 그러나 동시에 다정하게 웃으며 그녀의 허리를 안았다.

"당신 미쳤군요!" 그녀는 얼굴이 붉어졌고 겁에 질려서 손발이 차가워졌다. "그만둬요, 그리고리 니콜라예비치!"

"이봐요, 뭘 그리 두려워하오?" 그는 부드럽게 물었다. "뭐가 그리 펄쩍 뛸 일이란 말이오? 당신은 아직 익숙하지 않을 뿐이오."

여자가 반항하면, 그는 그것을 자신이 그녀에게 강렬한 인상을 심어주었고, 그녀의 마음에 들어서라고 해석했다. 율리야의 허리를 안으며 그는 그녀의 목, 입술에 강렬하게 키스했으며, 이것이 그녀에게 커다란 만족감을 줄 거라고 확신했다. 율리야는 두려움과 당혹스러움에서 벗어나자 깔깔대고 웃기 시작했다. 그는 그녀에게 한 번 더 키스하고는, 예의 그 모자를 쓰며 말했다.

"자, 이것이 노병이 당신에게 해줄 수 있는 전부요. 터키의 한 착한 노인이 누군가로부터 선물인지 유산인지, 여하튼 할렘을 통째로 받았소. 젊고 아름다운 부인들이 그 앞에 줄을 섰고, 그는 그들을 한 바퀴 쭉 돌며 한 명, 한 명에게 키스했지. 그러고는 말했다오. '자, 이것이 내가 당신들에게 해줄 수 있는 전부라오.' 나도 당신에게 그 노인 같은 말을 하는구려."

그의 말과 행동이 그녀에게는 바보 같으면서도 뭔가 특별하게 느껴졌다. 유쾌하기까지 했다. 그녀는 별안간 장난을 치고 싶어졌다. 소파 위에 서서 노래를 부르고 선반에서 상자를 꺼내 사탕을 던지며 소리쳤다.

"잡아봐요!"

그는 던지는 사탕을 잡았고, 그녀는 더욱 크게 웃으며 계속해서 두 번째, 세 번째 사탕을 던졌으며, 그는 그것을 모두 주워 들고는 애원하는 듯한 눈길로 그녀를 바라보며 입에 넣었다. 그녀는 그의 얼굴에, 생김새에, 표정에, 어린아이나 여자 같은 부분이 많다고 생각했다. 그녀가 숨을 헐떡이며 소파에 앉아 웃으면서 그를 바라보자, 그는 두 손가락으로 그녀의 볼을 건드리고는 화가 난듯 말했다.

"천박한 계집애!"

"가져가세요." 그녀가 그에게 상자를 건네며 말했다. "전 단것을 좋아하지 않아요.”

그는 사탕을 마지막 하나까지 다 먹고, 텅 빈 상자를 자신의 가방 속에 넣었다. 그는 그림이 그려진 상자를 좋아했다.

“자, 이제 장난은 그만하지.” 그가 말했다. “노병은 이제 안녕을 고해야겠군.”

그는 여행용 모포주머니에서 자신의 아스트라한 잠옷과 베개를 꺼내고 누워 몸을 웅크렸다.

“잘 자요, 귀여운 비둘기!” 그는 조용히 말하고 온몸이 아픈 듯 한숨을 내쉬고는 잠들었다.

곧 코 고는 소리가 들려왔다. 그녀도 전혀 어색해하지 않으며 누워서 잠들었다.

다음 날 아침 고향 역에 내렸다. 집으로 가는 길에 그녀의 눈에 비친 거리는 텅 비고 인적이 없었다. 거리에 쌓인 눈은 회색이었고 집은 누군가가 꾹 누른 듯이 납작했다. 그녀는 장례식 행렬과 마주쳤다. 교회 깃발을 든 사람들이 열린 관 속에 시체를 담아 나르고 있었다.

‘죽은 자를 만나면 운이 좋다고 하던데…….’ 그녀가 생각했다.

한때 니나 표도로브나가 살았던 집의 창문에 흰 종이 쪽지들이 붙어 있었다.

두근거리는 가슴으로 그녀는 자신의 옛집 초인종을 눌렀다. 처음 보는 뚱뚱한 하녀가 따뜻한 솜 웃옷을 입고 나와 아직 잠이 덜 깬 표정으로 문을 열었다. 계단을 오르며 율리야 세르게예브나는 지난날 이곳에서 있었던 라프테프의 느닷없는 사랑 고백을 떠올렸다. 계단은 오랫동안 닦지 않았는지 온통 발자국투성이었다. 위층의 추운 복도에서는 환자들이 털외투를 입은 채 자기 차례를 기다리고 있었다. 웬일인지 가슴이 심하게 고동쳤고, 그녀는 간신히 자제하면서 걸었다.

의사는 더 살이 쪄서 벽돌처럼 얼굴이 붉었으며 비죽비죽 헝클어진 머리를 하고 차를 마시고 있었다. 딸을 보자 그는 대단히 기뻐했으며 눈물을 내비치기까지 했다. 그녀는 이 노인의 인생에서 자신이 유일한 기쁨이라고 생각했으며, 감동하여 아버지를 꼭 껴안고, 부활절까지 아버지와 함께 이 집에서 오래오래 지내다 갈 거라고 말했다. 자기 방에서 옷을 갈아입은 후 그녀는 아버지와 함께 차를 마시려고 식당으로 내려갔다. 아버지는 식당 구석구석을 돌아다니며 손을 주머니에 찌른 채 노래를 흥얼거렸다. "루루루루." 뭔가 마음에 들지 않는다는 것이었다.

"넌 모스크바에서 즐거웠겠지." 그가 말했다. "네가 즐겁다니 나도 기쁘구나. 내게는, 이 노인네에게는 아무것도 필요 없다. 곧 숨이 멎어버릴 테니. 너희들 모두 다 해방시켜주마. 내 껍질이 이토록 튼튼해서 아직까지 숨이 붙어 있다는 건 정말 놀랄 만한 일이야! 깜짝 놀랄 만한 일이라고!"

그는 자신이 사람들이 타고 다니는 늙고 고집 센 당나귀 같다고 말했다. 그는 니나 표도르브나의 치료, 그녀의 아이들에 대한 처리, 장례식 문제, 이 모든 것들을 자신이 다 떠맡게 되었다고 말했다. 잘난 척하는 파나우로프란 작자는 아무것도 하려고 하지 않았으며, 심지어 이 노인에게 100루블을 꿔 가서 아직도 갚지 않고 있다는 것이었다.

"나를 모스크바로 데려가서 정신병원에 넣어다오!" 의사가 말했다. "난 미친 사람이라고. 아직도 진리와 정의를 믿으니, 순진한 어린애와 다름없어."

그러고 나서 그는 그녀의 남편에게 선견지명이 없다고 비난했다. 그토록 많은 돈을 남기고 팔 수 있는 집이 있었는데 사지 않다니. 벌써 율리야 세르게예브나는 이 노인의 인생에서 자신이 유일한 기쁨은 아니라고 생각하기 시작했다. 그가 환자들을 받고, 왕진을 나갔을 때 그녀는 무엇을 해야 할지, 무슨 생각을 해야 할지 몰라서 이 방 저 방을 돌아다녔다. 그녀는 이미 고향과 고향집에서 너무나 멀리 떨어진 존재였다. 그녀는 더 이상 거리로 나가고 싶지도, 지인들을 찾고 싶지도 않았으며, 친구들과 처녀 시절을 떠올려도 슬프거나 과거가 애달프게 느껴지지도 않았다.

저녁에 그녀는 성장을 하고 저녁기도회에 갔다. 그러나 교회에는 평민들만 있었으며, 그녀의 화려한 외투와 모자는 아무런 감흥도 불러일으키지 못했다. 그녀는 교회와 그 자신에게 어떤 변화가 생겼음을 깨달았다. 전에 그녀는 저녁기도회에서 사람들이 종규宗規를 읽고, 성가대가 부르는 〈입을 열어 주를 찬양하리라〉 같은 찬송가를 듣기 좋아했다. 또한 교회 중앙에 서 있는 성직자에게 다른 사람들과 함께 찬찬히 다가가서 자신의 이마에 성유를 받는 것도 좋아했다. 그러나 지금 그녀는 예배가 끝나기만을 고대하고 있었다. 교회를 나서면서 그녀는 혹시 거지가 매달리지나 않을까 노심초사했다. 멈추어 서서 주머니를 뒤지게 되는 것이 귀찮았고, 게다가 그녀에게는 동전 한 푼 없이 루블 지폐밖에 없었던 것이다.

그녀는 일찍 잠자리에 들었으나 느지막이 잠들었다. 꿈속에서 그녀는 초상화 몇 점과 아침에 마주친 장례행렬을 보았다. 죽은 자가 누워 있는 열린 관을 뜰 안으로 가져와서 문 앞에 세워놓고는 천으로 싼 관을 오랫동안 흔들다가 온 힘을 다해 관으로 문을 쳤다. 율리야는 놀라서 잠에서 깨어났다. 그때 정말 아래층에서 누군가가 문을 두드리고 있었다. 초인종으로 연결된 선이 벽을 긁고 있었으나, 종소리는 들리지 않았다.

의사가 기침을 했고, 하녀가 아래층으로 내려갔다가 다시 돌아오는 소리가 들렸다.

“주인아씨!” 하녀가 문을 두드렸다. “아씨!”

“무슨 일이야?” 율리야가 물었다.

“아씨에게 전보가 왔답니다!”

율리야는 촛불을 들고 문을 열었다. 하녀 뒤에는 속옷 위에 외투를 걸친 아버지가 역시 촛불을 들고 서 있었다.

“초인종이 고장났다.” 그가 잠에 취해 하품하며 말했다. “오래전에 고쳤어야 했는데.”

율리야는 급히 전보를 읽었다. “당신의 건강을 위해 건배. 야르쩨프, 코체보이로부터.”

“아, 정말 어처구니가 없는 사람들이네!” 그녀는 환하게 웃었고, 마음이 가볍고 즐거워졌다.

방으로 돌아온 그녀는 조용히 씻고, 옷을 입고, 날이 밝을 때까지 자신의 짐을 꼼꼼히 챙겼고, 정오가 되자 모스크바로 떠났다.

12

　부활절 주간이 되자 라프테프 일가는 미술학교에서 열린 회화 전시전에 갔다. 그들은 모스크바식으로 두 명의 소녀 외에도 가정교사와 코스탸를 데리고 갔다.

　라프테프는 유명한 화가들의 이름을 모두 잘 알고 있었으며, 전시회는 하나도 빠트리지 않고 참관했다. 여름에는 가끔 직접 풍경화를 그리기도 했으며, 감각이 있어서 제대로 배웠더라면 괜찮은 화가가 됐을 거라고 생각했다. 외국에 나가서는 골동품점에 들러 마치 전문가인 양 오래된 물건들을 훑어보고 자신의 견해를 이야기하며 물건을 사기도 했다. 골동품점 주인은 그에게 원하는 대로 값을 불렀고, 그렇게 구입한 물건들은 잊혀진 채로 서랍 속이나 마차 차고에서 굴러다니다가 완전히 없어져버리곤 했다. 가끔은 동판화 가게에 들어가 그림들과 동판들을 뚫어지게 들여다보면서 쓸데없는 소리를 한참 주절거리다가 목판화나 걸레 같은 종이 상자를 불쑥 사기도 했다. 그의 집에 있는 그림들은 다 큰 것이었으나 수준이 낮았고, 좋은 그림들이 있다 해도 제대로 걸려 있지 않았다. 비싸게 주고 산 물건들이 조야한 모조작에 지나지 않는 경우도 있었다. 언제나 소심한 그가 전시회에만 가면 씩씩해지고 자신만만해진다는 것은 이해할 수 없는 일이었다. 왜 그런 것일까?

율리야 세르게예브나는 남편처럼 주먹이나 비노클을 통해 그림을 보며, 그림 속의 사람들이 마치 살아 있는 것 같고, 그림 속의 나무들이 진짜 나무와 똑같이 생겼다는 사실에 놀랐다. 그러나 그녀는 그림을 이해하지 못했으며, 전시회의 많은 그림들이 다 똑같아 보였다. 그녀는 예술의 목적이란 주먹을 쥐고 그 안으로 그림을 들여다보았을 때 그려진 사람이나 정물이 진짜와 똑같아 보이도록 하는 거라고 생각했다.

"이것은 쉬쉬킨의 숲이오." 남편이 그녀에게 설명했다. "그는 항상 같은 것을 그리지. 자, 여길 보라고. 이런 보라색 눈은 결코 있을 수 없지. 이 소년의 왼손은 오른손보다 짧지."

모두가 지쳐 하자 라프테프는 집으로 돌아가기 위해 코스탸를 불렀다. 율리야는 작은 풍경화 앞에 멈추어 서서 무심코 그 그림을 보았다. 그림의 전면에는 강이 흐르고, 그 뒤에는 통나무로 만든 다리가 걸려 있었으며, 저편 강가에는 들과 오솔길이 어두운 풀 사이로 사라지고 있었다. 오른편에는 숲의 일부가 보였으며, 그 주변에는 모닥불이 피워져 있었다. 아마 야간 방목을 하는 듯했다. 멀리서는 저녁노을이 스러지고 있었다.

율리야는 자신이 다리를 건너고 오솔길을 걸어간다고 상상했다. 주위는 고요하고 졸리운 뜸부기만이 울음소리를 내고, 멀리서 불빛이 깜박이고 있었다. 그리고 갑자기 이 붉은 하늘에 걸려 있는 구름, 숲, 들 모두가 그녀가 이미 오래전에 수없이 보아왔던 것 같았다. 그녀는 외로움을 느꼈으며, 그 오솔길을 따라 걷고 또 걷고 싶은 기분이 들었다. 저녁노을이 있는 그곳에는 속세의 것이 아닌, 영원한 그 무엇인가의 반영이 어려 있었다.

"정말 잘 그렸구나!" 그녀는 갑자기 그림을 명료하게 이해하게 된 것이 신기했다. "알료샤! 이 그림 좀 보세요. 얼마나 평화롭고 한적한지요."

그녀는 그 풍경화가 왜 그토록 자신의 마음에 들었는지 설명하려고 했으나, 남편도 코스탸도 그녀를 이해하지 못했다. 그녀는 구슬픈 미소를 지으면서 풍경화를 바라보았다. 그녀는 사람들의 눈에는 이 그림이 평범하게 비친다는 사실에 흥분했다. 그녀는 다시 홀을 다니며 그림들을 자세히 살펴보기 시작했다. 그림들을 이해하고 싶어진 것이다. 전시회장의 많은 그림들이 더 이상 똑같아 보이지 않았다. 집에 돌아왔을 때 그녀는 처음으로 피아노 위에 걸려 있는 큰 그림을 주의 깊게 들여다보았으나, 그저 적개심만 느껴질 뿐이었다. '어떻게 저런 그림을 모을 생각을 했을까.'

그리고 그 후에 커튼의 금틀, 꽃 조각이 있는 베니스 거울, 피아노 위에 걸려 있는 그림과 비슷한 그림들 그리고 예술에 대한 남편과 코스탸의 논쟁은 그녀를 지루하고 짜증나게 했으며, 때로는 증오심마저 불러일으켰다.

삶은 하루하루 평범하게 흘러갔으며 그 어떤 특별한 것도 약속해주지 않았다. 극장 시즌은 이미 끝나고 더운 계절이 돌아왔다. 매일 쾌청한 날씨가 계속되었다. 어느 날 라프테프 일가는 재판소의 결정에 따라 누군가를 변호하기로 되어 있는 코스탸를 보기 위해 지방 재판소로 갔다. 그들이 집에서 우물쭈물하다가 재판소로 갔을 때는 이미 증인 심문이 시작되고 있었다. 한 예비군이 가택침입 강도죄로 잡혀와 있었다. 많은 세탁부들이 증인으로 나왔으며, 그들은 피고가 세탁소 여주인의 집에 자주 드나들었다고 증언했다. 성 십자가제 전날 늦은 저녁에 와서 한잔하겠다고 돈을 꾸어달라고 했으나, 아무도 그에게 돈을 주지 않았다고 했다.

그러자 그는 바깥으로 나갔으며, 한 시간 후에 맥주와 아가씨들에게 줄 단 과자를 가지고 왔다. 그는 거의 새벽까지 술을 마시며 노래를 불렀다. 아침에 그가 붙잡혔을 당시, 다락방 입구의 자물쇠가 부서져 있었고, 남자 바지 세 벌, 치마, 시트 두 장이 없어졌다. 코스탸는 각각의 증인들에게 피고가 성 십자가제 전날에 가져왔던 맥주를 마시지 않았는지 비웃듯이 물었다. 그의 생각은 세탁부들 자신이 스스로의 물건을 훔쳤다는 쪽으로 기울고 있었다. 그는 매우 침착하게 배심원들을 성난 눈초리로 노려보며 말했다.

그는 가택침입 강도죄와 평범한 절도란 것이 무엇인지 자세히, 확신에 차서 말했다. 그는 모두가 이미 잘 알고 있는 사실을 오랫동안 진지한 어조로 말하는 특별한 기술을 보여주었다. 도대체 그가 원하는 것이 무엇인지 잘 알 수 없었다. 그의 긴 연설을 듣노라면, 배심원들은 단 한 가지 결론만을 내릴 수밖에 없었다. '가택침입은 있었으나, 강도 사건은 없었다. 즉, 세탁부들 자신이 속옷을 팔아서 술을 마신 것이다. 만약 절도가 있었다 하더라도, 가택침입은 없었다.' 그는 그 결론에 필요한 말만을 했던 것이고, 그의 말은 배심원과 관중들을 감동시켰다. 무죄판결을 내렸을 때, 율리야는 코스탸에게 고개를 끄덕이고, 그의 손을 굳게 잡았다.

5월에 라프테프 일가는 소콜리키에 있는 별장으로 갔다. 이즈음 율리야 세르게예브나는 임신한 상태였다.

13

일 년 이상이 지났다. 율리야와 야르쩨프는 야로슬라프스카야 도로에서 멀지 않은 소콜리키의 풀밭 위에 앉아 있었다. 약간 떨어진 곳에는 코스탸가 손으로 머리를 괴고 누워서 하늘을 바라보고 있었다. 셋 모두 실컷 걸었으며, 집으로 돌아가서 차를 마시기 위해 별장으로 향하는 6시 기차를 기다리고 있었다.

"엄마는 항상 자기 아이들이 뭔가 특별하다고 생각해요. 그게 엄마의 본성이지요." 율리야가 말했다. "몇 시간씩이나 엄마는 침대 옆에 앉아서 아기의 볼과 눈과 코를 들여다보면서 큰 기쁨을 맛본답니다. 가엾은 그녀는 만약 다른 사람이 아기에게 키스한다면 그 사람이 엄청난 행복을 느낄 거라고 생각해요. 엄마는 늘 아기에 대해서만 말을 하지요. 전 엄마들의 이러한 점을 잘 알고 있기 때문에 그렇게 하지 않으려고 조심하지만, 정말 우리 올랴에게는 뭔가 특별한 것이 있어요. 젖을 빨 때 어떻게 쳐다보는지 아세요! 얼마나 예쁘게 웃는지요! 아직 8개월밖에 되지 않았지만, 세 살 먹은 아이들도 우리 올랴처럼 총명한 눈을 갖지 못했어요.”

“그건 그렇고, 대답해봐요. 남편과 아기 중 누구를 더 사랑하죠?” 야르쩨프가 물었다.

율리야는 어깨를 으쓱했다.

“모르겠어요.” 그녀가 대답했다. “전 남편을 강렬하게 사랑해본 적이 없어요. 올랴는 사실대로 말하자면 제 첫사랑이나 다름없죠. 당신도 알다시피 저와 알렉세이는 사랑해서 결혼한 건 아니에요. 예전에는 제가 바보같이, 남편과 제 일생을 망쳐버렸다고 생각하며 괴로워했지만, 이제 보니 사랑은 전혀 필요하지 않았던 거예요. 모두가 헛소리죠.”

“만약 사랑이 아니라면, 도대체 어떤 감정이 당신과 남편을 묶는 거죠? 왜 당신은 남편과 함께 살고 있습니까?”

“글쎄요, 이젠 습관이 되었다고 할까요. 전 남편을 존경하고, 오랫동안 그가 없으면 그리워요. 하지만 이것이 사랑은 아니죠. 그는 현명하고 정직한 사람이에요. 저의 행복을 위해서라면 그

정도로 충분해요. 그는 아주 선량하면서 단순한 사람이에요."

"알료샤는 현명한 사람이지. 그는 좋은 친구야." 코스탸가 게으르게 머리를 들며 말했다. "그러나 율리야, 그가 현명하고 선량하고 흥미로운 사람이란 것을 알기 위해서는 그와 함께 3푸드의 소금을 먹어치워야 한다고.[21] 도대체 그의 두뇌와 착한 성격이 무슨 소용이라는 거지? 그는 원하는 만큼 당신에게 돈을 쏟아 부을 거요. 그런 건 그가 할 수 있지. 그러나 성깔을 보여주고, 건방지고 무례한 사람들에게 한 방 먹여야 할 곳에서는 당황하고 맥도 못 추지. 당신 남편 알렉시스 같은 사람들은 좋긴 하지만, 투쟁을 위해서는 전혀 쓸모없는 인간들이오. 아니, 아무짝에도 쓸모없다고 말할 수 있지."

마침내 기차가 보이기 시작했다. 굴뚝에서 나는 분홍색 연기가 숲 위로 솟아올랐다. 기차의 마지막 두 칸이 갑자기 햇빛에 눈부시게 반짝거려 쳐다보기에 눈이 아플 정도였다.

"차 마시러 가요!" 율리야가 일어서며 말했다.

최근 그녀는 살이 쪘으며, 걸음걸이에 벌써 부인의 태가 나며, 다소 게을러진 듯했다.

"그러나 역시, 사랑이 없는 결혼은 좋지 않은데." 야르쩨프가

---

21 푸드는 옛날 러시아의 무게 단위로 1푸드는 16.38킬로그램에 해당한다. 3푸드의 소금을 먹기 위해서는 오랜 시간이 걸리므로, 이와 같이 긴 세월을 요구하는 일을 뜻한다.

그녀의 뒤를 따라가며 말했다. "우린 늘 사랑 타령을 하고, 사랑 얘기만 읽지만, 실상 별로 사랑하며 사는 것은 아니지요. 물론 이 것은 좋지 않은 현상이지만요."

"다 허튼소리예요. 이반 가브릴로비치." 율리야가 말했다. "행복은 그것과는 상관없답니다."

그들은 목서초과의 꽃무와 연초가 피고 때이른 글라디올러스가 만개한 정원에서 차를 마셨다. 야르쩨프와 코스탸는 율리야 세르게예브나의 얼굴 표정으로 보건대 그녀가 지금 정신적으로 안정된 행복한 시기를 보내고 있으며, 현재 소유하고 있는 것 외에 더 이상 아무것도 필요하지 않다는 것을 알아차렸다. 그러자 그들도 역시 마음이 편안해졌다. 누가 무슨 말을 하든, 모든 것이 제대로 잘 돌아가고 있던 것이다. 소나무는 어느 때보다 더 아름다웠으며 좋은 수지 냄새가 났고, 자두는 꿀맛이었으며, 사샤는 똑똑하고 예쁘장한 소녀로 자랐다.

차를 마신 후 야르쩨프는 피아노를 치며 로망스를 부르고, 율리야와 코스탸는 말없이 앉아서 듣기만 했다. 때때로 율리야는 아기와 벌써 이틀간이나 열 때문에 누워서 아무것도 먹지 않는 리다를 돌보기 위해 조용히 방을 나갔다 오곤 했다.

"나의 친구여, 나의 다정한 친구여." 야르쩨프가 노래 불렀다. "아니, 여러분." 그는 머리를 흔들었다. "이해할 수 없군. 왜 당신

들은 사랑을 인정하지 않지? 만약 하루에 열다섯 시간쯤 한가하
게 시간을 보낼 수 있다면 나도 분명 누군가를 사랑하게 될 텐
데.”

저녁식사는 테라스에 차려졌다. 따뜻하고 고요한 저녁이었다.
그러나 율리야는 숄을 두르고, 습기가 많다고 불평했다. 어두워
지자 그녀는 왠지 기분이 좋지 않아서 계속 몸을 떨며, 손님들에
게 좀 더 있어달라고 부탁했다. 그녀는 그들에게 와인을 대접하
고 저녁식사 후에는 그들이 떠나지 않도록 코냑을 가져오라고 시
켰다. 그녀는 아이들과 하인들하고만 남고 싶지 않았다.

“이곳 별장에 사는 사람들은 아이들을 위해 연극을 준비하기
도 한답니다.” 그녀가 말했다. “벌써 모든 것이 다 있다고요. 극
장도, 배우도. 이젠 대본만 남았지요. 이십여 개의 대본을 받아봤
지만 쓸 만한 게 하나도 없었어요.” 그녀는 야르쩨프를 쳐다보았
다. “저에게 사극 대본 하나 써주시겠어요?”

“뭐, 할 수도 있겠죠.”

손님들은 코냑을 다 마시고 갈 준비를 했다. 벌써 10시가 넘었
으며, 별장 생활에서는 이것도 이미 늦은 시간이었다.

“너무 어두워요. 아무것도 보이지 않네요.” 율리야가 그들을
대문까지 전송하며 말했다. “어떻게 돌아가실지 걱정이군요. 게
다가 춥기까지 하니!”

그녀는 단단하게 숄을 여미며 현관으로 돌아왔다.

"알렉세이는 아마 어디선가 카드놀이를 하고 있겠지." 그녀가 소리쳤다. "잘 자요!"

밝은 방에 있다가 나와서인지 아무것도 보이지 않았다. 야르쩨프와 코스탸는 장님처럼 더듬더듬 철도까지 와서 철도를 건넜다.

"아무것도 보이지 않는군." 코스탸가 멈추어 서서 하늘을 보며 낮은 목소리로 말했다. "와, 저 별 좀 봐요. 꼭 15코페이카짜리 새 은화 같군요! 가브릴로비치."

"뭐라고?" 어디선가 야르쩨프가 대답했다.

"아무것도 보이지 않는다고요. 어디 계시죠?"

야르쩨프는 휘파람을 불며 그에게 다가가서 그의 손을 잡았다.

"이봐. 별장 사람들!" 갑자기 코스탸가 큰 목소리로 소리 질렀다. "사회주의자를 잡았다!"

기분이 좋으면 그는 언제나 안절부절못했으며, 소리를 지르거나, 순찰대원이나 마부들에게 시비를 걸거나, 흥얼거리거나, 미친 듯이 웃어젖혔다.

"자연이라고, 흥, 악마에게나 잡혀가버려라!" 그가 소리쳤다.

"그만, 그만." 야르쩨프가 달랬다. "그러지 말라고. 제발 부탁일세."

어둠에 눈이 익자 키 큰 소나무와 전봇대의 실루엣이 눈에 들어왔다. 모스크바 역에서 기적 소리가 들려왔고, 전선이 우울하게 웅웅거렸다. 숲은 고요했고, 이 정적 속에 뭔가 도도하고, 강하고, 비밀스러운 것이 느껴졌다. 밤이 되니, 소나무의 꼭대기가 하늘에 닿을 것같이 보였다. 두 친구는 나무를 찍어 만든 길을 찾아 그 길을 따라갔다. 아주 어두웠지만, 그들은 별이 흩뿌린 하늘이 길게 펼쳐져 있고, 발아래 밟히는 땅이 잘 다져져 있다는 것으로 미루어, 지금 그들이 오솔길을 따라 걷고 있다고 짐작했다. 아무 말 없이 나란히 가던 두 사람은 맞은편에서 사람들이 오고 있는 듯한 느낌을 받았다. 취기가 순식간에 사라졌다. 야르쩨프는 이 숲 속에 모스크바의 황제들, 귀족들, 성직자들의 혼령이 떠돌고 있을지도 모른다고 생각했으며, 코스탸에게 이 말을 하고 싶었지만 참았다.

관문關門으로 나왔을 때, 하늘이 조금씩 밝아오기 시작했다. 야르쩨프와 코스탸는 초라한 별장, 주막, 목재 가게를 지나 아스팔트길을 묵묵히 걸었다. 철도 아래에서 갑자기 버드나무 향기가 밴 상큼한 촉촉함이 느껴졌다. 그리고 그들의 눈앞에는 큰 거리가 펼쳐졌다. 거리에는 아무도 없었으며, 불빛조차 보이지 않았다. 크라스느이 연못에 도착했을 때는 이미 날이 밝았다.

"모스크바는 앞으로도 많은 수난을 겪을 거야." 알렉세예브스키 수녀원을 보며 야르쩨프가 말했다.

"무슨 생각을 하는 거죠?"

"그냥. 모스크바를 사랑하니까."

야르쩨프와 코스탸는 모스크바에서 태어났고, 모스크바라는 도시를 숭배했으며, 무슨 이유에서인지 다른 도시에 대해서는 적개심을 가지고 있었다. 그들은 모스크바는 위대한 도시이며, 러시아는 위대한 나라라는 데 확신을 가지고 있었다. 그들은 크림이나 카프카즈 또는 외국으로 나가면 지루해했으며 마음이 불편했다. 북쪽 모스크바의 날씨를 가장 상쾌하고 건강에 좋은 날씨라고 생각했다. 차가운 비가 창문을 두드리고, 날이 일찍 저물어 석양빛에 집과 교회의 벽이 슬픈 갈색으로 물들며, 무슨 옷을 입어야 할지 아리송한 불안정한 날씨가 그들의 마음을 기분 좋게 들뜨게 했던 것이다.

마침내 역 가까이에서 그들은 마차를 잡았다.

"사실 사극을 쓰는 것도 괜찮을 거야." 야르쩨프가 말했다. "랴뿌노프와 고두노프 시대만 빼고 말이야. 야로슬라프와 모노마흐 시대부터는…… 피멘의 독백을 제외하고는 그 시대의 모든 사극을 증오한다네. 사료나 역사교과서를 봤을 때 러시아는 모든 것이 비상하게 재능 있고, 뛰어나고, 흥미로운 것 같은데, 극장에서 사극을 보게 되면 러시아의 생활이라는 것이 도무지 진부하기 그지없고, 비정상적이고, 이도 저도 아닌 것처럼 여겨진다니까."

그들은 드미트로프스카야 거리에서 헤어졌으며, 야르쩨프는 니키츠카야 거리의 집으로 갔다. 그는 꾸벅꾸벅 졸며 줄곧 사극에 대해서 생각했다. 갑자기 그는 무시무시한 소리, 쇠사슬이 철거덕거리는 소리, 칼크 언어처럼 무슨 말인지 모를 절규를 상상했다. 불길에 휩싸인 농촌, 서리로 뒤덮이고 불길로 연분홍색을 띤 근방의 숲이 멀리서 보였으며, 그것은 너무나 선명하여 전나무 하나하나를 분간할 수 있을 정도였다. 기병과 보병처럼 보이는 야만인들이 마을을 휘젓고 다니고 있었는데, 그들의 말과 그들 자신은 마치 하늘의 노을처럼 검붉었다.

'뽈로베쯔인[22]들이군.' 라프테프가 생각했다.

그들 가운데 무섭게 생기고 피범벅인 된 노인이 온몸에 화상을 입고, 하얀 러시아인의 얼굴을 한 젊은 아가씨를 안장에 묶고 있었다. 노인은 무언가 참을 수 없다는 듯이 소리치고 있었으며, 아가씨는 그를 슬프고도 또렷한 눈으로 바라보았다. 야르쩨프는 머리를 흔들며 깨어났다.

"나의 친구여, 나의 다정한 친구여……." 그는 흥얼거렸다.

마부에게 돈을 지불하고 집으로 향하는 층계를 올라가면서도 그는 도무지 정신을 차릴 수 없었다. 불길이 나무로 옮겨붙고, 숲이 떨며 연기를 내는 것이 눈앞에 어른거렸다. 엄청나게 큰 야생

22 11~13세기 남러시아를 횡행한 터키족.

멧돼지가 공포로 정신을 잃고 마을을 헤집고 다녔다. 안장에 묶인 아가씨는 계속 바라보기만 했다.

그가 방 안에 들어왔을 때는 이미 날이 밝았다. 피아노에 펼쳐진 악보 옆에는 두 개의 양초가 타들어가고 있었다. 검은 옷을 입고 허리띠를 맨 라수디나가 소파에 누워서 손에 신문을 쥐고 깊이 잠들어 있었다. 틀림없이 오랫동안 피아노를 연주하며 야르쩨프가 오기를 기다렸다가 결국 잠들어버렸을 것이다.

'저런 곯아떨어졌군.' 그가 생각했다.

그는 그녀의 손에서 조심스럽게 신문을 빼내고 담요를 덮어주고는 양초를 끄고 자신의 침실로 갔다. 잠자리에 누우면서도 그는 여전히 사극에 대해서 생각했고, 그의 머리에서는 "나의 친구여, 나의 다정한 친구여"라는 멜로디가 떠나지 않았다.

이틀 후 라프테프가 잠시 그에게 들렀다. 그는 리다가 디프테리아를 앓고 있으며, 율리야 세르게예브나와 아기도 리다에게 옮았다고 말했다. 그리고 닷새 후 리다와 율리야는 회복되었으나 아기는 죽었으며, 라프테프 일가는 소콜니츠카야 거리에 있는 별장에서 나와 도시로 도망치듯 돌아갔다고 했다.

라프테프는 집에 오래 있으려 하지 않았다. 그의 아내는 조카들을 돌봐주어야 한다며 자주 별채로 갔으나, 라프테프는 그녀가 조카들을 돌보기 위해서가 아니라, 코스탸 곁에서 울기 위해서 간다는 것을 알고 있었다. 9일제가 있었고, 곧 20일제 그리고 40일제가 되었다. 그는 줄곧 추도회에 참석하기 위해 알렉산드로프스코예 묘지에 다녀와야 했고, 하루 종일 괴로워하며 이 불행한 아기에 대해 생각했으며, 아내를 위로하려고 닳고 닳은 뻔한 말들을 해야 했다. 이제 그는 가게에 거의 나가지 않았으며 자선행사에만 몰두했다. 그는 여러 가지 일거리 등을 생각해냈고, 아무리 하찮은 일이라도, 하루 종일 집 밖으로 나가야 할 일이 생기면 뛸 듯이 기뻐했다. 최근에 그는 노숙자들을 위한 간이숙소에 다시 흥미를 갖게 되었고, 운영 체제를 익히기 위해 해외에 나가볼 생각을 하고 있었다.

가을날이었다. 율리야는 별채에서 울고 있었으며, 라프테프는 서재의 소파에 누워 어디로 나갈지 궁리하고 있었다. 이때 마침 표트르가 라수디나가 왔다고 전했다. 라프테프는 대단히 기뻐하며 벌떡 일어나서 이젠 거의 잊다시피 한 과거의 여자친구를 맞으러 나갔다. 그녀는 그들이 마지막으로 만났던 그날 이후로 조금도 변하지 않은 그 모습 그대로였다.

"폴리나!" 그가 그녀에게 두 손을 내밀며 말했다. "이게 얼마만이지? 당신을 만나서 얼마나 기쁜지 몰라. 자 어서!"

라수디나는 인사를 하면서 그의 손을 잡아당겼다. 그러고는 외투도 모자도 벗지 않고 그의 서재로 들어가서 앉았다.

"금방 갈 거예요." 그녀가 말했다. "쓸데없는 이야기를 할 시간은 없으니까요. 자, 앉아서 내 말을 들어보세요. 당신이 나를 만나서 기쁘든 기쁘지 않든 내게는 전혀 상관없는 일이에요. 자비로우신 남정네들의 관심이란 내게 한 푼의 가치도 없으니까요. 당신을 찾아온 것은 오늘 다섯 군데나 돌아다녔지만, 모두 거절당했기 때문이에요. 아주 급한 일이 있어요. 들어보세요." 그녀는 그의 눈을 보며 말했다. "잘 아는 학생 다섯 명이 있어요. 모두

다 재능도 보잘것없고 영리하지도 못하지만 너무 가난해서 학비를 내지 못하고 있어요. 그래서 지금 제적당할 위기에 처했지요. 당신은 부자니까 지금 당장 대학으로 가서 그들의 학비를 내주어야 할 의무가 있어요."

"물론이오. 폴리나."

"자. 여기 그들의 이름이 적혀 있어요." 라수디나는 라프테프에게 쪽지를 주며 말했다. "지금 당장 가요. 가정의 행복은 다음에 즐겨도 늦지 않을 테니까요."

이때 거실로 향하는 문 뒤에서 사각거리는 소리가 들렸다. 아마 개가 몸을 비벼댔을 것이다. 라수디나는 얼굴이 빨개져서 벌떡 일어났다.

"당신의 둘시네아[23]가 우리 이야기를 엿듣고 있군요!" 그녀가 말했다. "가증스러워요!"

라프테프는 율리야가 모욕을 당한 듯 기분이 나빴다.

"그녀는 지금 이곳에 없소, 별채에 가 있단 말이오." 그가 말했다. "그리고 그녀에 대해 그렇게 말하지 마시오. 아이가 죽은 후로 그녀는 지금 끔찍한 고통 속에 있단 말이오."

"그녀를 위로해주지 그러세요." 그녀는 다시 앉으며 빈정거렸다. "앞으로도 열 명은 더 낳을 텐데. 아이를 낳지 못할 만큼 멍청

---

23 돈키호테가 공주라고 믿으며 숭배하던 농촌 처녀.

한 사람은 없잖아요?"

라프테프는 바로 이 말 또는 이와 비슷한 말을 예전에 이미 여러 번 들어왔음을 기억했다. 그는 이미 지나가버린, 자유롭고 고독했던 독신자 생활, 그가 아직 젊고, 원하는 모든 것을 할 수 있다고 생각했던 그때, 아직 아내에 대한 사랑도 없었고 아이에 대한 추억도 없었던 그때의 애수를 느끼는 듯했다.

"같이 가지." 그가 몸을 쭉 펴며 말했다.

대학에 도착하자 라수디나는 입구에서 기다리고 있었고, 라프테프는 서무과로 들어갔다. 얼마 후 돌아와서 그는 라수디나에게 다섯 개의 영수증을 주었다.

"이제 당신은 어디로 가지?" 그가 물었다.

"야르쩨프한테요."

"당신과 함께 가겠소."

"그렇지만 당신은 야르쩨프의 일을 방해만 할 텐데요."

"아니. 내가 맹세하지." 그는 애원하는 듯한 눈길로 그녀를 바라보았다.

그녀는 축면사縮緬絲 제의 장식이 달린 상복과 같은 검은 모자에 주머니가 축 처진 낡고 짤막한 외투를 입고 있었다. 그녀의 코는 전보다 더 길어 보였고, 추위에도 불구하고 얼굴에는 전혀 홍조가 없었다. 라프테프는 그녀의 뒤를 따라 걸으면서 쩔쩔매는 것이, 그녀의 잔소리를 듣는 것이 유쾌했다. 걸어가면서 그는 그녀에 대해 생각했다. '이토록 추하고, 뻣뻣하고, 차분하지도 못하고, 차려입을 줄도 모르고, 머리도 늘 부스스하고, 언제나 단정치 못한 느낌을 주는 폴리나가 그래도 역시 매력적이라니, 그녀의 내적 힘은 얼마나 대단한 것일까?'

야르쩨프의 집에 뒷문으로 들어왔을 때 그들은 부엌에서 깔끔한 회색 곱슬머리의 할머니를 만났다. 할머니는 당황했으나 다정하게 웃어주었다. 그녀의 작은 얼굴은 만두 같았다.

"어서 들어오세요."

야르쩨프는 집에 없었다. 라수디나는 피아노 앞에 앉아서, 라프테프에게 방해하지 말라고 명령하고는, 지루하고 어려운 연습곡을 치기 시작했다. 그는 그녀에게 말을 걸지 않았으며 옆에 앉아서《유럽통신》을 뒤적였다. 그녀는 두 시간 동안이나 피아노를 친 후(이것이 그녀의 하루 연습량이었다) 부엌에서 뭔가를 먹고 레슨을 하러 나갔다. 라프테프는 소설을 읽다가 오랫동안 가만히 앉아 있었다. 딱히 무엇을 읽는 것도 아니었지만 그렇다고 지루하지도 않았으며, 점심을 먹으러 집에 가기에는 이미 늦었다는 만족감에 젖어 오래도록 앉아 있었다.

"하하하!" 야르쩨프의 웃음소리가 들렸다. 건강하고 활기차며 볼이 붉은 야르쩨프는 반짝이는 단추가 달린 새 연미복을 입고 방으로 들어왔다. "하하하!"

친구들은 함께 식사했다. 식사 후 라프테프는 소파에 누웠고, 야르쩨프는 그 곁에 앉아서 담배를 피우기 시작했다. 저녁 어스름이 내려앉았다.

"내가 늙기 시작하나 봐요." 라프테프가 말했다. "니나 누나가 죽은 후로, 왠지 자꾸 죽음에 대해 생각하게 되는군요."

그들은 죽음, 영혼의 불멸성에 대해 이야기했으며, 정말 부활할 수 있어서 화성이나 어디로든 날아가서 늘 유쾌하고 행복할 수 있다면 좋겠다고 이야기했다. 그리고 무엇보다도 속물적인 생각이 아닌 유익한 생각만 하고 살 수 있다면 얼마나 좋을지에 대해서도 이야기했다.

"난 죽고 싶지 않아." 야르쩨프가 조용히 말했다. "어떤 철학으로도 난 죽음과 화해할 수 없다네, 죽음은 내게 파멸이야. 살고 싶어."

"가브릴로비치. 당신은 삶을 사랑합니까?"

"그럼, 그렇고말고."

"전 삶에 대해 제가 어떤 생각을 가지고 있는지 전혀 알 수 없어요. 어떨 때는 우울한 생각을 하기도 하고, 어떨 때는 아무러면 어떤가 하는 생각이 들기도 하고. 소심해지고 자신이 없어요. 제겐 겁쟁이의 양심이 있을 뿐입니다. 삶에 대해 적응할 수도, 제

삶의 주인도 결코 될 수 없지요. 다른 사람들은 헛소리도 하며 사기도 치지만, 결국 그들의 삶은 즐겁잖아요. 하지만 난 때로 의식적으로 선행을 베풀 때도 마음의 평화를 느끼지 못하고, 그저 무심하게 그 일들을 한답니다. 이 모든 것은 가브릴로비치, 제가 노예이고 농노의 손자이기 때문인 것 같아요. 우리가 지금처럼 벼락부자가 되는 데에는 많은 형제들의 희생이 뒤따랐죠."

"이보게. 다 괜찮다고." 야르쩨프가 한숨을 내쉬었다 "이것은 러시아아인의 삶이 얼마나 다양하고 가지각색인지를 보여줄 뿐이라고. 아 정말 가지각색이군! 알겠나, 난 매일 우리가 위대한 축제의 전야에 살고 있는 것이 아닌가 하는 생각을 한다네. 그때까지 살아서 그 축제에 참여해보고 싶어. 자네가 믿거나 말거나, 난 지금 대단한 세대가 자라나고 있다고 생각한다네. 아이들, 특히 소녀들을 가르칠 때면 그야말로 황홀함을 느낀다니까. 훌륭한 아이들이야!"

아르쩨프는 피아노로 다가가서 화성을 잡았다.

"난 화학자니까 화학자의 견지에서 사고하며, 화학자로 죽을 테지만." 그는 계속 말했다. "탐욕스러운 인간이라서 뭐든 마음껏 해보지도 못하고 죽을까 봐 두렵다네. 내겐 화학 하나로는 부족해. 러시아의 역사, 예술사, 교육학, 음악 등 닥치는 대로 하지만…… 언젠가 여름에 자네 안사람이 나보고 사극을 써달라고 말한 적이 있어. 이제는 나도 쓰고 싶어. 사흘만 꼼짝 않고 앉아서 쓰면, 한 편 정도는 쓸 수 있을 것 같은데……. 갖가지 형상들이 머릿속에 꽉 차서 그 안에서 고동치며 나를 지치게 해. 뭐 대단한 것을 만들기를 바라지는 않아. 단지 살면서 꿈꾸고 희망하고 여기저기 다녀보고 싶을 뿐이야. 이보게. 인생은 짧은 거라네. 좀 더 잘 살아야 하는 거야."

이 정다운 대화는 자정이 되어서야 끝났으며, 그 후에 라프테프는 거의 매일같이 야르쩨프의 집에 들렀다. 그는 자꾸 야르쩨프에게로 가고 싶었다. 보통 그는 저녁 전에 와서 누워서 야르쩨프가 돌아오기를 참을성 있게 기다렸다. 기다리는 것은 전혀 지루하지 않았다. 야르쩨프는 직장에서 돌아와 식사를 하고는 다시 일을 하기 시작했으나, 라프테프가 그에게 던진 질문으로 대화가 시작되곤 했으며, 이렇게 되면 더 이상 일이고 뭐고 없었다. 두 친구는 서로에게 대단히 만족하여 자정이 되어서야 헤어졌다.

그러나 이 일은 그리 오래 지속되지 못했다. 어느 날 라프테프는 야르쩨프의 집에서 혼자 있는 라수디나를 만나게 되었다. 그녀는 피아노 앞에 앉아서 연습곡을 치고 있었다. 그녀는 그를 적개심을 가지고 차갑게 쳐다보더니 손조차 내밀지 않고 그에게 물었다.

"언제 이 짓을 그만둘 거죠?"

"이 짓이라니?" 라프테프는 무슨 말인지 몰라 되물었다.

"매일같이 여기에 와서 야르쩨프의 일을 방해하고 있잖아요. 그는 장사치가 아니라 학자라고요. 그에게는 매 일분일초가 소중하단 말이에요. 그 정도는 이해해야 하는 것 아닌가요? 어느 정도는 예의를 갖추셔야죠!"

라프테프가 당황해서 짧게 말했다. "내가 그를 방해하고 있다고 생각한다면 앞으로는 오지 않도록 하지."

"훌륭하군요. 나가주세요. 그가 곧 돌아와서 당신을 만나게 될지 모르니까."

그녀의 말투와 무관심한 눈빛은 그를 매우 당황스럽게 만들었다. 그녀의 눈에는 그가 어서 빨리 나가주기를 바라는 것 외에는 그에 대한 아무런 감정이 남아 있지 않았다. 이전의 사랑과는 판이하게 달랐다! 그는 그녀와 악수도 하지 않은 채 집을 나왔다. 그는 그녀가 지금이라도 다시 안으로 불러줄 것 같았으나 들리는 것이라고는 피아노 소리뿐이었다. 그는 층계를 천천히 내려가며 이제 그는 그녀에게 완전히 남이 되었다는 사실을 깨달았다.

사흘 정도 지나 야르쩨프가 저녁을 함께 보내기 위해 그를 찾아왔다.

"새로운 소식이 있다네." 그가 웃었다. "폴리나 니콜라예브나가 완전히 우리 집으로 옮겨왔어." 그는 조금 쑥스러워하더니 작은 목소리로 말했다. "어때? 물론 우리가 서로에게 한눈에 반한 것은 아니지만, 내 생각에는…… 역시 마찬가지인 것 같아. 그녀에게 안식처와 평안을 줄 수 있어서, 그리고 그녀가 아플 때 일하지 않아도 되어서 기쁘다네. 그녀 역시 내가 그녀와 만나게 되어 나의 인생이 자리 잡히고, 그녀의 감화로 내가 위대한 학자가 될 거라고 생각해. 그녀는 그렇게 생각한다고. 그렇게 생각하도록 내버려두지 뭐. 남쪽 지방 사람들에게 이런 속담이 있다고. 바보는 생각만으로 배가 부른다. 하하하!"

라프테프는 아무 말도 하지 않았다. 야르쩨프는 서재를 한 바퀴 돌고, 이전에 이미 여러 번 보아왔던 그림들을 훑어보더니 한숨을 내쉬고 말했다.

"그래, 친구여. 난 자네보다 세 살 많아. 참사랑에 대해 꿈꾸기엔 이미 늦었지. 사실대로 말하자면, 폴리나 니콜라예브나 같은 여자는 나한테는 횡재지. 죽을 때까지 그녀와 잘 살아볼 테야. 근데, 제기랄, 뭔가 아쉽고 뭔가 모자란 듯하고 마치 다게스탄의 계곡에 누워서 무도회 꿈을 꾸는 듯한 기분이 드는군. 한마디로 말해서, 인간이란 현재 주어진 것에 대해 절대로 만족하는 법이 없지."

그는 거실로 가서 아무 일도 없었다는 듯이 로망스를 불렀으며, 라프테프는 서재에 앉아서 눈을 감고 왜 라수디나가 야르쩨프와 살기로 했는지 이해하려고 애썼다. 그는 굳건하고 지속적인 사랑이란 없다고 생각하며 우울해했고, 폴리나 니콜라예브나가 야르쩨프와 살기로 했다는 사실이 불쾌했다. 또한 아내에 대해 이전과는 다른 감정을 품고 있는 자신이 싫었다.

15

라프테프는 안락의자에 앉아서 몸을 흔들며 책을 읽고 있었다. 율리야 역시 그 옆에서 책을 읽고 있었다. 할 말이 없는 듯 그 둘은 아침부터 침묵하고 있었다. 아주 가끔 그는 책 너머로 그녀를 바라보며 생각했다. '뜨거운 사랑을 품고 결혼하든, 사랑 없이 결혼하든, 결국 마찬가지 아닐까?' 질투하고, 흥분하고, 괴로워하던 그때가 아주 먼 옛날 일처럼 느껴지는 것이었다. 그는 외국 여행에서 돌아와 쉬고 있었으며, 봄이 오면 대단히 마음에 들었던 영국에 또 나가볼 생각을 하고 있었다.

율리야 세르게예브나는 이미 자신의 슬픔에 익숙해져서 별채에 가서 우는 일도 없어졌다. 올겨울에 그녀는 가게에 다니거나 극장, 음악회에 가는 것을 그만두고 내내 집에만 있었다. 그녀는 큰방을 좋아하지 않았으며, 항상 남편의 서재나 자신의 방에 있었다. 그곳에는 그녀가 혼수품으로 가져온 성화를 놓는 제단이 있으며, 벽에는 전시회에서 그녀의 마음을 사로잡았던 바로 그 풍경화가 걸려 있었다. 그녀는 자신을 위해서는 거의 돈을 쓰지 않았으며, 아버지 집에 살았던 그때처럼 아주 적은 돈만으로 살았다.

겨울은 우울하게 지나가고 있었다. 모스크바 사람들은 카드놀이로 겨울을 보내고 있었으며, 설령 카드놀이 대신 노래나 독서, 그림 따위의 다른 오락거리에 열중한다 해도 지루하기는 마찬가지였을 것이다. 모스크바에는 재능 있는 사람들이 적어서 저녁 모임마다 매일 똑같은 가수와 음유시인이 나왔다. 그래서 예술에 대한 즐거움이 점점 식었고, 마침내 모두에게 하나의 지루하고 단조로운 의무가 되어버렸다.

게다가 라프테프 일가는 매일매일 슬픔에 젖어 살았다. 표도르 스테파노비치 노인의 시력이 너무나 나빠져서 가게에도 더 이상 나올 수 없었다. 안과 의사들은 곧 실명할 것이라고 했다. 표도르 또한 무슨 일인지 가게에 들르는 것을 그만두고, 하루 종일 집에 틀어박혀서 무언가를 써댔다. 파나우로프는 4등관이 되어 다른 도시로 옮겨갈 수 있게 되었다. 지금 그는 드레스덴 호텔에 머무르면서 매일같이 라프테프에게 찾아와 돈을 부탁했다. 키쉬는 마침내 대학을 졸업하고 라프테프 일가가 다른 직업을 찾아줄 것을 기다리며, 그의 집에서 하루 종일 길고 지루한 이야기를 늘어놓고 있었다. 이 모든 것이 라프테프의 화를 돋우었으며, 그를 지치게 했고, 매일의 일상을 불쾌하게 만들었다.

표트르가 서재로 와서 웬 낯선 여자가 찾아왔다고 알렸다. 그가 전한 명함에는 '조세피나 이오시포브나 밀란'이라고 쓰여 있었다.

율리야 세르게예브나는 천천히 일어섰고 너무 오래 앉아 있어서 약간 다리를 절며 방을 나갔다. 문가에는 마르고 매우 창백하며 검은 눈썹에 온통 검은 옷을 입은 한 부인이 서 있었다. 그녀는 손을 가슴에 얹고 기도하듯 말했다.

"무슈 라프테프. 내 아이들을 살려주세요!"

팔찌가 부딪히는 소리, 분 자국이 있는 그 얼굴은 라프테프에게 낯익었다. 그는 결혼 전에 생각 없이 그녀의 집에서 식사했던 일을 기억했다. 그녀는 파나우로프의 두 번째 부인이었다.

"제 아이들을 구해주세요!" 그녀는 반복해서 말했다. 그녀의 얼굴이 떨렸고, 갑자기 늙고 초라해졌으며, 눈은 충혈되어 있었다. "오직 당신만이 우리들을 구할 수 있습니다. 당신을 만나러 마지막 남은 돈으로 모스크바까지 달려왔어요! 제 아이들이 굶어 죽어가고 있답니다!"

그녀는 무릎을 꿇으려는 듯한 동작을 취했다. 라프테프는 놀라서 그녀의 팔을 붙들었다.

"앉으세요, 앉으세요." 그녀를 앉히며 중얼거렸다. "제발, 앉으시죠."

"이젠 빵을 살 돈조차 없어요." 그녀가 말했다. "그리고리 니콜라예비치는 새로운 직책을 맡으러 곧 떠나겠지만, 나와 아이들은 데려가려고 하지 않아요. 친절하신 당신이 저희에게 보내주셨던 돈을 그는 오로지 자신을 위해서만 썼답니다. 우린 어떻게 하죠? 어떻게? 불쌍하고 가엾은 내 아이들!"

"진정하십시오. 제발. 서무계에 연락해서 돈을 당신 이름 앞으로 보내도록 조처를 취하겠습니다."

그녀는 흐느껴 울다가 곧 진정했다. 짙게 분을 바른 그녀의 볼에 두 줄기 눈물 자국이 났으며, 그녀의 얼굴에는 콧수염이 나 있었다.

"당신은 정말 끝도 없이 친절하신 분이군요. 무슈 라프테프. 우리들에게 천사와 선녀가 되어주세요. 그리고리 니콜라예비치를 설득해서 그가 우리를 버리지 않도록 해주세요. 전 그를 미치도록 사랑해요. 그는 저의 기쁨이랍니다."

라프테프는 그녀에게 100루블을 주고 파나우로프와 말해보겠다고 약속했다. 그녀를 현관까지 바래다주며 그는 그녀가 다시 울지나 않을까, 무릎을 꿇고 엎드리지나 않을까 조바심을 냈다.

그녀가 돌아간 후 키쉬가 왔다. 또 얼마 후 코스탸가 사진기를 가지고 왔다. 최근 들어 그는 사진에 흥미를 붙여서 매일 몇 번씩 집안 사람들의 사진을 찍어주었다. 이 새로운 취미는 그에게 많은 고민을 안겨주었으므로 그는 약간 여위기까지 했다.

저녁 차를 마시기 전에 표도르가 왔다. 서재의 구석에 앉아서 그는 책을 펼쳐들고, 오랫동안 똑같은 페이지를 뚫어지게 바라보았다. 그는 책을 읽고 있지 않는 듯했다. 그 후 오랫동안 그는 차를 마셨다. 그의 얼굴은 붉었다. 그가 곁에 있자 라프테프는 가슴이 답답해짐을 느꼈다. 그의 침묵조차도 라프테프에게는 불쾌했다.

"드디어 러시아에 새로운 문필가가 탄생하게 된 것을 축하해다오!" 표도르가 말했다. "농담은 그만둘게, 얘야, 내가 드디어 짧은 논문을 완성했어. 시험 삼아 써본 거야. 읽어보렴. 그리고 네 의견을 말해줘. 단, 솔직해야 해."

그는 주머니에서 공책을 꺼내 동생에게 건넸다. 글에는 다음과 같은 제목이 붙어 있었다. '러시아의 정신'. 그것은 흔히 별다른 재능도 없지만, 속으로는 자신감이 대단한 자들이 즐겨 쓰는 지루하고 범상한 문체로 쓰여 있었다. 주된 내용은 다음과 같다. 지식인은 초자연적인 것을 믿지 않을 권리가 있지만, 다른 사람들을 유혹하여 그들의 신앙을 흔들지 않기 위해 자신의 불신을 감추어야 할 의무가 있다. 신앙 없이는 이상도 없으며, 모든 이상은 유럽을 구하고, 인류에게 참된 길을 제시해야 하기 때문이다.

"그렇지만 형님은 왜 유럽을 구해야 하는지는 쓰지 않았잖아요." 라프테프가 말했다.

"그건 당연한 거잖아."

"아무것도 당연한 것은 없어요." 라프테프가 흥분해서 방 안을 걷기 시작했다. "왜 이런 글을 썼는지 이해가 되지 않는군요. 물론 이건 형 일이긴 하지만."

"책으로 출판하고 싶어."

"형님이 알아서 하실 일이지요."

일 분 동안 아무 말이 없었다. 표도르는 한숨을 내쉬고 말했다.

"정말 애석하구나. 우리가 이렇게 서로 다른 생각을 가지고 있다는 것이. 아, 알료샤, 알료샤, 내 사랑하는 동생아! 너와 나는 러시아인이고, 정교를 믿으며, 생각이 넓은 사람들이다. 우리에게 과연 이 독일이나 유태인 놈들의 사상 나부랭이가 가당키나 하단 말이냐? 너와 나는 쩨쩨한 인간이 아니라, 당당하고 이름 있는 상인가문 출신이란 말이다."

"우리가 무슨 이름 있는 가문입니까?" 라프테프가 짜증을 참으며 말했다. "이름 있는 가문이라! 우리 장사치들이 하는 일이라곤 싸우는 것뿐이고, 가장 말단의 관리조차도 장사치의 낯짝에 주먹을 날린단 말이에요. 할아버지는 아버지를 때리고, 아버지는 나와 형을 때리고. 이 이름 있는 가문이라는 것이 형님과 제게 대체 무엇을 해주었지요? 유산으로 받은 것이라곤 노심초사하는 마음과 피 같은 노동뿐입니다. 형은 거의 삼 년 동안이나 불목하니[24]처럼 이러쿵저러쿵 별별 헛소리를 다 하더니 이젠 그런 글을 쓰는군요. 이 모두가 다 홀아비의 헛소리라고요. 그러면 나는? 나는? 나를 봐요. 민첩함도, 용감함도, 강한 의지도 없어요. 마치 누가 물어뜯기라도 할까 봐 걷는 것도 무섭고, 세상의 모든 하찮은 것, 나보다 지적으로 도덕적으로 훨씬 못한 바보들, 짐승 같은 것들 앞에서조차 소심해지지요. 난 청소부, 수위, 순찰대, 헌병도 두려워요. 모두가 두렵단 말입니다. 이게 다 제가 심신이 쇠약해진 어머니에게서 태어나서 어릴 때부터 얻어맞으며 겁에 질려 살아왔기 때문이에요! 나와 형한테 아이가 없으면 더 좋을 거예요. 하느님, 이 이름 있는 가문이 여기에서 끝장날 수 있도록 도와주소서!"

율리야 세르게예브나가 서재에 들어와 책상 곁에 앉았다.

"무엇 때문에 다투셨어요?" 그녀가 말했다. "제가 방해가 되는

<hr>

24 절에서 밥 짓고 물 긷는 일을 맡아서 하는 사람.

것은 아닌가요?”

“아니에요, 제수씨.” 표도르가 말했다. “우리들의 대화란 단순한 겁니다. 넌 우리 집안에 대해 이러쿵저러쿵 말을 하지만, 이 가문은 수백만 가지의 일을 해냈다. 이건 분명 의미가 있는 거라고!”

“대단히 중요하겠지요. 수백만 가지의 일이라! 특별한 두뇌와 재능이 없는 인간이 우연히 장사꾼이 되고, 부자가 되고, 매일매일 아무런 체계도 목적도 없이 심지어는 돈에 대한 욕심도 없이 기계적으로 장사를 하는 거죠. 그렇지만 돈이 직접 그에게 찾아온다는 겁니다. 그가 돈을 찾아가는 것이 아니라. 그는 평생 일만 하지만, 그가 일을 좋아하는 이유는 단지 점원들 위에 군림하며 손님들을 비웃을 수 있기 때문이지요. 교회에서 그가 집사직을 맡는 이유는 성가대 위에 군림하여 그들을 복종시킬 수 있기 때문입니다. 그가 학교를 후원하는 것은 자신의 아랫사람인 양 학교 선생들에게 위세를 부릴 수 있는 게 좋아서죠. 장사꾼은 장사를 좋아하는 것이 아니라, 위세 부리는 것을 좋아하는 겁니다. 형님의 가게는 장사를 하는 곳이 아니라 고문실입니다! 형님에게는 획일화되어 그저 착취당하는 인간들이 필요할 뿐이죠. 형님 또한 그들에게 어렸을 때부터 빵 한 조각을 얻기 위해 발아래 절하도록 강요해왔고, 그들에게 형님이 은인이라는 생각을 심어주

며 그러한 인간들을 양산하고 있는 거죠! 형님은 대학물을 먹은
자는 결코 불러들이지 않을걸요!"

"대학물을 먹은 자들은 우리 일에 필요없다."

"거짓말!" 라프테프가 소리쳤다. "거짓말!"

"미안하지만, 너는 네가 마시는 우물에 침을 뱉는 꼴인 것 같
구나." 표도르가 일어섰다. "우리가 하는 일이 네게는 혐오스러
울지라도 너는 그 일에서 나온 돈을 쓰고 있지 않느냐."

"네, 드디어 본론을 말씀하시는군요!" 라프테프가 화난 듯 형
을 노려보며 웃었다. "네. 저도 이 이름 있는 가문 태생이 아니었
으면 좋겠습니다. 일말의 의지와 용기만 있다면, 저도 이 모든 돈
을 다 뿌리치고 내 손으로 빵을 벌기 위해 뛰쳐나갔을 겁니다. 그
렇지만 당신들은 내가 어렸을 때부터 그 가게에서 나의 개성을
뭉개버렸던 거죠! 난 당신들의 것입니다!"

표도르는 시계를 보고 서둘러서 작별인사를 하기 시작했다. 그
는 율리야의 손에 키스하고 방을 나갔다. 그러나 그는 현관으로
가는 것이 아니라 거실을 거쳐 침실로 갔다.

"길을 잊어버렸군." 그는 매우 당황해서 말했다. "이상한 집이
야. 그렇지? 정말 이상한 집이야."

외투를 입을 때 그의 얼굴은 충격받은 듯 고통으로 일그러져
있었다. 라프테프는 더 이상 분노를 느끼지 않았다. 그는 겁이 났

고 동시에 표도르가 가엾게 느껴졌다. 이미 근 삼 년 동안 완전히 꺼져버렸다고 생각했던 형에 대한 따스하고 아름다운 사랑이 그의 가슴속에 되살아났으며, 이 사랑을 표현하고 싶은 강렬한 욕구를 느꼈다.

"표도르 형, 내일 우리 집에 식사하러 오세요." 그는 형의 어깨를 어루만졌다. "올 거죠?"

"그래, 그래. 내게 물을 좀 다오."

라프테프는 직접 식당으로 가서 찬장에서 잡히는 대로 잔을 집었는데 그것은 길이가 긴 맥주잔이었다. 그는 거기에 물을 따르고 형에게 가져다주었다. 표도르는 벌컥벌컥 물을 마시다가 갑자기 잔을 깨물었다. 부드득 하는 소리가 들렸고, 조금 있다가 울음소리가 났다. 물이 외투와 재킷에 흘렀다. 라프테프는 한 번도 남자가 우는 모습을 본 적이 없었기 때문에 당황하고 놀라서 무엇을 해야 좋을지 몰라 우두커니 서 있었다. 그는 율리야와 하녀가 표도르로부터 컵을 빼앗아서 그를 방으로 데리고 가는 것을 멍하니 보고 있었으며, 죄책감을 느끼며 그들의 뒤를 따라 방으로 갔다.

율리야는 표도르를 눕히고 그 앞에 무릎을 꿇고 앉았다.

"아무것도 아니에요." 그녀가 위로했다. "신경쇠약일 뿐이에요."

"제수씨. 괴로워요!" 그가 말했다. "난 불행하고 또 불행한 사람입니다. 계속해서 숨겨왔지만!"

그는 그녀의 목을 감싸안고 그녀의 귀에 속삭였다.

"매일 밤 니나 누나를 보지요. 누이가 와서는 내 침대 곁의 의자에 앉아요."

한 시간이 지나 그는 다시 현관에서 외투를 입고, 이번에는 미소를 지었다. 하녀 보기가 민망했던 것이다. 라프테프는 그를 파트니츠카야까지 배웅하러 나갔다.

"내일 식사하러 와요." 가면서 그가 형의 손을 잡으며 말했다. "그리고 부활절에는 함께 외국으로 나가요. 형님은 좀 바람을 쐬야 해요. 완전히 곰팡내가 난다고요."

"그래, 그러자꾸나. 갈게, 갈게. 제수씨도 데리고 가고."

집에 돌아오자 라프테프는 아내가 크게 흥분하고 근심하고 있는 것을 보았다. 표도르에게 일어난 일은 그녀를 놀라게 했으며, 쉽게 진정하지 못하고 있었다. 그녀는 울지는 않았지만 대단히 창백해져 있었다. 그녀는 침대에서 뒤척거리다가 차디찬 손가락으로 담요와 베개를 꼭 쥐고, 남편을 잡았다. 그녀의 큰 눈은 겁에 질려 있었다.

"가지 말아요. 가지 말아요." 그녀가 남편에게 말했다. "알료샤, 말해줘요. 왜 내가 기도를 멈추었지요? 나의 신앙은 어디로 갔지요? 왜 당신은 내 앞에서 종교에 대해 말했나요? 당신과 당신의 친구들은 날 혼란스럽게 했어요. 이제는 기도할 수 없다고요."

그는 그녀의 이마에 습포를 얹고, 그녀의 손을 따뜻하게 하고, 차를 마시게 했다. 그렇지만 그녀는 계속 공포에 떨며 그에게 안겨왔다.

아침이 되어서야 그녀는 지쳐 잠들었다. 라프테프는 곁에 앉아 아내의 손을 잡고 있었다. 그는 잠들 수 없었던 것이다. 하루 종일 그는 녹초가 되어 멍한 상태로 아무 생각도 없이 흐느적흐느적 방 안을 걸어다녔다.

16

의사들은 표도르가 정신병에 걸렸다고 말했다. 라프테프는 퍄
트니츠카야의 집에서 무슨 일이 벌어지고 있는지 알지 못했지만,
노인장과 표도르가 더 이상 나타나지 않는 그 어두운 가게는 그
에게 무덤과 같은 인상을 주었다. 아내가 그에게 가게와 퍄트니
츠카야의 집에 매일 들러봐야 한다고 말하면, 그는 아무 대답을
하지 않거나 자신의 유년시절에 대해, 그리고 과거 때문에 아버
지를 결코 용서할 수 없다는 것에 대해, 퍄트니츠카야 거리와 가
게 모두 그에게 혐오스럽다는 것 등에 대해 짜증스럽게 말하곤
했다.

어느 일요일 아침 율리야는 직접 퍄트니츠카야 거리의 집으로

갔다. 그녀는 맨 처음 이곳으로 왔을 때 예배를 드렸던 바로 그 홀에서 표도르 스테파노비치 노인을 만났다. 그는 범포로 만든 상의를 입고, 넥타이도 매지 않고, 단화를 신은 채 꼼짝도 않고 가만히 의자에 앉아서 이미 보이지 않는 눈을 찡그리고 있었다.

"저예요. 아버님의 며느리랍니다." 그에게 다가가며 말했다. "아버님을 뵈러 왔답니다."

그는 흥분하여 거칠게 숨을 쉬었다. 그녀는 그의 불행과 고독에 마음 아파서 그의 손에 키스했다. 그는 그녀를 확인이라도 하듯 그녀의 얼굴과 머리를 더듬더니, 그녀에게 성호를 그어주었다.

"고맙구나, 고맙다." 그가 말했다. "시력을 잃어 아무것도 보지 못한단다. 창문과 불빛은 아주 조금 보이지만, 사람과 물체는 거의 구분하지 못한단다. 난 곧 완전히 실명할 테고, 표도르는 저렇게 아프니. 가게도 주인의 감시 없이는 잘 되지 않을 텐데. 만약 무슨 좋지 않은 일이라도 생기면, 부를 사람이 아무도 없으니. 아랫것들이 막돼가고 있겠군. 그런데 표도르는 어디가 아픈 거지? 감기인가? 난 한 번도 비실댄 적이 없고, 치료를 받은 적도 없는데. 의사라고는 몰랐다고."

그는 평소처럼 자랑하기 시작했다. 하인들은 급하게 홀에서 상을 차리고 안주와 포도주를 내놓고 있었다. 열 병 정도를 내놓았는데, 그중 하나는 에펠탑 같은 모양을 하고 있었다. 삶은 쌀과 생선 냄새가 나는 뜨거운 만두가 가득 담긴 접시도 상 위에 올라왔다.

"귀하신 손님, 어서 드시지요." 노인이 말했다.

그녀는 그의 손을 잡아 식당으로 데려가서 보드카를 따라주었다.

"내일도 오겠어요." 그녀가 말했다. "아버님의 손녀, 사샤와 리다도 데리고 올게요. 그 아이들이 아버님을 가엾이 여기고 안아줄 거예요."

"필요없단다. 데리고 오지 말거라. 그 아이들은 사생아다."

"왜 사생아라고 하시죠? 그 아이들의 아버지와 어머니는 정식 결혼을 했는걸요."

"내 허락 없이 말이지. 난 그들을 축복하지도 않았고, 알고 싶지도 않다. 하느님이 그들과 함께하시겠지."

"이상한 말씀을 하시는군요. 표도르 스테파노비치." 그녀가 한숨을 내쉬었다.

"성경에도 쓰여 있다. 자식은 부모를 공경하고 경외해야 한다고."

"그런 말은 없어요. 성경에는 우리 모두 자신의 적을 용서해야 한다고 쓰여 있지요."

"이 일은 결코 용서할 수 없다. 모든 이들을 다 용서한다면, 삼 년 후에는 굴뚝에 처박히는 꼴을 당하게 될걸."

"그러나 용서를 베풀고, 사람들에게 심지어는 죄인들에게도 부드럽고 상냥한 말을 하는 것은 그 무엇보다도, 부유함보다도 훨씬 더 고귀한 일이랍니다!"

율리야는 노인의 마음을 풀고, 아이들에게 연민의 감정을 불어넣으며 후회하는 마음을 일깨우려 했으나 그녀가 말한 모든 것을 그는 어른이 아이의 말을 듣는 듯한 관대한 태도로 들어주고 있을 뿐이었다.

"표도르 스테파노비치!" 율리야가 단호하게 말했다. "아버님은 이미 연로하셨고, 곧 하느님의 부르심을 받을 겁니다. 하느님께서는 아버님이 장사를 잘하셨는지, 일이 어떻게 돌아갔는지를 묻는 것이 아니라, 얼마나 사람들에게 자비로우셨는지, 아니면 하녀나 일꾼들 같은 약자들에게 비정하게 대하셨는지를 물으실 겁니다."

"난 우리집 하인들에게 항상 관대했으며, 그들은 아마 영원히 하느님께 나를 위해 기도해야 할 것이다." 노인이 자신 있게 말했다. 그러나 율리야의 진실한 어조에 감동되어, 그리고 그녀를 만족시켜주기 위해 그는 말했다. "좋다, 내일 손녀들을 데리고 오거라. 선물을 사주라고 말해두지."

노인은 단정치 못하게 옷을 입고 있었으며, 가슴과 무릎에는 담뱃재가 떨어져 있었다. 아무도 그에게 장화와 옷을 빨아주지 않는 듯했다. 만두 속의 쌀은 완전히 삶아지지 않았고, 식탁보에는 비누 냄새가 났으며, 하녀는 발로 쿵쿵거렸다. 노인과 이 퍄트니츠카야의 집은 버림받은 모습을 하고 있었으며, 율리야는 자신과 남편이 부끄러워졌다.

"내일도 꼭 다시 오겠어요." 그녀가 말했다.

그녀는 방마다 다니면서 노인의 침실을 청소하고 램프를 켜라고 분부했다. 표도르는 자기 방에 앉아서 펼쳐진 책을 읽지도 않고 그저 바라보고 있었다. 율리야는 그와 잠시 이야기를 나누었고, 그의 방도 청소하라고 명령하고는 아래층의 하인들에게로 갔다. 하인들이 식사하고 있던 방의 한가운데에는 지붕이 무너지지 않도록 지붕을 지탱하는 나무로 된 기둥이 물감도 칠해지지 않은 채 서 있었다. 지붕은 낮았고, 벽에는 싼 벽지가 칠해져 있었으며, 탄 냄새와 부엌 냄새가 났다. 축제 때에는 모든 하인들이 집에 남아 침대에 앉아서 점심식사만을 고대했다. 율리야가 들어오자 그들은 자리에서 벌떡 일어나서 마치 죄수처럼 그녀를 힐끗힐끗 곁눈질로 쳐다보며, 그녀의 질문에 겁먹은 듯 대답했다.

"하느님 맙소사, 정말 방이 엉망이군요!" 그녀가 두 손을 들며 말했다. "좁지 않아요?"

"좁은 것이 마음이 불편한 것보다는 낫습죠." 마케이체프가 말했다. "저희는 아씨께 크게 감사하고 있지요. 자비하신 주님께 아씨를 위해 기도드립니다."

"다 자기 생긴 대로 사는 거지요." 포차트킨이 말했다.

율리야가 이해하지 못한 것을 눈치채고, 마케이체프가 서둘러서 설명했다.

"쉰네들은 보잘것없는 사람들이니, 신분에 맞게 사는 거지요."

그녀는 심부름꾼 아이들이 사는 방과 부엌을 살펴보았고, 집안의 경제적 형편을 알고 나서는 대단히 불만스러워했다.

집으로 돌아와서 그녀는 남편에게 말했다.

"가능한 한 빨리 퍄트니츠카야 거리의 집으로 옮겨가서 살아야겠어요. 당신은 그곳에서 매일같이 가게로 나가시고요."

그 후 둘은 서재에 나란히 앉아서 아무 말도 하지 않았다. 그는 마음이 답답해서 파트니츠카야나 가게로 가고 싶지 않았다. 그는 아내가 무슨 생각을 하는지 짐작했고, 그녀의 말을 거역할 수 없었다. 그는 그녀의 볼을 쓰다듬고 말했다.

"왠지 우리의 인생은 이미 다 끝났고, 이제는 회색의 반쪽 인생이 시작된 기분이야. 표도르 형이 회복의 희망조차 없는 환자라는 것을 알았을 때, 난 울음을 터뜨렸어. 우린 함께 유년 시절과 청춘을 보냈고, 한때는 그를 온 마음을 다해 사랑한 적도 있었지. 이제 당신에게는 재앙처럼 느껴질 테지만, 난 그를 잃으면 과거와 완전히 결별하는 거야. 당신이 방금 우리가 퍄트니츠카야로, 그 감옥 같은 곳으로 가야만 한다고 했을 때, 나에겐 이젠 미래가 없다고 느꼈지."

그는 일어서서 창문가로 갔다.

"이젠 행복에 대한 기대와는 완전히 안녕을 고해야겠군." 그는 거리를 보며 말했다. "행복이란 없어. 내게 행복이란 결단코 한 번도 없었고, 틀림없이, 행복이란 그 자체가 없는 걸 거야. 그러나 내 인생에서 꼭 한 번은 행복했던 적이 있었지. 한밤중에 당신의 양산을 펼치고 앉았을 때. 당신 기억해? 니나 누나 집에 양산을 두고 갔던 일." 그가 아내 쪽으로 돌아서며 말했다. "그때 난 당신에게 반해 있었고, 온밤 내내 그 양산 아래 앉아서 황홀한 기분을 맛보았지."

서재의 책장 옆에는 붉은색 나무와 동으로 된 장롱이 있었는데, 라프테프는 그 속에 여러 가지 불필요한 물건들을 보관하고 있었다. 그 안에 그녀의 양산도 있었다. 그는 양산을 꺼내 아내에게 주었다.

"자, 여기."

율리야는 잠시 그것을 바라보다가 기억해내고는 슬프게 미소 지었다.

"기억해요." 그녀가 말했다. "당신이 내게 사랑을 고백할 때, 이것을 손에 쥐고 계셨지요." 그녀는 그가 나갈 채비를 하고 있다는 것을 눈치챘다. "될 수 있으면 일찍 들어오세요. 당신이 없으면 무료하답니다."

그녀는 자기 방으로 가서 오랫동안 양산을 바라보았다.

17

　가게 일은 복잡하고 거래도 많았지만 회계가 없어서 서무사가
기록한 장부로는 아무것도 이해할 수 없었다. 매일 가게로 중개
인들, 독일인들, 영국인들이 들렀고, 점원들은 그들과 함께 정치
와 종교에 대해 이러쿵저러쿵 이야기했다. 병들고 초라한 귀족이
술에 잔뜩 취해서 오기도 했다. 그는 가게로 외국의 간행물들을
가져다주었다. 점원들은 그를 놈팡이라고 불렀으며, 소금을 넣은
차를 먹였다. 가게에서 벌어지는 이 모든 거래는 라프테프에게
마치 기이하고도 불가사의한 일처럼 느껴졌다.

　그는 매일 가게에 들러서 정리를 해보려고 했다. 그는 소년들
을 때리거나 손님들을 놀리는 것을 금지했고, 점원들이 재미있다

는 듯이 깔깔대며 오랫동안 팔리지 않고 쌓여 있던 필요없는 물건들을 가장 최신의 제품인 양 속여서 지방으로 팔아치울 때는 격노하기도 했다. 이제 가게에서 제일 윗사람이 되었지만, 이전처럼 그는 자신의 재산이 얼마나 되는지, 장사가 어떻게 되어가고 있는지, 지배인들이 얼마나 월급을 받는지 그 무엇도 알지 못했다. 포차트킨과 마케이체프는 그를 아직 어리고 경험이 부족한 사람으로 취급했으며, 그에게 많은 것을 감추고, 매일 저녁 무언가에 대해 비밀스럽게 장님 노인에게 소곤거렸다.

6월 초 어느 날 라프테프와 포차트킨은 아침식사를 하고 마침 일에 대해서 이야기도 할 겸 부브놉스키 주막으로 갔다. 포차트킨은 여덟 살 때부터 라프테프 집안에서 일해왔다. 그는 라프테프 집안의 사람으로 간주되어, 다들 그를 완전히 신임하고 있었다. 그가 가게에서 나갈 때는 금고 속의 모든 수입을 다 자기 주머니 속에 채워놓곤 했지만, 이것은 어느 누구에게도 일말의 의심조차 불러일으키지 않았다. 그는 가게와 집에서 제일 중요한 사람이었고, 교회에서조차 노인을 대신하여 장로직을 수행하고 있었다. 아랫사람들에게는 지독하게 대했으므로, 점원들과 소년들은 그를 '말류타 스쿠라토프'[25]라고 불렀다.

25 이것은 벨스키 그리고리예비치 루키야노비치의 별명인데, 그는 이반 4세의 측근으로 16세기 이반 4세가 귀족세력의 확장을 막기 위해 조직한 친위대를 이끌고 블라디미르 스타리츠키 대공을 암살했다.

주막에 도착하자 그는 급사에게 고개를 흔들어 인사하고 나서 말했다.

"이봐, 그 요사스런 물건 반쪽과 께름칙한 것 스물네 개를 가져다주게나."

급사는 얼마 후 보드카 반 병과 여러 가지 안주를 담은 접시 몇 개를 쟁반에 담아 가져왔다.

"그렇지. 친절하군." 포차트킨이 그에게 말했다. "자, 이젠 일등 주방장의 험담 일인분과 감자 퓨레가 있는 욕설을 가져다줘."

급사는 알아듣지 못하고 당황하여 무슨 말을 하고 싶어했으나, 포차트킨은 그를 무섭게 노려보며 말했다.

"빼고!"

급사는 긴장하여 곰곰이 생각하고는 동료들에게 의논하러 갔다. 그리고 마침내 포차트킨이 원하는 것을 알아채고는 소의 혀 요리를 가져왔다. 두 잔씩 마시고 안주를 먹자, 라프테프가 물었다.

"이반 바실리예비치, 정말 우리 사업이 최근 들어서 하향세로 접어들었습니까?"

"전혀 아닙죠."

"정직하게 말해주세요. 이전에는 수입이 얼마였고, 지금은 얼마입니까? 그리고 우리들의 재산이 어느 정도나 되죠? 전혀 모르고 다닐 수는 없잖아요. 얼마 전에 결산을 했지만, 난 그것을 믿지 않아요. 당신은 나한테는 숨기고 아버지께만 이야기해야 한다고 생각하십니까? 당신은 예전부터 속임수에 익숙해져서 이젠 속임수를 사용하지 않고는 아무것도 할 수 없죠. 왜 그런 것이 필요합니까? 자, 부탁합니다. 솔직하게 말해주세요. 우리 사업이 지금 어떤 형편에 처해 있지요?"

"모든 것이 은행 대출의 변화에 달려 있습죠." 포차트킨이 잠시 생각한 뒤 말했다.

"은행 대출의 변화라니 무슨 말씀입니까?"

포차트킨은 설명하기 시작했으나, 라프테프는 전혀 이해할 수 없었으며, 마케이체프를 부르러 사람을 보냈다. 그는 곧 나타나서 안주를 먹고 기도를 한 뒤 예의 그 웅장하고 굵은 목소리로 말하기 시작했는데, 그가 제일 먼저 한 말은 '가신家臣은 자신의 은인을 위해 밤낮을 가리지 않고 하느님께 기도해야 한다'는 것이었다.

"좋다고요. 그러나 저를 당신의 은인이라고는 생각하지 마십시오." 라프테프가 말했다.

"모든 사람은 자신이 누구인지 그리고 어떤 신분에 속하는지 기억해야 합니다. 당신은 하느님의 은총으로 우리의 아버지이자 은인이며, 우리는 당신의 노예입니다."

"그런 말은 이제 지겹다고요!" 라프테프가 화를 냈다. "제발, 당신들이 저의 은인이 되셔서, 우리 일이 지금 어떤 형편인지 설명해주십시오. 저를 애 취급하지 말고요. 그렇지 않으면 내일 당장이라도 가게 문을 닫아버릴 거요. 아버지는 장님이 되셨고, 형은 정신병원에 있소. 내 조카들은 아직 어리고. 나도 이 일이 싫소. 할 수만 있다면 그만두고 싶소. 그러나 나를 대신해줄 사람이 아무도 없단 말이오. 당신들도 잘 알고 있지 않소. 술수는 그만두시오, 제발!"

정산하기 위해 가게로 갔다. 저녁에는 집에서 계산했는데, 노인이 직접 도왔다. 아들에게 자신의 사업 비밀을 일러주면서, 그는 마치 마술을 부리는 듯한 어조로 말했다. 매해 수입은 거의 10퍼센트씩 증가하고 있었으며, 라프테프 일가의 재산은 현금과 유가증권만을 따져도 6백만 루블에 달하는 것으로 밝혀졌다.

자정이 넘어서 계산이 끝나자, 라프테프는 신선한 공기를 마시러 밖으로 나갔다. 그는 이 숫자에 매력을 느끼고 있었다. 밤은 고요하고, 달빛이 비추고 있었으며, 날씨는 후텁지근했다. 모스크바 강 건너편 집들은 그 하얀 벽과 굳게 닫혀진 문, 깊은 정적과 검게 드리운 그늘로 인해 총을 든 순찰병만 있으면 성채와 같은 인상을 주기에 충분했다. 라프테프는 정원으로 가서, 옆집의 뜰과 경계를 이루는 담 곁의 벤치에 앉았다. 벚꽃이 만발했다. 이

벚꽃나무는 그가 어렸을 때도 지금처럼 옹이투성이였고, 지금과 같은 크기였으며, 그때로부터 전혀 변하지 않았다. 정원과 뜰의 구석구석이 그에게 아득한 과거를 떠올리게 했다. 어렸을 때도 지금처럼 드문드문한 나뭇가지 사이로 달빛이 가득 찬 뜰이 보였고, 그림자의 실루엣은 비밀스러우면서도 또렷했다. 그때도 지금처럼 뜰 한가운데 검은 강아지가 누워 있었고, 하인들 방의 창문은 활짝 열려 있었다. 이 모든 것이 구슬픈 기억이었다.

담장 뒤 이웃의 뜰에서 가벼운 발소리가 들렸다.

"내 사랑이여." 남자의 목소리가 바로 담 곁에서 들렸으므로, 라프테프는 그의 숨소리까지 들을 수 있었다.

연인들은 키스했다. 라프테프는 엄청난 액수의 돈과 전혀 원치 않는 가게 일이 결국 그의 인생을 망칠 것이고, 그를 노예로 만들 거라고 생각했다. 그는 점차로 자신의 형편에 익숙해져 가게 주인으로서의 역할을 해나갈 것이고, 차츰 아둔해지고 늙기 시작하여 마지막에는 다른 모든 형편없는 속물처럼 주위 사람들에게 괴로움만 주다가 비참하게 종말을 맞이할 거라고 생각했다. 그러나 도대체 왜 그는 이 수백만 루블의 돈과 가게를 뿌리치지 못하고, 옛날부터 증오했던 정원과 뜰로부터 도망치지 못하는가?

담 건너편의 속삭임과 키스가 그를 흥분하게 만들었다. 그는 뜰 한가운데로 나와서 셔츠의 단추를 풀고 달을 쳐다보았다. 마치 문을 열라고 명령한 뒤, 뜰을 나와서 다시는 돌아오지 않을 것 같았다. 자유에 대한 예감으로 그의 가슴은 달콤하게 저렸다. 그는 명랑하게 웃으며, 이런 삶이 얼마나 아름답고, 시적이며 심지어는 성스러울까 상상해보았다.

그러나 그는 나가지 않고 계속 거기에 서서 자신에게 질문을 던졌다. '도대체 무엇이 나를 붙잡는 것일까?' 그는 자기처럼 더 자유롭고 즐거울 수 있는 들판으로 나가지 못하고 돌 위에서 뒹굴기만 하는 검은 개에게 증오심을 품었다. 그와 이 검은 개가 뜰을 벗어나지 못하는 것은 아마 한 가지 이유에서일 것이다. 구속에 익숙해지고, 노예근성이 몸에 배어버린 것이다.

다음 날 아내에게 가는 길에 그는 심심하지 않도록 야르쩨프를 불렀다. 율리야 세르게예브나는 부토바에 있는 별장에 살고 있었는데, 그는 그곳에 벌써 닷새 동안이나 가지 않았다. 역에 도착해서 두 친구는 마차를 탔다. 야르쩨프는 가는 내내 노래를 불렀고 좋은 날씨에 감탄을 연발했다. 별장은 역에서 멀지 않은 곳, 큰 공원에 있었다. 대문에서 스무 걸음 정도 떨어지고 오솔길이 시작되는 곳에 율리야 세르게예브나가 손님들을 기다리며 큰 미루나무 아래에 앉아 있었다. 그녀는 레이스가 달린 크림색의 가볍고 우아한 옷을 입고 있었으며, 손에는 옛날의 그 양산을 들고 있었다. 야르쩨프는 그녀와 인사를 했고 사샤와 리다의 목소리가 들리는 별장으로 갔다. 라프테프는 여러 가지 일에 대해 이야기하기 위해 율리야 세르게예브나 옆에 앉았다.

"왜 이렇게 오랫동안 오지 않았어요?" 그의 손을 꼭 잡고 그녀가 물었다. "하루 종일 여기 앉아서 당신이 오지 않을까 둘러보았답니다. 당신 없이는 쓸쓸해요!"

그녀는 일어나서 그의 머리카락을 쓰다듬고 호기심 어린 눈길로 그의 얼굴, 어깨, 모자를 살펴보았다.

"알고 있나요? 제가 당신을 사랑한다는 것을." 말하고 나서 그녀의 얼굴이 빨개졌다. "당신은 내게 소중한 사람이에요. 이렇게 당신이 오고, 마주 볼 수 있어서 얼마나 행복한지 몰라요. 자, 이야기해요. 무슨 말이든지 해줘요."

그녀는 그에게 사랑을 고백했지만, 그는 그녀와 이미 십 년이나 함께 산 듯한 느낌이 들었고, 머릿속으로는 아침식사를 하고 싶다고 생각했다. 그녀는 비단 옷으로 그의 볼을 간질이면서 그의 목을 껴안았다. 그는 조심스럽게 그녀의 팔을 풀고 일어나서 아무 말도 없이 별장으로 갔다. 맞은편에서 소녀들이 뛰어오고 있었다.

'정말 많이 컸구나!' 그는 생각했다. '이삼 년 동안 참 많이 변했구나. 그러나 앞으로도 십삼 년, 아니 삼십 년은 더 살아야겠지. 미래에는 또 무언가가 우리를 기다리고 있을 테지. 그것이 무

엇인지는 살다 보면 알겠지.'

그는 그의 목에 매달리는 사샤와 리다를 안고 말했다. "할아버지가 안부 전해달라고 하신다. 표도르 아저씨는 곧 돌아가실 거야. 코스탸 아저씨는 미국에서 편지를 썼는데, 아가씨들에게 인사 올리라고 분부하셨단다. 아저씨는 전시회가 지겨워서, 곧 돌아올 거라고 하는구나. 그리고 알렉세이 아저씨는 매우 배가 고프단다."

그 후 그는 테라스에 앉아서 조용히 오솔길을 따라 별장으로 오는 아내를 바라보았다. 그녀는 무슨 생각에 잠겨 있었다. 얼굴에는 우울하면서도 매력적인 표정이 떠올랐고, 눈에는 눈물이 맺혀 있었다. 그녀는 이미 예전의 그 가냘프고 연약하며 창백한 아가씨가 아니라, 성숙하고 아름다우며 강한 여성이었다. 그는 야르쩨프가 넋을 잃고 그녀를 쳐다보고 있는 것을 보았다. 그녀의 이 낯설고도 아름다운 표정은 야르쩨프에게로 옮겨져, 그도 역시 우울하면서도 황홀한 표정을 짓고 있었다. 라프테프는 마치 그녀를 처음 보는 듯한 인상을 받았다. 테라스에서 식사하며 야르쩨프는 기쁜 듯 또 수줍은 듯 미소를 짓고, 율리야의 아름다운 목에 눈길을 보냈다. 라프테프는 자신도 모르게 야르쩨프를 살펴보며, 앞으로도 아마 십삼 년, 아니 삼십 년은 더 살아야 할지 모른다고 생각했다. 앞으로 또 어떤 일을 겪게 될까? 미래에 무엇이 우리를 기다리고 있을까?

그는 생각했다.

'살다 보면 알겠지.'

아득한 이상, 척박한 나의 인생이여

『나의 인생』에 소개된 두 작품 「나의 인생」과 「삼 년」은 안톤 체호프의 중편소설로 국내에는 처음 소개되는 작품이다. 체호프는 결핵을 앓는 몸으로 혼자 사할린 여행을 감행한 뒤, 작품 세계에 큰 전환을 맞아 희곡 〈벚꽃동산〉 〈바냐 아저씨〉 단편 「귀여운 여인」 등 말년의 주옥같은 작품들을 쏟아냈는데, 「나의 인생」과 「삼 년」은 그 기간에 발표한 몇 안 되는 중편소설에 속한다.

「나의 인생」은 체호프의 작품에 흔히 등장하는 엄혹한 부친과의 대립 및 저항 그리고 학창 시절부터 가장 노릇을 하며 절감했을 노동의 신성한 가치에 대한 주장이 여실히 드러난 작품이다.

여러 직장을 전전하다가 아홉 번째로 해고를 당한 변변치 못한 청년 미사일 폴로즈네프. 결국 그는 가문의 품위를 강조하며 엄하게 다그치는 아버지에게서 벗어나 도장공 레지카의 조수가 된다. 평소 마음속으로만 벼르고 있던 삶, 즉 제 손으로 일해 빵을 벌어 먹는 일을 시작한 것이다. 자신이 속했던 상류 귀족사회는 물론, 이제 막 발을 들여놓으려고 하는 하층 계급에게까지 조롱을 당하지만, 미사일은 노동자의 신분을 계속 유지하고 결국 그 세계에 안착하게 된다.

이제 나는 먹고살기 위해 어쩔 수 없이 노동하는 사람들, 노새처럼 일하면서도 노동의 가치를 인식하지 못하며 노동이라는 단어조차 쓸 줄 모르는 사람들과 함께 살게 된 것이다. 그들과 지내면서 나 역시 스스로를 노새처럼 여기게 되었고, 내 일의 필연성과 불가피성에 빠져들면서 그동안 나를 괴롭히던 온갖 회의와 의심에서 벗어났으며, 삶은 훨씬 편해졌다 (……) 가장 중요한 것은, 내 힘으로 번 돈으로 생활하며 아무에게도 폐를 끼치지 않았다는 것이다.

아무에게도 폐를 끼치지 않고, 제 힘으로 번 돈으로 생활하는 것. 미사일의 소박한 꿈은 아버지에게는 가문의 수치이고, 주변 사람들에게는 조롱과 탄식의 대상이 된다. 귀족은 물론 평민 사회에까지 깊이 만연된 뇌물, 위선, 부정의 관습은 미사일이 원하는 삶이 실현되는 데 큰 장애물로 작용한다. 그러나 그는 자신이 바라는 삶을 포기하지 않는다. 체면과 신분을 중요시하는 아버지와 몇몇 사람들에게는 무능하게만 비쳐지던 미사일이었지만 순수한 육체노동으로 빵을 벌겠다는 인생관을 관철시키는 데에서는 비상한 의지와 주관을 보인다.

인생 최고의 행복을 맛보게 해준 아내, 그의 인생관에 동조하고 심지어 독려까지 했던 그녀가 떠나고, 유일하게 의지하던 누이마저 사생아를 낳고 죽었을 때도, 삶에 대한 그의 의지는 꺾이지 않는다. 오히려 시련을 거치면서 미사일은 점점 더 자유를 느끼게 되고, 자신이 선택한 삶과 세계, 곧 '나의 인생'에 편안히 안착하게 된다.

이러한 미사일에게 눈에 띄지는 않지만 지대한 영향을 미치는 인물이 있다. 바로 도장공 레지카이다. 미사일에게 일거리를 제공하는 장본인으로 물질적인 의지처는 물론, 미처 깨닫지 못하는 사이에 정신적인 의지처의 역할까지 하는 인물이다. 고된 노동과 빚에 파묻혀 살고 몸도 병약하지만, 레지카는 원숙한 일솜씨만큼이나 삶에 대한 낙천성과 건강한 의지를 잃지 않는 인물이다. 위중한 병을 앓고 나서도 "숨이 아직 붙어 있었네!" 하고 익살을 떨거나 "그래, 그럴 수도 있지, 다 있을 수 있는 일이야!" 하며 변하지 않는 낙천성을 보여준다. 체호프 역시 불혹에 이르도록 결혼도 못 하고 가족의 생계에 매여 있어야 했지만, 그러면서도 일찍이 유머 작가로서 이름을 날리며 강한 생활력을 발휘했다. 그런 점에서 레지카는 체호프의 분신 같은 인물이라고도 할 수 있다.

　"진딧물은 풀을 뜯어먹고, 녹은 철을 갉아먹고, 거짓은 마음을 병들게 하지."

신분이 제공하는 기득권을 버리고 양심을 지키며 소박하게 살아가기 위해 미사일이 거쳐가는 모진 여정을 담담하게 그리면서도, 레지카가 버릇처럼 되뇌는 이 한마디에서 체호프는, 사회에 만연된 위선을 예리하게 심판하고 있다.

「삼 년」은 유머와 고독한 정서가 함께 어우러진 체호프 특유의 체취가 강하게 배어 있는 작품으로, 불행한 남자의 삼 년에 걸친 결혼생활에 대한 이야기다.
　모스크바의 부유한 상인이며 엄혹한 아버지 밑에서 성장한 라프테프. 병으로 일찍 죽은 어머니가 그랬던 것처럼, 그와 형제들 역시 폭군 아버지의 그늘 아래서 두려워하며 자랐다. 왜소한 체격에 어둡고 소심한 청년으로 성장한 라프테프는, 당시 러시아 사회의 지배 이념인 종교(러시아 정교)에 대해 회의를 품고, 종교인과 부자들의 위선을 소리없이 증오하며 무기력하게 살아간다. 그것은 곧 아버지로 대표되는 권위를 가진 세력에 대한 저항이고 반항이었다. 그러던 그가 34세가 되던 해, 시골 의사의 딸이자 신앙심 깊은 율리야와 결혼하게 된다. 생기발랄한 율리야라는 여성을 향해 어둡고 풀죽은 청년 라프테프는 열등감과 동경을 품을 수밖에 없는데, 심지어 그녀와 부부가 된다는 것은 인생의 희망이요, 애착이요, 환희가 아니고 무엇이겠는가? 또한 오랫동안 가족간의 애정을 모르고 살아온 남자가, 정을 쏟아 붓고 또 흠뻑 받아보고 싶은 순진한 욕망을 실현한 것이라고도 할 수 있다.

그러나 그렇게도 열렬히 바라던 율리야와의 결혼생활은 삼 년 사이에 권태로운 삶의 한 부속품으로 박제되어 버린다. 아무런 애정 없이 그저 친정아버지에게서 벗어나 화려한 도시생활을 해보겠다는 의도로 뛰어든 결혼생활, 율리야는 아무런 기쁨을 느끼지 못하고, 침울한 남편에게도 별 관심을 보이지 않는다. 사실 그녀의 청순하고 순진한 외모 속에는 발랄하고 불꽃처럼 열정적인 기질이 잠재돼 있어, 죽은 시누이의 남편이 지분대는 것조차 웃음으로 받아넘기는 배포가 있다. 그리하여 남편보다는 남편의 친구들인 낙천가 야르쩨프, 직선적이고 남성적인 코스탸한테 더 속을 터놓으며 지낸다. 그러나 라프테프는 아내의 그런 기질을 이해하지 못하고, 냉담한 그녀의 태도에 절망하며 아내에게 사랑받지 못한다는 자격지심과 피해의식으로 일관한다.

결혼 첫해를 그렇게 보내다가 율리야는 딸을 낳고, 죽은 시누이의 소생인 두 조카를 키우면서 조금씩 성숙하게 된다. 안정된 삶을 인정하고 받아들이면서, 점점 더 너그럽고 편안해지기 시작한 것이다. 체호프의 표현대로 하자면, '걸음걸이에도 완연한 부인 태'를 낸다. 그러나 결혼 이 년이 지나면서 라프테프가家의 불행이 시작되고, 그것은 젊은 부부 사이에 미묘한 변화를 가져온다. 어린 딸아이가 병으로 죽고, 아버지는 눈이 먼다. 라프테프와 닮았지만 더 소심하고 공상가이던 형 표도르는 공중에 붕붕 떠다니듯 겉도는 삶을 살다가 결국 정신 이상이 되고 만다. 겹겹이 불행을 당한 남편의 처지와 결혼 전에 불태우던 풋풋한 그의 열정을 떠올린 율리야는, 서서히 라프테프에 대한 애정을 싹틔우기 시작한다. 그러나 라프테프는 아내와 평행선만 긋던 삼 년간의 결혼생활에 이미 지칠 대로 지친 상태이다. 게다가 그는 가업을 이어받아 아버지의 지위와 역할을 떠맡게 된다. 그렇게도 경멸하고 증오하던 세계에 영영 묶여버린 것이다. 그리하여 자신을 사랑하게 되었노라는 아내의 고백에도 여전히 권태를 느낄 뿐, 삼 년이 그랬던 것처럼 십삼 년도, 삼십 년도 그렇게 평행선을 그으며 흘러갈 것이라고 되뇐다. 한 여인으로 성숙한 율리야에게 존경과 흠모의 시선을 보내는 건, 라프테프가 아닌 친구 야르쩨프이다.

결혼 삼 년 사이에 삶에 대한 모든 애착을 허물어버리고, 그는 결국 권태의 나락에 빠진다. 쓸쓸한 성장기와 청년기의 음울한 반항을 모두 반납하고, 개선改善과 보상補償을 기대한 결혼생활. 라프테프는 물론 모든 사람들이 미래를 놓고 꿈꾸는 '행복'한 환상 또는 희망을 의미하는 게 아닐까. 허물어진 삶의 희망 속에서 흩어진 파편조차 쓸어 담을 기력이 없는 라프테프. 그런 그가 그토록 증오하던 아버지의 가업을 이어가는 모습을 통해, 체호프는 아무리 발버둥쳐도 헤어 나오지 못하는 운명의 굴레와 그 속에서 고통받는 인간을 그려내고 있다. 그러나 그런 시각은 '비관悲觀'이 아닌, 깊은 우수憂愁와 고통을 직면하는 진중한 엄숙함으로 묘사돼 있다. 당대에 풍자와 위트의 대가로 이름을 날리면서도 신산스런 삶을 살았던 체호프 자신의 체험에서 비롯된 삶의 철학이 아닐까 한다. 아버지에게 호되게 맞고 자란 유년기, 소년 시절부터 시작한 고학, 결핵으로 부서져가는 몸, 끝까지 부양 의무를 져야 했던 가족에 대한 책임감과 부담, '인생의 마지막 연인'이라 불렀던 배우 올가 크니펠과의 만남과 헤어짐의 반복(체호프가 죽기 삼 년 전에 결혼함). 「삼 년」은 40대 중반을 넘기지 못하고 생을

마감한 체호프가 자신의 고통스런 삶에서 비어져 나온 고독한 체
념으로 완성해낸 수작이라고 할 만하다.

「나의 인생」과 「삼 년」, 두 작품 모두 청년을 주인공으로 하여,
그들이 품은 이상으로 인해 사회에서 겪는 고통과 혼란을 그리고
있다. 한 사람은 자신이 속한 상류사회의 압력에 굴복하지 않고
자신만의 인생관을 관철해낸다. 또 한 사람은 결혼을 통해 꿈꾸
던 인생을 실현하려 하지만, 오히려 더욱 고립된 삶 속으로 빠져
들게 된다. 이 두 청년의 이야기를 통해, 체호프는 인습과 계급의
벽에 부딪혀 고통스러워하는 인간의 고뇌를 선명하게 부각시켜
놓았다. 오늘날까지 체호프의 작품이 널리 애독되는 것은, 이와
같이 그의 작품이 속악俗惡과 허위를 싫어하고 인간과 근로에 대
한 애정을 북돋우기 때문일 것이다.

사춘기 시절, 교과서와 사전 따위가 알뜰하게 들어찬 책가방
한구석을 비집고 자리를 차지했던 체호프. 그를 다시 만나는 건
즐거운 일이었다. 그것도 번역자의 입장으로 재회한 것이니, 감
회가 새로웠다. 아무쪼록 이 작품을 통해 웃음과 애수의 대가, 체
호프의 세계를 이해하는 데 미력이나마 도움이 되길 바란다.
끝으로 번역의 길에 먼저 들어선 선배로서 좋은 충고를 아끼지

않았던 언니에게, 언제나 내 마음의 안식처로 남을 부모님께, 좋은 친구이자 후원자인 남편 그리고 귀여운 두 아이, 지훈, 지섭에게 특별한 감사를 전하고 싶다. 그간 발간되지 않았던 체호프의 이 두 작품을 국내에 처음 소개하도록 기회를 마련해주신 작가정신 편집팀의 배려와 수고에 감사드린다.

옮긴이 남혜현

체호프 연보

1860년   1월 17일 남 러시아 아조프 해海의 항구도시 타간로크에서 태어나다.
아버지 파벨 에고로보코는 잡화상이었다.

1868년   타간로크 중학 예비학급에 들어가다.

1873년   처음 극장에 가서 오펜바하의 오페레타 〈아름다운 엘렌느〉를 보다. 이
때부터 극장에 다니며 〈햄릿〉〈검찰관〉 등을 보기 시작하다.

1875년   맏형 알렉산더와 둘째형 니콜라이가 상급학교 진학을 위해 모스크바
로 가다. 맏형은 모스크바 대학의 물리학과에, 둘째형은 미술 학교에
입학하다.

1876년   아버지 파벨이 파산하여 모스크바의 빈민가로 가족 이주. 체호프만
집에 머물며 중학을 졸업할 때까지 가정교사를 하며 고학하다.

1879년   중학을 졸업하고 모스크바 대학 의학부에 입학. 생계를 위해 유머 주
간지에 기고하기 시작하다.

1880년　현존하는 그의 최초의 유머 단편소설 「이웃 학자에게 보내는 편지」가
페테르부르크의 주간지 《잠자리》에 실리다. 이해부터 칠 년 동안 안토
샤 체혼테, 안체발 다스토프, 루벨 등의 필명으로 400편 이상의 단편
을 기고하다.

1882년　페테르부르크의 유머 주간지 《오스콜키》에 기고하기 시작하다.

1883년　치키노 순회 병원에서 임상 실습을 하다.

1885년　《페테르부르크 신문》에 기고하기 시작하다. 처음으로 문단의 환영을
받다. 보수파의 대신문 《신시대》의 사장 스보린, 문단의 중진 그리고
로비치와 알게 되다.

1886년　《신시대》지에 「추선공양追善供養」을 처음으로 본명으로 집필하다. 두
번째 각혈을 하다.

1887년　남 러시아의 광야를 여행하다. 단편집 『황혼』을 《신시대》에서 출판하
다. 희곡 〈이바노프〉를 집필하여 콜슈 극장에서 공연하다. 단편 「적
敵」 「풀피리」 「키스」 등을 발표하다.

1888년　중편 「광야」 「등불」 등을 집필하다. 여름을 가족과 함께 남 러시아에
서 지내다. 단편집 『황혼』이 학사원으로부터 푸슈킨 상을 받다. 페테
르부르크에서 작곡가 차이코프스키를 만나다. 단막극 〈곰〉을 발표
하다.

1889년　페테르부르크에서 유부녀인 여류 작가 리디야 아빌로바를 만나다. 둘
째형 니콜라이가 폐결핵으로 사망하여 우울증이 한층 더 심해지다.
얄타에 머무르며 『지루한 이야기』를 탈고하다. 희곡 〈숲의 요정〉(〈바
냐 아저씨〉의 원제)을 모스크바의 극장에서 상연, 혹평을 받다.

1890년　단편집 『우울한 사람들』을 출판하다. 혼자 마차로 시베리아를 횡단해

서 사할린 섬으로 긴 여행을 떠나다. 사할린에서 3개월가량 머무르며
유형지의 실태를 면밀히 조사하고 모스크바로 돌아오다. 인상기 印象記
「시베리아 이야기」, 단편 「도둑놈들」을 쓰다.

1891년　빈, 베네치아, 피렌체, 로마, 나폴리, 파리 등 남유럽을 차례로 여행하
다. 대기근이 시작되어 난민을 구제하기 위한 여러 가지 모금활동에
참여하다.

1892년　모스크바 멜리호보에 땅을 사고, 온 집안이 그곳으로 이사하다. 여름
에 콜레라가 유행하자 방역을 위해 임시로 군의 의감으로 임명되어
활약하다. 「6호실」이 《러시아 사상》지에 실리다.

1893년　여러 가지 공공사업으로 분주하다. 이때부터 병세가 악화되는 징후가
보이다. 『사할린 섬』이 《러시아 사상》지에 연재되다.

1894년　단편 「흑의승」 「대학생」, 중편 「여인 왕국」을 발표하다.

1895년　리디야 아빌로바와 다시 만나다. 야스나야 폴랴나로 톨스토이를 찾아
가다. 희곡 〈갈매기〉 초고를 완성하다. 《러시아 사상》지에 중편 「삼
년」을 발표하다.

1901년　5월, 배우 올가 크니퍼와 극비리에 결혼하다. 부인이 일 년 뒤에 유산하다.

1902년　당국의 압박에 의한 고리키의 학사원 명예회원 당선 취소에 대한 항
의로 코를렌코와 함께 명예회원을 사퇴하다. 최후의 단편 「약혼녀」를
집필하다.

1903년　희곡 〈벚꽃 동산〉을 탈고하고, 병든 몸을 이끌고 모스크바에 가서 〈벚
꽃 동산〉의 공연 연습을 보러 다니다.

1904년　모스크바의 예술극장에서 〈벚꽃 동산〉이 상연되고, 그 무대에서 집필
25주년을 축하받다. 아내 올가와 함께 독일의 광천지 鑛泉地 바덴바이

러로 요양을 떠나다. 7월 2일, 오전 3시 호텔에서 장결핵으로 세상을
떠나다. 유해는 모스크바의 노보제비치 수도원에 묻히다.